KB150552

철혈백작
리카이엔

철혈백작
리카이엔

1

윤지겸 퓨전 판타지 소설

Prologue

확실히 내 인생은 꼬였다.

분명하다.

그렇지 않고서야 이렇게 재수 없을 수는 없다.

내 아버님이 나에게 바란 것은 단 하나였다. 군으로 들어가 공을 세워 가문을 일으키는 것. 겨우 철이 들 무렵부터 아버님이 나에게 한 이야기는 그것밖에 없었다.

누군가 들었다면 왜 자식에게 그런 것을 강요하느냐고 말할 수도 있다. 하지만 적어도 나는 그리 생각하지 않았다.

나 역시 바라던 바였으니까.

어쨌든 나는 어려서부터 군으로 들어가 공을 세우고 관직을 높여 가문을 일으켜 세우는 것만을 목표로 삼았다. 그 외에 나에게 주어진 길은 없다고 생각했다.

그리고 군문을 두드렸다.

마침 황제 폐하께서 북정에 열을 올리는 시기. 무려 네 차례나 친정을 하신 후였음에도 불구하고, 그 의지가 사그라지지 않았다.

그때까지만 해도 나는 내 인생이 탄탄대로라고 생각했다. 물론 그것은 착각이었다.

선황 폐하께서 진중에서 병으로 붕어하셨다.

그리고 지금의 황제 폐하께서 즉위하셨다. 바로 홍희 원년. 내 인생이 꼬이기 시작한 때다. 황제 폐하께서 북으로 파견한 군대를 철수시킨 것이다.

전쟁은 끝났다.

그리고 내 인생의 기록 역시 거기서 끝이 났다.

전쟁이 멈췄으니 공을 세울 기회가 없다. 그렇다고 관직이 올라가지 않는다는 말은 아니지만, 전시만큼 많은 기회가 오지 않는다.

백호(百戶).

모두 백십이 명으로 구성된 백호소(百戶所)의 지휘관으로 품계는 정육품.

그것이 나의 마지막 관직이었다.

세습으로 받는 관직, 즉, 세관도 없고 재산도 없는 내가 병졸로 시작해 이룬 쾌거였다. 그것도 그나마 과거에 꽤 이름을 날렸던 조상님까지 들먹인 덕분에 얻은 관직이었지만, 어쨌든 보통 사람들의 시선에서 보자면 쾌거라고 할 수 있는 결과였다.

물론 내 생각에는 전혀 훌륭하지 못한 성과다. 정육품 따위는 내 목표의 반의반도 미치지 못하는 결과니까.

남자가 야망을 품었다면, 군문으로 들어가 야망을 실현시켰다고 말하려면 최하 정이품 도지휘사(都指揮使)쯤은 되 줘야 모양새가 좀 나지 않겠는가?

설마 나를 배포 없는 놈으로 생각하지는 않겠지? 도지휘사는 어디까지나 최하한선이다. 나의 진짜 목표는 정일품 좌우도독(左右都督)이었다.

재수 없는 번개에 맞아 죽기 전까지는 말이다.

그리고 지금 나는 웬 녀석을 가만히 보고 있다.

결론이 뭐냐고?

끝까지 재수 없다는 거지 뭐.

Chapter 1.

친구

분명히 나는 죽었다.

확실하다. 그렇지 않다면 내 몸이 반투명한 상태로 보일 리도 없고, 살아 있는 사람이 내 몸을 통과할 리도 없다.

그러므로 나는 확실히 죽었다.

그런데……. 이상하게도 별다른 감흥이 없다. 꼬이고 꼬인 인생이라 그런 걸까? 기억을 되살려 보니 분명히 그런 것 같다. 아마도 번개에 맞았던 그 순간, 시야가 온통 새하얗게 탈색되었던 그때였다.

목이 터져라 비명을 질렀는데 머릿속은 이상하게도 맑았다. 그리고 그렇게 맑은 머릿속을 가득 메운 오직 한 가지 감정은 바로 허무함이었다.

그렇게 기가 막힌 방법으로 별 볼 일 없는 인생을 마무리했으니, 감흥이 생긴다는 것이 오히려 이상할지도 모른다.

누군가는 원통하고 억울해할 수도 있겠지만, 나는 이상하게도 허탈할 뿐이다.

뭐 아무튼.

나는 죽으면 천당이나 지옥, 둘 중 한 군데로 가는 줄 알았다. 그런데 여기는 천당도 아니고 지옥도 아니다. 아주 낯선 장소, 아주 낯선 얼굴의 사람들이 있는 곳이다.

"흐윽, 으으윽!"

아, 또 시작했다. 제길, 저 자식은 깨어 있는 시간의 절반을 침대에 누워서 지내고, 그중 절반의 시간 동안 저렇게 앓는 소리를 낸다.

이곳의 말은 알아들을 수 없지만 이름은 안다. 하루에도 수십 번씩 저 녀석의 부모가 와서 이름을 부르니 모르는 것이 더 이상하다.

리카이엔

'리크' 라고 부르는 것도 들었지만, 아무튼 대부분은 리카이엔이라고 부르니 그게 이름일 것이다.

그런데 난 리카이엔 저놈이 마음에 들지 않는다. 왜냐고? 궁금하다면 그 이유를 말해 주지.

저 녀석은 남자인 내가 봐도 참 잘생겼다. 차가운 느낌의 은발 머리에, 강렬하고 붉은 눈동자, 오똑한 코 그리고 큰 키와 탄탄한 어깨, 아주 훌륭하게 자리 잡은 근육.

외모만으로 따졌을 때, 저놈을 보는 여자는 백이면 백 전부 넘어가게 생겼다. 이런 말하기는 기분 참 더럽지만 내가 여자였다고 해도 넘어 갔을 거다.

그런데 그렇게 건장하고 튼튼해 보이는 놈이 하루 종일 누워서 저렇게 앓아 대니 마음에 들 리가 있나? 사내자식이 저게 도대체 뭐냐고!

그럼 안 보면 되지 왜 계속 보고 있냐고?

사실은 그게 내가 정말 재수 없는 이유야.

못 떠나.

이상하게도 리카이엔을 중심으로 이 장 이상 벗어나지를 못해. 마치 보이지 않는 벽에 갇혀 있는 느낌이랄까? 저 자식이 움직일 때 가만히 있으면 그 보이지 않는 벽에 떠밀린단 말이야.

그래서 만날 저 자식한테 끌려 다닌다는 말이지. 그나마 다행인 건 이 장이라는 거리가 있으니 저 자식 똥 누는 것까지 구경하지 않아도 된다는 정도?

한 번 상상해 봐. 튼튼하고 잘생긴 놈이 하루 종일 끙끙거리는 소리를 듣고 있는 사람의 심정……. 아, 나는 사람이 아니라 귀신이지?!

어쨌든 나는 매일매일 죽을 맛이라는 걸 잘 알아둬.

그놈의 번개만 안 맞았어도…….

휴우~ 정말이지 이놈의 꼬이고 꼬인 인생…….

어라? 저 자식 그새 잠들어 버린 모양이다. 조용한 걸 보니, 결국 참다못해 한마디 했다.

"망할 자식. 그리고 또 잠이 오냐?"

물론 내가 투덜거린다고 누가 듣기나 하겠느냐마는.

아, 그러고 보니 한 가지 고역스러운 일이 또 있다.

잠이다.

귀신이 되니 잠이라는 걸 안 자게 되었다. 이게 뭘 뜻하는지 알아? 하루 열두 시진 동안 뜬 눈으로 저 자식 앓고 자는 걸 봐야 한단 뜻이야.

듣고만 있어도 죽을 맛이겠지?

정답이야.

세상에는 미운 정이라는 게 있다.

또 누군가는 그 미운 정이 참 무서운 것이라 말한다.

그 말, 아무래도 사실인 모양이다.

이곳에 온 지도 어느새 두 달. 오늘 나는 검술 수련 하던 리카이엔이 풀썩 쓰러지는 걸 보고 나도 모르게 녀석을 부축하려고 달려갔다. 물론, 나는 귀신이니 부축도 일으켜 세우지도 못하지만.

그러고 보면 이상한 것이, 아파서 빌빌거리는 놈이 검술 하나만큼은 훌륭하다는 거다. 검이라는 무기를 별로 좋아하지 않는 내 눈에 훌륭하게 보일 정도면 정말 아주 훌륭한 거다. 그래서 녀석이 더 이상하다. 그 정도 검술을 익힐 정도면 몸도 건강해야 되는 거 아닌가?

어쨌든 중요한 건 내가 그런 반응을 보였다는 거다.

저런 재수 없는 자식을 걱정하다니.

제길, 뭔가 억울하다.

이건 절대 내가 성질이 더러운 게 아니라, 상황이 나를 억울하게 만드는 거다.

사실, 그렇잖아? 가문을 위해 군에 들어가 제대로 실력을 보이기도 전에 전쟁이 끝나고, 재수 없이 번개에 맞아 죽은 내가 저런 재수 없는 놈을 안쓰러워하는 건 아주 웃긴 상황인 거잖아.

그러니 억울한 거다.

"에이, 재수 없는 놈!"

결국 참지 못하고 버럭 한소리 지르고 말았다. 물론 내 말은 못 듣겠지만.

"헉!"

또 헛바람을 집어 삼켰다. 리카이엔과 또 눈이 마주친 것이다. 물론 나를 보는 건 아니겠지만, 요즘 들어 이런 상황이 꽤 자주 일어나는 것 같다.

어쨌든 두 번 다시 저 녀석을 걱정하지는 않을 거다. 뭐, 내가 걱정한다고 뭔가 바뀌는 것도 아니고, 나 혼자 억울해하는 것도 좋지는 않으니까.

하지만 그런 다짐은 불과 열흘이 가지 못했다.

"크허억, 끄윽!"

당연히 침대에서 들리는 소리다.

그리고 그 소리는 물론 리카이엔의 신음이다. 그런데 이번에는 좀 다르다.

평소에는 아무리 신음을 흘리고 비명을 질러도 얼굴은 멀쩡했다. 누차 말하지만 녀석의 몸은 아픈 사람답지 않게 아주 건장했다. 얼굴 역시 조금도 병색이 보이지 않았다. 그런데 지금은 얼굴에 병색이 완연하다.

단 열흘 사이에 핼쑥해진 얼굴이 내가 보기에도 안타까울 지경이다. 아니, 안타까울 지경이 아니라 진짜 안타깝다.

"야, 이 재수 없는 자식아! 너 같은 놈이 뭐가 아쉬워서 아프고 지랄이야?"

"내가 그렇게나 재수가 없나?"

음? 지, 지금 내가 무슨 소리를 들은 거지? 자기가 그렇게 재수가 없느냐고? 그걸 말이라고 하는 거야? 아니, 그게 문제가 아니지. 이건 분명 내가 쓰는 그 말인데? 여기에 중원 말을 할 줄 아는 사람이 어디 있어?

아니, 그전에 내 목소리를 들을 수 있는 사람이 있다는 게 더 이상한 건가?

아니, 아니! 그보다 도대체 누가 말한 거야? 설마 여기에 나 말고 다른 귀신이 있다는 건가?

천천히 고개를 돌렸다. 소리가 들려온 쪽.

"으음……"

내 입에서 흘러나온 게 신음이라면……. 맞다. 내가 흘린 신음이다.

리카이엔

중원의 말로 나에게 물어본 건 분명 저 리카이엔이었다. 사실은 그 목소리를 듣는 순간 알고 있었다. 귀신이 된 후 줄곧 저 녀석 주위만 맴돌았는데 그 목소리를 못 알아듣는다면 그게 더 이상한 일 아닌가?

다만, 그러한 현실을 인정하기가 힘들었던 것뿐이다.

아주 정확하게 내 눈을 쳐다보는 녀석의 시선. 결국 참지 못하고 물었다.

"제길! 너 처음부터 내가 여기 있는 걸 알고 있었던 거냐?"

"그렇다네, 친구."

"친구? 지랄. 날 언제 봤다고 친구야?"

"두 달은 넘었지."

음, 생각해 보니 여기에 온 지 두 달. 처음부터 내가 여기 있는 걸 알고 있었다고 했으니, 두 달 동안 날 본 게 맞다. 물론 그렇다고 친구가 맞단 말은 아니지만.

음? 가만, 중요한 건 이게 아니잖아.

"가만, 그렇다는 건 내가 니 주위를 벗어날 수 없는 것도 너하고 관계된 거냐?"

내 물음에 리카이엔이 피식 웃더니 고개를 끄덕였다.

"당연하지. 내가 그대를 불렀으니까."

어라? 이 자식 대뜸 반말……. 아, 나도 반말했었군.

"지, 진짜냐? 그럼 설마 내가 벼락을 맞은 것도……."

"아, 그런 오해는 사양하지. 그대가 죽은 건 어디까지나 명이 다한 거니까."

음, 이건 결국 내가 오지게 재수 없다는 소리잖아. 쳇.

"아, 아무튼 그래서 날 왜 부른 거냐?"

내 물음에 리카이엔은 잠시 뜸을 들이더니 차분한 목소리로 말했다.

"그걸 이야기하려면 그전에 들어야 할 이야기가 아주 많다네. 한 번 들어 볼 텐가?"

음, 뭔가 심상찮은 이야기가 나올 것 같은 분위기다. 더군다나 녀석은 귀신이 된 나를 여기로 불러냈다고 하지 않았던가. 평범하지 않은 놈이 진지한 표정으로 들어야 할 이야기가 있다고 한다는 건, 당연히 평범하지 않은 이야기가 나오겠지?

"뭐, 어차피 시간은 많으니까."

"후후, 안타깝군. 나에게는 시간이 별로 없는데 말이야."

"뭐? 시간이 없다고?"

"아, 그건 중요한 게 아니니 이제부터 내 이야기에 귀를 기울여 주게."

"좋아."

내가 고개를 끄덕이고 철퍼덕 자리에 주저앉자, 리카이엔은 잠시 기억을 더듬는 듯 고개를 몇 번 갸웃거리더니 천천히 이야기를 시작했다.

"우선 내 소개부터 해야겠지? 내 이름은 리카이엔 프로커스라네. 리카이엔이 이름이고, 프로커스가 성이지. 자네가 사는 곳과는 정반대일세."

성과 이름을 반대로 쓰다니 참 희한하다. 이쪽은 자기 가문을 중요하게 생각하지 않는 걸까?

"일단 이야기를 시작하려면 우리 집안에 관한 이야기부터 해야 되겠군. 우리 집안은 프로커스 백작가일세. '백작'이라는 것에 대해서는 꽤 높은 신분이라는 정도만 알아두면 될 걸세."

역시, 이 자식은 잘나고 재수 없는 놈이었다.

"하지만 신분만 높을 뿐, 우리 프로커스 백작가는 몇 대 전부터 침체일로를 달려왔지. 덕분에 지금에 와서는 거의 몰락한 상태가 되어, 가진 거라고는 과거와는 비교도 안 될 정도로 줄어든 영지와 이 성뿐일세."

몰락한 가문이라……. 어째 우리 집안이랑 상황이 비슷하다.

"그래서 나는 가문을 일으켜 세우겠다는 목표를 갖고 있었다네."

어라? 비슷한 부분이 점점 더 많아진다. 나도 모르게 녀석을 향해 고개를 끄덕였다. 몰락한 가문에서 태어난 자에게 주어지는 의무감에 대해 모르는 바가 아니니까.

"그런데 난 어렸을 때부터 신비한 능력을 가지고 있었다네."

"신비한 능력?"

"바로 영혼을 불러들이는 능력이라네."

아, 그러고 보니 나도 자기가 불렀다고 말을 했었다. 흐음, 지금에서야 떠오르는 거지만 영혼을 불러들인다니! 확실히 신비하다 못해 괴이한 능력이기는 하다.

"아주 어렸을 때, 우연히 한 영혼을 불러냈고 그 영혼과 함께 놀았다네. 그때까지만 해도 내가 놀고 있는 상대가 한 인간의 영혼이었다는 사실을 몰랐을 때지. 그렇게 유년 시절을 보내고, 점점 세상에 대해 알게 될 무렵 나는 능력을 이용해 가문을 일으키는 데 사용해야겠다고 생각했다네."

영혼을 불러내는 능력으로 가문을 일으켜 세운다니……. 점쟁이라도 하겠다는 건가? 흠, 도대체 어떻게 그걸 이용하겠다는 거지?

"나의 영혼을 불러내는 능력은 단순히 무작위로 누군가를 불러내는 것만이 아니라 특정한 조건을 갖춘 영혼을 불러내는 것도 가능하다네. 예를 들면, 훌륭한 검술을 가진 기사의 영혼을 원한다면 그에 맞는 영혼을 부를 수 있다는 말이지."

"음? 그러니까 영혼들을 불러서 그들을 스승으로 삼았다는 그런 말이냐?"

"꽤 눈치가 빠르군. 그렇다네, 아주 어렸을 때부터 많은 영혼들을 불러 그들에게 많은 것을 배웠지. 참고로 내 검술 스승의 이름은 '이율'이라네."

음? 이율? 어디서 많이 들어 본 이름인데…….

"헉! 서, 설마 북진무사 이율?"

"아는 모양이군."

"모를 리가 있나! 금의위 사상 가장 뛰어난 기재였다는 사람인데! 하지만……."

"그래. 정쟁에 휘말려 누명을 쓰고 억울한 죽음을 맞으셨지."

이런 부러운 놈!

북진무사 이율이라면 군문에서는, 아니, 대명천지에 모르는 사람이 없을 정도다. 황제 폐하의 총애를 한 몸에 받았던 인물로서, 지략이면 지략, 무공이면 무공, 뭐하나 꿀리는 게 없던 최고의 기재였다. 말도 안 되는 누명을 쓰고 죽기 전까지는 말이다.

어쨌든 그 대단한 인물을 스승으로 모시다니. 거듭 말하지만 나는 검이 싫다. 그런데도 그에게 검술을 배웠다고 하니 부러워 죽을 거 같다. 제기랄!

"참고로 내가 자네와 대화를 나눌 수 있는 것도 그분께 중원의 말을 배운 덕분일세."

"그랬군. 그런데 그런 대단한 놈이 왜 이렇게 빌빌거리는 거냐? 보는 내가 갑갑해 죽을 지경이다."

"지금부터 그 이야기를 할 예정이었다네. 영혼을 불러내는 나의 능력은 몰락한 가문을 일으켜야 하는 나에게는 말 그대로 하늘이 주신 행운이었다네. 그 능력의 폐해를 알게 되기 전까지는 말일세."

"폐해? 설마 지금 아픈 게……."

내 말에 녀석이 갑자기 침울한 표정을 지으며 고개를 끄덕였다.

"그렇지. 알고 보니 그 능력은 저주라고 해도 과언이 아니었다네. 한 번 영혼을 불러낼 때마다 내 영혼이 가지고 있는 생명력을 갉아먹는 저주스러운 능력."

"혹시 몸이 그렇게 좋아 보이는데도 아픈 게 영혼의 힘이 다했기 때문이라는 거냐?"

"그렇다네."

"그걸 알았으면 안 해야지."

"물론 알았다면 그랬을 걸세. 하지만 영혼이 깎여 나간다는 것은 외적으로 아무런 증상도 나타나지 않는다네. 영혼이 가지고 있는 한계선을 넘기 직전까지는 말일세."

"그, 그럼 그걸 알게 된 건 언젠데?"

"불과 석 달 전일세."

석 달 전? 내가 오기 얼마 전이라는 말인데?

"그럼 지금처럼 몸이 아프기 시작한 것도 그때부터?"

"그렇지."

거참. 세상에 이렇게 재수 없는 놈도 다 있군. 그런 짓 안 해도 충분히 뭔가 할 수 있는 놈인 것 같은데…… 쯧쯧.

"석 달 전, 갑자기 쓰러지던 그날 알 수 있었다네. 내가 곧 죽게 될 거라는 사실을 말일세. 하지만 그렇게 허무하게 죽을 수는 없었네. 내가 죽게 되면 프로커스 백작가의 부흥은 두 번 다시 생각할 수 없게 되니까 말이야."

그러고 보니 녀석은 이 집안의 유일한 자식인 것 같았다. 즉, 리카이엔이 죽게 되면 가문을 일으켜 세우지 못하는 것이 문제가 아니라 아예 대가 끊어질 거라는 말이다. 저 몰골로 결혼을 할 수도 없는 일 아니겠는가. 설사 결혼을 하더라도 밤일이나 제대로 하겠는가.

한 없이 부러웠던 놈이 점점 불쌍해 보인다.

"그래서 그때부터 생각을 했다네. 내가 죽더라도 프로커스 백작가를 부흥시킬 수 있는 방법을 말일세. 그리고 한 달여를 고민한 끝에 내린 결론이 자네를 부르는 거였다네."

"응? 나를 부르는 게 너희 가문을 되살리는 방법이라고?"

"그렇다네."

이 자식 너무 몸이, 아니, 영혼이 너무 아파서 머리가 돌아 버린 게 아닐까? 날 부르는 게 자기네 가문을 되살리는 방법이라니.

하지만 그렇게 보기에는 녀석의 눈빛이 너무 진지했다. 결국 궁금증을 해결하는 방법은 물어보는 것뿐.

"도대체 어떻게?"

"자네가 내 몸을 쓰는 걸세."

후우, 오늘 아무래도 이상한 이야기를 너무 들었더니 귀가 이상해진 모양이다.

"뭐라고? 내가 니 몸을 써?"

"그렇다네."

"말이 되냐?"

"된다네."

음, 내 귀가 이상해진 게 아니라 녀석의 정신이 이상해진 걸지도 모르겠다.

내가 무슨 생각을 하던 녀석은 계속 설명을 이어 갔다.

"하루는 한 영혼을 불렀는데, 그 영혼이 갑자기 내 몸에서 내 영혼을 밀어내고 몸으로 들어오려고 한 적이 있었다네. 말 그대로 내 육체를 차지하기 위해서 말일세."

이거 아무래도 이야기가 너무 진지하다.

"그리고 실제로 아주 잠깐이지만 내 육체를 뺏기기도 했었다네. 그 일이 있었기 때문에 자네를 부를 생각을 할 수 있었던 거라네."

아, 아무리 들어 봐도 미친놈이 하는 말이라기에는 꽤나 논리 정연하고 앞뒤가 맞다. 물론, 그 근거가 좀 황당한 이야기이기는 하지만 말이다.

"저, 정말 그런 게 가능하냐?"

"물론일세. 아무튼 그래서 나는 마지막으로 영혼을 불러냈다네. 나와 비슷한 나이에 실제로 전쟁을 겪어 본 영혼을. 그래서 온 것이 바로 자네일세."

"그, 그럼 왜 지금까지 말을 안 하고 가만히 있었는데?"

"믿을 수 있는 사람인지 확인해야 했거든. 내 육체를 받으면서 꿈까지 함께 받을 수 있는 사람인지를."

뒤늦게 충격이 몰려온다. 몸뚱이도 없는데 온몸을 쇠망치로 두드려 맞은 기분이다.

그리고 충격이 지나간 후 왠지 모르게 안타까운 마음이 온 몸을 휩쓸었다.

나도 안다, 몰락한 가문의 자식으로 태어나 가문의 염원을 한 몸에 짊어진 기분을. 그것을 이루지 못하리라는 것을 알게 되는 순간 느끼는 그 허탈함과 비통함을, 그 뒤에 다가오는 스스로에 대한 분노를.

지금 녀석의 눈이 무엇을 말하는지. 녀석의 심정이 어떤지를 충분히 느낄 수 있었다.

그 모든 것을 내가 겪었기 때문에 알 수 있다.

왠지 내가 육체를 가지고 있지 않은 영혼이라는 사실이 다행스러웠다. 그렇지 않았다면 지금쯤 나는 울고 있을지도 모르니까.

나와 녀석은 한참을 말없이 서로를 응시했다. 더 이상의 대화는 필요 없었다. 녀석의 눈이 모든 것을 말해 주고 있었다.

그러다 리카이엔이 힘겹게 물었다.

"자네가 나의 몸으로 들어와 내 꿈을 이루어 주지 않겠나?"

녀석의 얼굴에 떠오른 간절함을 보니 뭔가 말을 하지 않을 수 없는 기분이 들었다. 그리고 어느새 나는 입을 열어 이야기를 하고 있었다.

"아직 내 이름도 말을 안 했군. 내 이름은 장윤명이다. 우리 집안도 한때는 병가에서 알아주던 가문이었지, 지금은 몰락했지만. 어쨌든 나 역시 너처럼 가문을 일으켜 세우는 것을 목표로 삼고 군문으로 들어갔던 몸이다. 하지만 지지리 복도 없는지 허무하게 전쟁은 끝났고, 나는 벼락을 맞아 죽었다. 이게 무슨 말이냐고? 지금 네 기분이 어떤지 충분히 알고 있다는 말이다."

그 말에 녀석이 나를 향해 기대감이 가득한 눈길을 보냈다. 하지만 왠지 입이 잘 떨어지지가 않는다.

사실 그렇지 않은가?

지금 상황을 일목요연하게 정리하자면 귀신이 된 내가 리카이엔의 몸에 씌는 것이 아닌가.

다시 한 번 녀석의 눈을 보았다.

후우, 도저히 거절할 수 없게 만드는 눈빛이다.

그러고 보면 나도 이대로 끝내기에는 억울한 감이 없지 않다. 그렇게 기를 쓰고 노력을 했는데, 제대로 전쟁을 해보기는커녕 벼락에 맞아 죽지 않았는가. 누구라도 한이 남을 상황이라는 말이다.

우리 장씨 집안은 아니지만, 이렇게라도 해서 한을 풀고 싶은 마음이 생긴다.

나도 사내다.

한 번 목표로 정한 일을 못하고 죽었다는 생각을 하니 그렇게 억울할 수가 없다.

리카이엔도 사내다.

한 번 목표로 정한 것을 이루지 못하고 죽는다면 얼마나 억울하겠는가.

그렇다면 내릴 수 있는 결정은 한 가지밖에 없다.

"좋다."

"고맙네, 친구!"

"친구 사이에 낯간지럽게 '친구'라고 부를 건 뭐냐? 그냥 이름 불러라. 내 이름 말해 줬지?"

"물론일세, 윤명."

"좋아, 리카이엔. 넌 오늘부터 내 친구다."

그 말에 녀석이 갑자기 서글픈 미소를 짓더니 한마디 덧붙였다.

"뭐, 그리 오랜 시간은 아니겠지만……."

젠장, 분위기라는 걸 모르는 녀석이다. 이럴 때는 얼른 말을 돌리는 게 최고다.

"그런데 날 정말 믿는 거냐?"

"물론이지."

"어떻게?"

"지난 두 달간 자네가 무심코 흘렸던 말을 들었기 때문이지."

으음, 뭔가 이상하다. 지난 두 달간 녀석에게 좋은 말을 한 기억은 전혀 없는데. 그런 내 의문을 알아채기라도 했다는 듯, 녀석이 설명을 덧붙였다.

"자네는 내가 들을 수 없다고 생각했기 때문에 했던 말들일세. 즉, 그 말은 마음속으로 하는 말이라고 봐도 무방하지. 그렇게 자네가 했던 말들 속에서, 나는 어떠한 악한 품성도 느끼지 못했네."

"흐음, 하지만 말이야. 견물생심이라고 사람 마음이라는 게 뜻대로 되는 게 아니거든. 막상 내가 니 육체를 받으면 뭔가 다른 마음을 품을지도 모르는 거란 말이야."

그러자 리카이엔은 잠시 골똘히 생각에 잠기더니 이내 어깨를 으쓱거리며 말했다.

"그러면 그것도 사람을 잘못 본 내 탓이니 어쩔 수 없지 않겠나?"

"허허, 대책 없는 친굴세."

그리고 또 한 번 정적이 흘렀다. 이번에는 서로 할 말이 없어 찾아오는 정적. 누구나 겪어보면 알겠지만 아주 어색하고 답답한 순간이다.

리카이엔 역시 나와 같은 기분을 느꼈는지 한참을 고민하더니 뭔가 생각난 듯 얼른 말했다.

"그런데 내가 그렇게 재수가 없었나?"

"말이라고 하냐?"

Chapter 2.

계승

리카이엔 프로커스.

죽어서 귀신이 된 나를 여기로 불러낸 자식. 그리고 이제는 친구가 된 놈. 또, 제 몸을 나에게 주겠다는 말을 서슴없이 내뱉은 녀석.

이러한 내용들만 보아도 리카이엔이 평범한 놈이 아니라는 것은 단번에 알 수 있다. 하지만 나는 거기에 한 마디 더 붙일 생각이다.

'절대' 평범하지 않은 놈. 혹은 '절대' 제정신으로 보이지 않는 놈. 아니면, '정말 단단히' 미친놈.

지금 내 눈앞에서 리카이엔이 무얼 하고 있는지 안다면 분명 내 말에 동의를 할 것이다.

녀석이 뭘하고 있느냐고?

검술 수련하고 있다.

영혼의 병이 깊어질 대로 깊어져 더 이상 움직일 힘도 없는 놈이, 혼자 검술 수련을 하고 있다는 말이다. 뭐, 수련이야 하면 할수록 좋은 거다. 이해의 깊이도, 몸의 숙련도도 올라가니까.

하지만 녀석은 스스로 살날이 얼마 남지 않았다고 말하지 않았던가? 나 같으면 검술 수련을 할 시간에 부모님 얼굴이라도 좀 더 볼 거다. 죽기 전에 하고 싶은 일들을 적어 놓고 죄다 해 보고 죽을 거다.

젊은 나이에 죽는 것도 억울한데 하고 싶은 것도 못해 보고 죽으면 구천을 떠도는 귀신이 될 게 분명하니까.

그런데 저 자식은 왜 저러고 앉아 있는지…….

"커허어억! 쿨럭, 쿨럭!"

헉! 저, 저건!

내 눈앞을 벌겋게 물들이고 있는 저건…….

피다.

수련을 하던 녀석이 갑자기 앞으로 고꾸라지더니 피를 한 사발이나 토했다.

"괘, 괜찮냐?"

깜짝 놀라 다가가 물었지만, 녀석은 좀체 몸을 일으키지 못하고 바닥에 엎드린 채 숨을 몰아쉴 뿐이다. 몸만 있었다면 당장이라도 들쳐 업고 방으로 가고 싶은 심정이다.

"허억, 헉!"

한참을 그렇게 숨을 몰아쉬던 리카이엔이 조금 진정이 됐는지 고개를 들더니 나를 향해 씨익 웃어 보인다.

뭐가 좋다고 웃냐, 이 자식아!

나는 속으로 그렇게 구시렁거리며 입을 열었다.

"넌 살날도 얼마 안 남았다는 놈이 왜 이러고 있냐?"

해서는 안 되는 말이라는 생각에 참고 있었지만, 더 이상 두고 보기 힘들었다.

그런데 녀석의 대답이 가관이다.

"검이라는 것은 하루를 쉬면 열흘을 퇴보하는 법이 아니겠나? 이제 곧 윤명 자네가 내 몸을 쓸 텐데 검술이 퇴보된 상태가 된다면 미안한 일 아닌가?"

"이 미친 새끼! 그렇게 해 주면 내가 고맙다고 절이라도 할 것 같으냐? 내가 병신 핫바지로 보여? 이래 봬도 대명제국 정육품 백호였던 몸이다. 아래로 백여 명이나 되는 수하를 거느렸고, 전장에 나가서는 단 한 번도 작전을 실패한 적 없던 몸이라 이거야! 그깟 검술 며칠 안 한다고 내가 그걸 못 가눌 놈으로 보여? 에이, 씨펄!"

나도 모르게 울컥해서 버럭 소리를 질러 버렸다. 씨펄, 몸만 있었으면 죽도록 패고 열두 대 더 패줬을 거다. 정신머리가 어떻게 생겨 먹은 놈이기에 저따위 소리를 아무렇지도 않게 할 수 있을까?

음······.

보통은 이렇게 한소리 해 주고 딴 데로 가 버려야 되는데…… 제길, 나는 리카이엔 주위를 벗어날 수가 없는 상태잖아.

"그렇게 생각해 준다니 고맙네."

뭐? 이 자식 지금 또 뭔 헛소리야?

"고, 고마워?"

거듭 강조하지만, 리카이엔 이놈은 절대 제정신이 아닐 거다. 욕을 해 줬더니 고맙다고?

"그렇다네. 내가 죽은 이후라도 내 몸을 받아 제대로 써 줄 수 있을 테니 말이야."

망할, 정말 할 말 없게 만드는 놈이다. 더군다나 난 이런 때에 무슨 소릴 해 줘야 하는지 정말 모른다. 결국 또 찾아왔다, 어색한 침묵의 순간이.

제길.

"피나 닦아, 이 자식아."

"도대체 저 자식 뭐야?"

참다 참다 결국 물어보고 말았다. 어지간하면 리카이엔이 살아 있는 동안은 녀석의 생활이나 삶 아무튼 그 모든 것에 대해 뭐라고 이야기를 하지 않으려 했지만, 도저히 참을 수가 없었다.

"응? 로테즈 말인가?"

"저 자식 이름이 뭔지 내가 어떻게 알아? 아무튼 저기 저 기생오라비 같이 생긴 저 자식 말이다."

"그래 저 친구가 로테즈일세. 무슨 문제라도 있나?"

리카이엔이 영문을 모르겠다는 표정으로 나를 보았다. 물론 그럴수록 나는 속이 더 갑갑해질 뿐이었지만.

"뭐하는 놈이냐?"

"프로커스 백작가의 행정관일세. 도대체 왜 그러나?"

"마음에 안 들어."

"응? 뭐가?

"저놈 눈빛이 마음에 안 들어. 저런 눈빛 가진 놈들은 꼭 사람 뒤통수를 치거든."

난 정말이지 심각하게 말했다. 내가 비록 나이가 많지는 않지만, 그래도 꽤 많은 사람을 겪어 봤다. 그렇기 때문에 알 수 있는 거다. 저놈의 눈빛은 분명 사람 뒤통수 칠 준비를 하고 있는 눈빛이다.

얼마 되지도 않는 우리 집안 재산을 절반이나 해 먹고 토낀 유꽝 그 자식과 똑같은 눈빛이니 확실하다.

"하하, 하하하……."

이, 이게 뭐하는 짓이지? 남은 심각하게 말하는데 웃어? 이게 죽을라고, 콱! 아, 곧 죽을 놈이지. 쩝…….

"우, 웃지마 인마. 내가 지금 장난치는 걸로 보이냐?"

"하하! 아, 아닐세. 나도 모르게 웃음이 났다네. 자네가 한 말은 정말 있을 수 없는 일이거든."

"어허, 있을 수 없기는 왜 없어?"

"그는 대대로 우리 프로커스 백작가의 가신인 보운 가문의
자식일세. 그런 짓을 할 리가 있겠는가?"

"어이구, 답답한 인간아. 오히려 그런 놈이 뒤통수를 치는
법이다."

"걱정 말게. 그의 아버지는 백작가를 위해 기꺼이 재산을
내놓았을 정도로 그의 가문은 충신들일세."

애비는 애비고, 자식은 자식이다. 부모가 아무리 공을 들여
도 자식은 그 바람대로 크지 않는다는 걸 이 자식은 왜 모르는
거지?

"니가 딴 데 볼 때마다 그 자식 눈빛이 어떻게 변하는 지 못
봤으니 하는 말이겠지. 진짜라고!"

그때였다.

쿠우웅!

"헉! 야, 야! 자, 장난치지 마!"

나도 모르게 얼른 몸을 굽혔다.

"이익!"

하지만 나는 쓰러진 녀석을 일으켜 세울 수 없는 귀신이었
다.

"제기랄!"

내가 어쩌지도 못하고 발만 동동 구르고 있을 때였다.

와장창!

갑자기 요란한 소리가 들렸다. 급히 고개를 돌려보니 평소 리카이엔의 시중을 들던 시녀 하나가 당황한 표정으로 달려오고 있었다.

그런 그녀의 뒤에는 산산조각이 난 쟁반과 찻잔들이 널브러져 있었다.

리카이엔의 시녀가 당황한 표정으로 리카이엔을 몇 번 흔들며, 알아들을 수 없는 말을 내뱉더니 급히 바깥쪽을 향해 큰소리로 외쳤다. 물론 나는 알아들을 수 없는 말이다.

잠시 후, 건장한 체격의 하인 두 명이 뛰어들어 오더니 재빨리 리카이엔을 들쳐 업고 달리기 시작했다.

물론 리카이엔의 주위를 벗어날 수 없는 나 역시 함께 끌려갔다.

하인들이 리카이엔을 그의 방으로 데려가 침대에 눕혔다. 잠시 후, 그의 부모가 달려왔고 이내 방 안은 암울한 분위기에 휩싸였다.

리카이엔의 어머니는 그의 손을 꼭 쥔 채 내가 알아들을 수 없는 말을 연달아 쏟아 냈고, 아버지는 그 뒤에 뭐라 표현할 수 없을 정도로 참담한 표정으로 앉아 있었다.

내 부모님도 내가 죽은 후에 저렇게 하셨을까?

아마 그랬을 거다. 그랬으리라고 생각한다. 자식에게 가문의 부흥이라는 큰 짐을 떠넘긴 아버지지만, 늘 자신의 친구 아

들과 나를 비교했던 어머니였지만, 그래도 그들은 내 부모님
이었으니까. 결코 자식의 죽음을 담담하게 받아들일 수는 없
으셨을 것이다.

그리고 나는 갑자기 답답함을 느꼈다. 지금의 상황에는 전
혀 어울리지 않지만, 지금 저들이 하는 말을 알아들을 수 없다
는 것이 너무나 답답했다.

저들이 하는 말을 알 수 있다면, 조금 더 그들의 심정을 이
해할 수 있을 텐데.

그러다 문득 한 가지 의문이 생겼다.

내가 리카이엔의 몸을 받는 것까지는 그렇다고 치자. 녀석
이 나에게 기대를 걸고 맡겼고, 나 역시 녀석의 기대를 저버리
지 않을 생각이니까 거기까지는 문제가 없다.

하지만 거기서 끝나는 문제가 아니다. 지금의 나는 이곳의
말을 하나도 알아듣지 못하는 상태가 아닌가. 거기서 끝이 아
니다. 이 세계의 정치가 어떤 방식인지도 모르고, 군사 체계,
정계의 상황, 세계의 정황이 어떤지도 모른다.

아는 것이 하나도 없다.

그런데 몸만 받아서 뭘 어쩌자는 거지? 저 자식은 똑똑한
놈이 왜 그것도 생각하지 못했을까?

"흐음, 이거 난감한데?"

아니, 난감한 정도가 아니다.

리카이엔의 몸을 받아서 눈을 떴는데 누가 말을 걸어도 하

나도 못 알아듣는다면? 거기에 더해서 여기 사람들은 아무도 못 알아들을 중원 말을 내뱉는다면?

틀림없이 미친놈 취급을 받을 거다.

"도대체 뭐가 그리 난감하다는 건가?"

문득 누가 말을 걸었다.

여기서 나한테 말을 걸 사람이라면 단 한 명밖에 없다.

"어? 이, 일어났냐?"

황급히 주위를 둘러보았다. 다른 사람들한테는 내가 안 보이는데, 대뜸 허공에 대고 말을 거는 리카이엔을 본다면? 그 역시 미쳤다고 여길 게 뻔하니까.

"걱정 말게. 방금 다 내보냈으니까."

얼마나 깊게 생각을 했는지 녀석이 깨어나고 사람들을 내보내는 것도 몰랐던 모양이다.

"아무튼 뭐가 그렇게 난감하다는 건가?"

"나 여기 말을 모른다."

"그렇지."

"그리고 여기가 어떤 동네인지도 모른다."

"당연히 그렇겠지."

나는 심각해 죽겠는데 녀석은 왜 저렇게 편한 거지? 분명 사태의 심각성을 깨닫지 못하는 게 분명하다.

"아우, 이 답답한 인간아. 내가 니 몸을 쓰는 것까지는 뭐 그렇다고 치자. 그런데 여기 말도 모르는데 내가 뭘 할 수 있겠냐?"

"훗!"

이, 이게 또 웃어?

"이, 이게 미쳤나……. 지금이 웃을 상황이냐?"

"설마 내가 그것도 염두에 두지 않았을 거라 생각하는 건가? 그런 건 걱정하지 말게."

"뭐? 그럼 무슨 방법이 있는 거냐?"

나는 잔뜩 기대한 채 물었다. 하지만 리카이엔은 어깨를 으쓱거리며 고개를 설레설레 저었다.

"지, 지금 장난하냐?"

"아닐세."

"그럼 방법도 없는데 걱정하지 말라는 건 뭔데?"

"알아서 해결될 일이니 걱정하지 말라는 말이라네."

이건 또 무슨 말인가? 알아서 해결된다니?

"도대체 어떻게?"

"잊었나? 자네는 내 몸을 가질 거라는걸."

"알고 있으니 걱정하고 있는 거지 인마!"

그러자 리카이엔이 오른손 검지로 자신의 머리를 툭툭 친다.

"그, 그게 뭐하는 거냐?"

"내 몸을 갖는다는 건, 내가 가진 모든 기억을 가진다는 말일세. 기억에서부터 지식, 지금까지의 나의 성장과 내 생각까지 모두."

"으, 으음...... 그, 그건 그러니까......."

"내 몸으로 들어오는 순간, 모든 걸 알게 되니 걱정하지 말라는 말일세."

"망할, 그런 건 미리 말을 해 줘야지!"

사람 어정쩡해지는 건 정말이지 한순간이다.

"자네도 알고 있겠지만, 저분이 바로 내 아버님이신 데인 프로커스 백작님이시라네. 그리고 그 옆에 계신 분이 내 어머님이신 힐더 프로커스 백작 부인이시지."

리카이엔이 창가에 서서, 정원에 있는 두 사람을 가리키며 하는 말에, 나는 물끄러미 그곳을 바라보았다. 녀석의 부모님이 누군지는 알고 있었지만, 이름은 오늘 처음 듣는다.

"내 아버님은...... 늘 위엄 있는 모습을 보이시려 노력하지만, 단 한 번도 그것을 성공해 보신 적이 없다네. 너무 인자하신 성격이라서 말일세."

잠시 말을 끊은 리카이엔이 서글픈 표정으로 제 아버지의 뒷모습을 물끄러미 바라보았다.

무슨 생각을 하는 걸까? 나로서는 알 수가 없다. 나는 녀석처럼 차분하게 죽음을 준비할 시간이 없었으니까. 하지만 생각은 몰라도 그 심정은 어렴풋이 느껴진다.

"내 어머님은 세상에서 가장 아름다운 분이시네. 그리고 이

세상 그 어떤 여인보다 현명하신 분이시지."

세상의 어떤 어머니가 그렇지 않을까?

후우~ 왠지 녀석의 표정을 보기가 힘들어진다. 지금까지 아무렇지도 않은 듯 행동하던 녀석의 얼굴에 떠오른 서글픈 표정을 보고 있자니, 내가 잘못한 것도 아닌데 괜히 미안해질 정도였다.

이럴 때는 얼른 화제를 돌리는 게 좋다.

"아, 그런데 말이야……."

하지만 녀석은 화제를 돌리고 싶은 내 시도를 단칼에 잘라 버리고는 또다시 말을 이었다.

"그리고 나에게는 여동생이 한 명 있다네."

"음?"

이건 금시초문이다. 이 성 어디에서도 녀석의 여동생으로 보이는 여자는 본 적이 없다.

내 의아한 표정을 읽었는지 리카이엔이 설명을 이었다.

"나와 두 살 터울인데 지금은 수도에 있는 왕립 아카데미에서 공부를 하고 있다네. 겨울이 되면 성으로 돌아올 테니 조만간 볼 수 있을 걸세."

"그, 그렇군."

"그 외에 이 성에 있는 시녀들이나 하인들, 관리들은 모두 임금 하나 받지 않고 일을 하고 있는 이들일세."

"음?"

"모두 우리 백작가를 위해 희생하고 있는 이들이라는 말일세."

흐음, 그게 사실이라면 리카이엔의 말대로 그의 아버지는 상당한 인망을 얻고 있는 사람일 것이다. 한편으로는 그렇게 일해 주고 있다는 이들 또한 상당히 의리가 있는 사람들이다. 보통, 착한 사람을 보면 대부분은 이용해 먹으려고 하지 도와주려고 하지는 않으니까.

아, 아니군. 적어도 한 명, 그 행정관 로테즈라는 놈은 분명 뒤통수를 칠 것 같지만……. 뭐, 아무튼.

음, 가만? 그러고 보니……. 이거 뜬금없지만 지금 생각난 김에 물어봐야겠다.

"야, 리카이엔."

"왜 그러나?"

"갑자기 생각난 건데 말이야. 처음에 니가 날 불렀을 때 전쟁 경험이 필요하다고 말했었잖아?"

"그랬었지."

"그건 뭔가 이유가 있는 거냐?"

"뭐 자네도 대충 짐작하고 있겠지만, 전쟁 경험이 있어야 하는 이유는 당연히 전쟁을 겪어야 하기 때문일세."

물론 그 정도는 짐작하고 있었다. 하지만 좀 더 자세한 이야기가 알고 싶었다.

"현재 이곳 베루스 대륙은 겉으로 보기에는 아주 평화롭다네. 하지만 내가 볼 때 그것은 말 그대로 겉으로만 보이는 평화일 뿐. 그 속으로는 지금까지 얽혀 왔던 갈등이 점점 고조되고 있다네. 이대로 간다면 적어도 2, 3년 내에 전쟁이 일어날 걸세. 말 그대로 아직 불씨를 당기지 않은 마른 장작더미 같은 상황이라네."

"마른 장작더미라……."

"중요한 건 2, 3년 내에 전쟁이 터질 거라는 것이네. 자세한 내용은 조만간 알게 될 테니 굳이 지금 알 필요는 없겠지?"

"뭐, 그렇다면 그런 거겠지. 그나저나 갑자기 가족들 이름은 왜 가르쳐 주는 거냐? 나중에 다 알게 된다면서?"

"물론 그렇겠지. 다만……."

리카이엔은 말끝을 흐리더니 뭔가 아련한 눈빛으로 창밖을 내다보며 천천히 말을 이었다.

"자네가 좀 더 알아주었으면 해서 이야기하는 걸세. 저들이 나에게 얼마나 소중한 사람들인지. 이후 자네에게 얼마나 소중한 사람들이 될 것인지를……."

이 자식… 아무튼 사람 할 말 없게 만드는 재주 하나는 탁월하다.

"아, 알았어, 인마. 내가 약속 하나는 목에 칼이 들어와도 지키는 놈이다. 그러니 안심하라고."

"후후, 당연하지."

그날부터 리카이엔은 눈에 보이는 것은 죄다 나에게 알려주

그리고 주변에 있는 것이라면 물 한 방울, 먼지 한 조각까지도 고풍스럽게 만들어 버린다는 고귀한 기품.

그런데 병이 나은 후 그 기품이 사라져 버렸다. 대신 그 자리를 차지한 것은 껄렁한 표정과 건들거리는 언행이었다.

지난 열흘 동안 보고 들은 탓에 이제는 적응이 좀 될 만한데도 로테즈는 여전히 그런 모습이 당황스러웠다. 그리고 결국 참지 못하고 말했다.

"고, 공자님…… 이미 여러 번 말씀드렸지만, 지금의 그런 말투는 귀족으로서의 품위를 해칩니다."

정확하게 말하면 품위를 해치는 정도가 아니라 아예 다른 사람으로 보일 정도였다. 하지만 그렇게 말을 하면 돌아오는 대답은 늘 한결같았다.

"에이, 품위가 밥 먹여 주는 것도 아니고, 신경 끄세요오~"

말 자체는 존대인데 그 특유의 느물거림이 더해지니 아주 격한 빈정거림으로 들리는 말투.

"아무튼 어딜 그렇게 뛰어가시나~"

"아, 예. 백작님께 이번 수확을 통해 거둔 세입을 보고하러 가던 참이었습니다."

"아~ 그러셨군요?"

리카이엔은 새로운 사실이라도 알았다는 듯 고개를 끄덕이며 말했다. 그러고는 로테즈를 빤히 쳐다보았다.

뭐라고 말을 거는 것도 아니고 이렇게 빤히 쳐다보면 어지간하면 뭐라도 말을 해야 할 것 같은 압박감을 느끼는 법. 잠시 할 말을 찾아 헤매던 로테즈의 눈에 들어온 것은 리카이엔의 온몸이 땀으로 후줄근해져 있다는 점이었다.

"거, 검술 수련을 하시던 모양이군요?"

"응? 아~ 네. 그렇지요. 혹시 관심 있으세요?"

"아, 아닙니다. 다만 이제는 그렇게 수련을 하셔도 될 정도로 건강해지신 듯해서……."

"뭐, 그렇다고 볼 수 있지. 자, 그럼 하던 일 하세요오~"

"네, 그럼 이만 가 보겠습니다. 공자님."

로테즈는 한시라도 빨리 이곳을 벗어나고 싶은 듯 황급히 대답을 하고 곧바로 방향을 돌렸다. 물론 리카이엔에게 등을 돌리자마자 와락 인상을 구겼음은 말할 것도 없다.

'도대체 몇 번째야?'

특별한 이유도 없으면서 불러 세워 말을 걸고는 저렇게 비꼬듯 한마디 던지고 가라고 한다. 그것은 깊이 생각하지 않아도 시비 혹은 트집이었다. 로테즈는 이러한 상황을 하루에도 몇 번씩 겪고 있는 상태였다.

잔뜩 인상을 찌푸린 채 걷던 로테즈의 얼굴이 순간적으로 굳었다.

'설마… 그 일을 알고 있는 건가?'

갑자기 섬뜩한 느낌이 등줄기를 타고 오른다. 하지만 이내 고개를 저었다.

'그럴 리가 없어. 알았다면 저렇게 할 리가……'

로테즈는 애써 머릿속의 생각을 지우면서도 또 한 번 의구심 가득한 표정을 지을 수밖에 없었다.

'그렇다면 도대체 왜 저러는 거지?'

정말 알 수 없는 일이었다.

'흐음, 저놈 분명 뭔가 꿍꿍이가 있는데 말이야……'

성큼성큼 걸어가는 로테즈를 보며 리카이엔은 미간에 깊은 주름을 접었다.

그가 방금 한 행동은 로테즈도 알고 있듯이 시비를 거는 것이었다. 그리고 그것은 리카이엔, 그러니까 지금은 리카이엔이 된 장윤명이 중원에 있을 당시 수하들에게 보이던 버릇 중 하나였다.

뭔가 꿍꿍이를 품고 있는 놈은 그걸 드러낼 때까지 작정하고 집적거리는 것이다. 특별한 이유도 없이 끊임없는 집적거림을 당하다 보면 사람은 결국 심리적으로 궁지에 몰리는 법. 그러면 남은 일은, 가만히 지켜보고 있다가 덜미를 잡는 것뿐이다.

'이제 슬슬 본색을 드러낼 때가 됐는데 도통 그럴 기미가 안 보이네?'

리카이엔은 고개를 갸웃거리며 로테즈와 나눈 대화를 곱씹어 보았다. 그러다 피식 웃으며 중얼거렸다.

"짜식이 지가 내 건강은 왜 걱정하고… 음?!"

뭔가 이상했다.

"그러고 보니 오늘 오전에도 그 소리를 했었는데?"

아무리 무심코 던진 말처럼 들리고 이유 없이 하는 행동처럼 보여도 그 속에는 그 사람의 본심이 깃들어 있는 법이다.

지금 리카이엔의 육신에 깃들어 있는 영혼, 장윤명은 그 사실을 아주 잘 알고 있다. 그가 실제 전투를 겪으면서 얻은 것 중 하나가 바로 그러한 부분이다.

찰나의 순간에도 수많은 목숨이 꺼져 버릴 수 있는 전장은 인간이 가장 솔직해질 수 있는 공간이다. 그런 장소에서는 모든 언행에 그 사람의 속마음이 여과 없이 묻어나오게 마련이다.

장윤명은 그러한 모습을 수없이 지켜보았고, 그 후 그것이 굳이 전장이라는 급박한 장소가 아니라 해도 똑같다는 것을 알 수 있었다.

리카이엔은 지난 열흘 동안 로테즈와 나눈 대화를 모두 되짚으며 천천히 곱씹어 보았다.

'맞아. 놈은 꼭 할 말이 없어지면 그 이야기를 했었어.'

물론 그렇게 안부를 묻는 것은 당연한 일일 수도 있었다. 지금 아무리 건강해 보인다 해도 리카이엔은 불과 며칠 전까지만 해도 죽음의 문턱까지 갔었지 않은가.

하지만 리카이엔은 별거 아닌 대화라 해도 그 속에 묻어 있는 감정을 감지할 수 있었다. 그 역시 아비규환의 전장을 누비며 배운 것 중 하나였다.

"역시……."

가만히 눈을 감고 지금까지 로테즈와 나누었던 대화를 떠올리던 리카이엔이 천천히 눈을 뜨며 고개를 끄덕였다. 안부를 묻던 로테즈의 말투 속에 묻어 있는 명백한 악의.

리카이엔이 싸늘한 미소를 지으며 중얼거렸다.

"한 번 더 사경을 헤매야 되나?"

중원의 무림인들은 검(劍)이라는 무기를 숭상하는 경향이 있다.

장윤명은 무림에 대한 이야기를 들을 때마다 그 부분이 궁금했었다.

검이라는 물건은 도에 비해 가벼우면서도 양날인 무기이기 때문에 제대로 다루기 위해서는 많은 시간 수련을 거듭해야 하는 병기였다.

흔히 떠도는 백일창(百日槍), 천일도(千日刀), 만일검(萬日劍)이라는 말만 봐도 검이라는 병기가 얼마나 익히기 어려운지 능히 짐작할 수가 있다.

그런데도 왜 무림에서는 검을 숭상하고 검을 익히는 사람들이나 문파가 많을까? 그것은 심각하지는 않지만 떠오를 때마다 한 번씩은 고민하게 만드는 그런 의문이었다. 그리고 어느 날 한 부하에게 그것을 물었다.

'무공은 자신의 몸과 마음을 단련하고 깨달음을 얻어 극의에 도달하기 위해 익히는 것입니다. 무림에서 주로 검을 익히는 이유는, 아주 간단하게 설명을 드리자면 그만큼 많은 것을 깨닫게 해 주기 때문입니다.'

무림의 가문이나 문파를 흔히 무가(武家)라 부르고 군대에 속해 있는 가문을 병가(兵家)라 칭하는데, 그 대답을 한 부하는 무가 출신이었다.

그리고 그 말을 다 들은 후 장윤명은 오랫동안 품어 왔던 궁금증의 답을 알 수 있었다.

'지랄 염병……'

무기라는 것은 사람을 죽이기 위해 만든 것이다. 그런 물건에 깨달음이니 자아성찰이니 하는 것이 들어가는 순간, 무기는 그 본질이 훼손된다.

그것이 장윤명의 생각이었다.

그렇기에 그는 그 어떤 무기보다 창(槍)을 더 높이 평가했다. 긴 거리를 가지고 휘두르거나 내려치는 것만으로도 충분히 훌륭한 효과를 낼 수 있고, 날이 있기에 베거나 찌르는 것이 가능하면서 다른 것에 비해 배우거나 익히는 것이 비교적 쉬운 무기.

집단 전투가 주를 이루는 군대에서 이 창만큼 효율성이 높은 무기는 없다. 그리고 장윤명이 실제로 익혔던 무공도 가전

무공인 장가창법이었다.

그다음은 도(刀)다. 묵직한 무게를 가지고 있기에 어느 정도의 힘만 더해지면 충분히 파괴적인 위력을 낼 수 있고, 창에 비해서는 어렵지만 검에 비해서는 익히기도 쉽다.

집단 전투를 할 때 난전(亂戰)의 상황은 피할 수 없는 법. 도는 그 난전에서 가장 효과적인 무기였다.

그리고 거기서 끝이다. 장윤명는 검이라는 무기에 대해 그다지 호의적이지 않았다. 양날의 무기인데다가 가볍기까지 한 탓에 어지간히 수련하지 않으면 오히려 자기 검에 자기가 당한다.

돌격전이든 난전이든 그 어느 것 하나 써먹을 데가 없는 무기. 그것이 장윤명의 검에 대한 평가였다.

그랬던 그가 지금 검을 들고 있다.

지난 열흘간 그가 하루 종일 땀에 곤죽이 되도록 휘두른 것은 창이었다. 영혼은 기억하고 있지만, 지금 움직이는 리카이엔의 육체에는 아주 생소한 무기. 그렇기에 그는 열흘간 창을 수련했다. 검이라는 무기에 대한 거부감도 있었지만, 어쨌거나 전생에 가장 손에 익었던 무기였기 때문이었다.

처음에는 꽤 위태위태했다. 영혼에는 깊이 각인되어 있지만 이 육체에는 너무 낯선 무기이다 보니 제대로 쓰기가 힘들었던 것이다.

그렇게 열흘. 짧은 시간이었지만 리카이엔의 창술은 꽤 쓸 만한 수준까지 올라와 있었다.

리카이엔의 몸을 쓰고 있는 장윤명이 워낙에 창술에 조예가 깊었기 때문이기도 하고, 기본적으로 무공을 수련했던 육체였기에 낯선 창술을 익히는데 어렵지 않았던 것이다.

그리고 그 창술이 완벽하게 몸에 익었다고 여긴 후 처음으로 검을 들었다.

"후우……."

길게 심호흡을 하며 천천히 머릿속의 기억을 더듬었다. 지금 그의 머릿속에는 두 가지 기억이 공존하고 있었다. 하나는 이전 리카이엔의 일생이 담겨 있는 기억이었고, 또 다른 하나는 장윤명의 전생이 담겨져 있는 기억이었다.

그중 지금의 리카이엔이 자신의 것처럼 자연스럽게 떠올릴 수 있는 것은 전생의 기억, 즉 장윤명의 기억이었다. 아무래도 영혼이 가지고 있는 기억이기 때문이었다.

그렇다고 리카이엔의 기억을 더듬지 못하는 것은 아니었다. 하지만 완전히 자신의 것처럼 자연스럽게 떠올리지는 못한다. 그것은 마치 도서관의 서재에 빼곡하게 들어차 있는 책과 같은 것이었다. 자연스럽게 떠올리지는 못하지만 그 도서관의 책을 찾아 펼쳐 보면 기억할 수 있는.

즉, 지금의 리카이엔이 이전 리카이엔의 기억을 더듬는 것은 원하는 책을 찾아 펼쳐 보는 것 같은 과정이었다.

지금 리카이엔이 펼쳐 든 책은 두말할 것도 없이 검술이었다. 리카이엔이 북진무사 이율의 영혼을 불러내 배운 그의 독문무공 혈하(血河)였다.

'혈하라……'

자신의 검이 강물을 핏빛으로 물들일 정도로 많은 사람을 죽였으니 그것을 경계하라는 뜻으로 지은 이름이라 했다.

검을 쥔 오른손에 천천히 힘을 준다. 그러자 단전에 자리 잡고 있던 진기가 마치 아지랑이처럼 천천히 피어오르더니 오른손 장문을 타고 검으로 뻗는다.

사아악!

진짜 소리가 난 것은 아니었다. 하지만 리카이엔은 검으로 진기가 스며드는 순간 검날이 새하얗게 빛나며 싸늘한 예기가 퍼지는 소리를 들은 것 같았다.

검이 움직인다. 잔잔한 파도처럼 천천히, 그러면서도 묵직한 힘을 품은 채 아무것도 없는 빈 공간에 조용히 머물러 있는 바람을 희롱한다.

느리다. 리카이엔의 손에 들린 검은 한없이 느리게 허공을 훑는다. 그렇게 느린 흐름을 만들어 내는데도 두터운 바람은 여전히 검신을 타고 흐르며 묵직한 압력을 이끌어 올린다.

'크으윽!'

리카이엔은 생전 처음 겪는 그 느낌에 당황하고 있었다. 그가 아는 검은 가벼운 무기였다. 그리고 실제로 지금 손에 들린 검은 가벼웠다.

그런데 이상하게도 어깨가 무겁다. 오른팔의 근육이 팽팽하게 부풀어 터질 것 같은 느낌. 하지만 눈동자를 움직여 확인해 보니 팔은 멀쩡하다.

너무도 색다른 그 감각. 아니, 색다르다기보다는 황당한 감각. 그런데도 감탄을 터져 나온다.

'이것이 검?'

전생에서 단 한 번도 잡아 본 적이 없는 병기가 검이었다. 그런데 막상 잡아 보니 검이라는 무기가 가진 가능성은 무한했다. 지금 자신의 손에서 일어나고 있는 조화가 바로 그것 중에 하나가 아니겠는가?

'후우, 후우!'

검의 흐름에 몸을 내맡겼다. 리카이엔의 기억 속에 남아 있는 혈하의 검로, 그리고 이미 수천수만 번 그 검로를 그려 왔던 육체. 그 두 가지가 하나가 되는 순간 손을 타고 흐르던 진기의 흐름이 순간적으로 빨라졌다.

마치 온몸의 기운이 한순간 빨려 나가는 듯한 느낌. 동시에 묵직한 파공성이 주변의 공기를 터뜨렸다.

파아아앙!

그 소리를 신호로 리카이엔은 홀린 듯 검을 휘두르기 시작했다.

검은 여전히 느렸다. 하지만 그 느린 검로가 갈무리하고 있는 힘은 상상을 불허하는 수준.

숨이 가빠 오기 시작했다. 온몸에는 비 오듯 땀이 흐르고, 전신의 근육이 팽팽하게 부풀어 올랐다.

"허억, 허억!"

입에서는 쉴 새 없이 거친 숨소리가 토해진다.

그러다 한순간.

콰드드득!

오른발이 바닥을 내리찍었다. 발바닥을 통해 타고 오르는 반발력이 다리를 통해 허리와 어깨를 타고 손을 통해 회오리 친다.

소용돌이치는 반발력이 전신의 공력을 한 아름 안은 채 검으로 타고 흐른다. 동시에 검신을 빙글빙글 타고 올라가는 맹렬한 진기.

쑤욱 뻗어 나가는 검봉이 한 점을 찔러 들어간다.

모두 열두 개 초식으로 이루어진 혈하의 마지막 절초, 람하(濫河)의 마지막 한 점.

"타아아앗!"

입에서 터져 나오는 격렬한 외침.

하지만 그 순간.

"끄아아아악!"

리카이엔이 갑자기 비명을 질러대며 바닥을 굴렀다.

챙그랑!

손에 쥔 검은 이미 다른 쪽으로 날아가 바닥을 뒹굴고, 리카이엔은 마치 번개라도 맞은 듯 온몸을 부르르 떨었다.

"크으으윽!"

참으려 해도 입술 사이를 비집고 새어 나오는 신음. 리카이엔은 입술을 깨물고 격하게 경련하는 근육을 진정시키려 애썼다.

"제, 제길 쉬운 게 아니군!"

한참을 부르르 떨던 리카이엔이 겨우 진정이 된 듯 몸을 일으키며 힘겨운 목소리로 중얼거렸다.

충돌이었다. 영혼과 육체의 충돌. 몸은 혈하의 검로를 기억하고 있지만, 그의 영혼은 그렇지가 못했다.

지금의 그는 이전 리카이엔의 기억을 자연스럽게 떠올리지 못하고, 마치 책을 읽듯 더듬어 떠올려야 했다. 그러다 보니 흥에 취해 검을 뻗는 순간 영혼은 혈하의 검로가 아닌 장가창법을 떠올려 버렸고, 그 순간 몸이 아는 혈하의 검로와 영혼이 아는 장가창법의 창법이 충돌한 것이다.

툭툭.

리카이엔이 몸에 묻은 먼지를 털어 내며 고개를 설레설레 저었다.

"이걸 제대로 하려면 어지간히 수련을 해야겠군."

검술이라는 것 자체도 익히기가 어려운 것인데 거기에 더해 혈하는 극도로 난해한 검술이었다. 이전의 리카이엔이 이미 그것을 이해하고 있었기에 많은 도움이 되기는 했지만, 지금의 리카이엔이 그것을 다시 자기 것으로 만드는 데는 꽤 오랜 시간이 필요했다.

"후우~ 아쉽지만 어쩔 수 없지."

북진무사 이율이라면 군문의 모든 젊은이들의 동경의 대상. 그것은 중원의 장윤명도 마찬가지였다. 그런 이율의 검술을 제대로 익힐 수 있는 기회가 왔는데, 다른 이유로 당장 쓸 수 없게 되니 진한 아쉬움이 몰려 왔던 것이다.

"뭐, 필요한 건 시간뿐이니까."

천천히 익히면 된다. 어쨌든 혈하는 지금 그의 것이었다. 단지 시간이 필요할 뿐. 그때까지는 아쉽지만 당장 편하게 쓸 수 있는 장가창법을 위주로 하는 것이 좋을 것이다.

물론 당장 편하게 쓸 수 있다고 해서 장가창법이 수준 낮은 창법이라는 말은 아니었다. 장가창법 또한 병가에서는 꽤 유명한 창술로, 한때 무림에서조차 일절로 인정했던 양가창법과 쌍벽을 이룰 정도로 무시무시한 창법이었다.

실제로 장윤명이 병졸에서 백호까지 올라갈 수 있는 밑거름이 바로 이 장가창법이었다.

'쯧, 리카이엔 그 자식이 괜히 호들갑을 떤 건 아니었군.'

상황이 이렇게 되고 보니, 리카이엔이 살아 있을 때 쉬면 안된다며 검술 수련을 했던 것이 떠올랐다. 그때는 그걸 가지고 욕했지만, 지금 생각해 보니 참으로 고마운 일이었다.

리카이엔은 이제는 없는 '리카이엔'을 떠올리며 피식 입가에 미소를 지었다.

'그래도 걱정은 하지 마라. 약속은 반드시 지킬 테니까.'

"부르셨습니까? 아버님."

리카이엔의 인사에 티 테이블에 나란히 앉아 있던 두 사람이 고개를 돌렸다. 리카이엔의 아버지인 프로커스 백작과 어머니인 백작 부인 힐더 프로커스였다.

"오오, 왔느냐? 어서 이리로 앉거라."

리카이엔은 반갑게 맞이하는 두 사람에게 웃는 얼굴로 대답하며 자리에 앉았다.

쪼로로록!

힐더가 직접 찻주전자를 들어 리카이엔 앞에 놓인 찻잔에 차를 따라 주었다.

금방 우려냈는지 차의 따뜻한 기운과 함께 짙은 향이 진하지 않으면서도 부드럽고 깊이 후각을 자극한다.

편안한 기분이 온몸을 감싸고 기분 좋은 나른함을 불러온다. 아주 익숙한 자극. 몸이 먼저 반응을 한다.

리카이엔은 천천히 기억 속에 있는 책들을 더듬어 그 기억을 꺼내들었다. 그리고 마주 앉아 있는 어머니를 향해 조용히 미소를 지으며 말했다.

"어머님께서 직접 차를 내주신 것도 정말 오랜만이군요."

"네가 병이 나은 날부터 이렇게 하고 싶었는데 계속 못하고

"다, 당연하지!"

"배신하지 마라."

목소리가 울고 있었다.

"부탁이다. 내가 죽더라도… 내가 없더라도……. 부디 나의 꿈을 대신 꾸어 줘라!"

눈이 울고 있었다.

치가 떨리도록 지독한 슬픔. 그리고 녀석의 얼굴에 떠오른 또 하나의 감정.

부들부들 떨리는 두 손, 확대와 축소를 반복하는 눈동자, 제대로 알아들을 수 없을 정도로 떨리는 목소리.

그것은 공포였다.

죽음에 대한 공포.

그제야 그동안 내가 아주 중요한 사실을 망각했음을 깨달을 수 있었다.

녀석은 인간이었다. 아직 살아 있는 인간이었다.

나는 이미 죽은 상태니 모르지만, 살아 있는 인간이라면 어찌 죽음이 두렵지 않겠는가? 그것도 천천히 목을 옥죄어 오듯 느리면서도 꾸준히 다가오는 죽음이.

녀석은 다만 그것을 숨겼던 것뿐이다. 애써 의연한 척한 것뿐이다.

나를 위해, 나와 자신의 꿈을 위해. 이후에 남겨질 내가 죄책감을 느끼지 않도록 애써 태연한 척했던 거다.

"부, 부탁이다."

리카이엔이 더 이상 들리지도 않을 정도로 가는 목소리로 말을 이어 갔다.

"나를 버리지 말아다오!"

울컥!

또 한 번 속에서 뭔가 치솟는 기분이다. 몸뚱어리도 없는 내가 이렇게 뭔가 울컥한다는 것 자체가 이상하다. 하지만 그런 것은 중요한 게 아니다.

조용히 입을 열었다.

"믿어라."

격렬하게 떨리던 녀석이 갑자기 우뚝 멈췄다.

"나 장윤명, 또 한 번 죽는 일이 있어도 널 배신하지 않을 거다. 또 한 번 주어지는 내 삶은, 전부 너와 나의 목표를 위해서 쓸 테니까! 그러니까 날 믿어!"

조금은 안심이 된 것일까? 뻣뻣하게 굳어 있던 녀석의 몸에서 천천히 힘이 풀리기 시작했다. 그리고 아주 편안하게 감는 눈.

녀석의 입가에 옅은 미소가 걸렸다.

"믿겠네, 친구."

흡!

이, 이건 뭐지? 녀석의 몸에서 뭔가가 빠져나가는 것 같다. 살아 있는 사람들은 못 느낄지 몰라도 귀신인 나는 알 수 있었다.

녀석이, 리카이엔이 죽어 가고 있었다.

그때였다.

'뭐하나? 어서 누워!'

영혼인 나를 온통 뒤흔드는 목소리. 나는 반사적으로 리카이엔의 몸 위에 누웠다.

순간, 갑자기 온몸이 부르르 떨리기 시작했다.

감각이었다.

온몸의 신경을 타고 휘도는 그것은 영혼이 된 후 한 번도 느껴 보지 못한, 살아 있는 인간만이 느낄 수 있는 '감각'이었다.

그것이야말로 살아 있다는 느낌!

그때 갑자기 눈앞이 환해지는 듯하더니, 내가 누워 있는 침대 옆으로 무언가가 스멀스멀 피어오르기 시작했다.

"흡! 리, 리카이엔?"

방금까지 나의 모습이었던, 반투명하여 뒤가 훤히 보이는 영혼의 상태로 리카이엔이 서 있었다.

"나는 오래 머물지 못할 듯하네."

"뭐, 뭐라고?"

"내 모든 것, 자네에게 주었네."

그리고 말이 끝나기가 무섭게 리카이엔의 영혼이 희미하게 변하기 시작했다.

"리, 리카이엔!"

목이 터져라 외쳤다. 하지만 녀석의 영혼은 이미 완전히 흩어진 후였다.

"고, 공자님! 무슨 일이세요!"

갑자기 밖에서 들려온 소리.

'음? 이건?'

알아들을 수가 있었다. 지금까지 알아듣지 못했던 이곳의 말을 지금은 알아듣고 있었다.

하지만 대답을 할 수는 없었다.

온몸에 기운이 죄다 빠져나간 듯 더 이상 입을 뗄 기운도 없었다.

피곤했다.

하루 종일 전투를 치른 것처럼 온몸이 물 먹은 솜처럼 무거웠다.

그저 이대로 자고 싶었다.

Chapter 3.

새로운 삶의 시작

"어이~ 형씨!"

등 뒤에서 들려온 소리에 로테즈는 반사적으로 인상을 구기며 발을 멈췄다. 하지만 돌아서는 순간 구겨진 얼굴은 어느새 밝은 웃음을 띤 얼굴로 바뀐다.

로테즈의 시선이 향한 곳에는 온몸이 땀으로 후줄근한 리카이엔이 바닥에 앉아 있었다.

바닥에 엉덩이를 깔고, 다리는 쩍 벌린 상태로 무릎을 굽히고 팔짱을 낀 채 삐딱하게 고개를 꼬고 있는 모양새에 능글맞은 웃음이 더해지니 영락없는 건달패였다.

'도대체 어디서 저딴 걸 배운 거야?'

로테즈는 속으로는 그런 생각을 하면서도 겉으로는 여전히 웃음을 지은 채 물었다.

"아, 공자님. 혹시 지금 저를 부르신 건가요?"

그 말에 리카이엔이 피식 웃으며 되물었다.

"그럼, 댁 말고 여기 누가 있다고 그래?"

"아하하, 하긴 그렇군요."

로테즈는 당황한 듯 억지웃음을 터뜨리며 머리를 긁적였다.

"아무튼… 똥마려운 강아지처럼 뛰는 걸 보니 뭐 급한 일이라도 있으신 모양이지?"

'똥마려운 강아지…….'

그 말에 로테즈는 더 이상 놀랄 기력도 없다는 표정을 지었다.

'도대체가…….'

불과 열흘 전의 일이었다, 금방이라도 죽을 것처럼 끙끙거리던 리카이엔이 기적처럼 몸을 회복한 것은.

그리고 그날부터 리카이엔은 다른 사람이 되었다.

리카이엔은 여러모로 대단한 인물이었다. 같은 남자가 봐도 가끔 가슴이 두근거릴, 남자의 외모를 형용하기에는 어울리지 않음에도 불구하고 그 외의 말은 찾을 수 없는, 조각이라고 불릴 정도의 아름다움.

그 어떤 석학과 대화를 해도 막힘이 없는 풍부한 지식과 명석한 두뇌.

왕국 최고의 검사라는 근위대장 레이론 프로네스 백작이 극찬한 검술.

있었구나. 진작 준비해 놓는 건데……. 향이 괜찮으니?"

힐더의 얼굴에 아주 오랜만에 편안한 미소가 떠올랐다. 아들이 중병을 앓고 사경을 헤매고 있는데도 아무것도 할 수 없던 그동안의 시간은, 그녀에게는 정말이지 지옥 같은 하루하루였다.

"물론이죠, 어머니. 저는 세상에서 어머니의 차가 가장 훌륭하다고 생각하는 아들입니다."

그것은 이전 리카이엔의 생각이었지만 지금 리카이엔은 진심을 담아 말했다. 전생에 전장에서만 떠돌던 그는 이렇게 질 좋은 차를 맛본 적이 없었다.

그중에서도 몸은 물론 마음까지 편안하게 만들어 주는, 어머니의 마음이 고스란히 담겨 있는 이런 훌륭한 차는 처음이었다.

그때 찻잔을 들어 차를 음미하던 프로커스 백작이 놀란 표정으로 힐더를 향해 물었다.

"부인, 이 차는 나도 처음 맛보는 차인 것 같구려?"

"호호, 물론이죠. 리크의 몸이 좋아지면 내어 주려고 올해 봄부터 내가 직접 말리고 보관해 왔던 차니까요."

"허허, 내가 어쩌다가 아들놈한테도 밀려나는 꼴이 됐누?"

프로커스 백작의 농 섞인 말에 힐더가 화들짝 놀라는 표정으로 말했다.

"어머, 루나도 제 오빠가 세상에서 제일 좋다고 하던

데……. 당신 딱해서 어떡해요?"

"어허~ 이런, 이런! 루나가 정말 그랬단 말이오? 이것이 언제는 아빠가 제일 좋다고 하더니……. 고얀~"

그 말에 리카이엔이 불쑥 끼어들어 농담을 한마디 보탰다.

"아버님, 나중에 저에게 잘 보이셔야 되겠는데요?"

"음? 그래야 하는 게냐?"

"그렇지 않으면 어머님의 이 차를 다시는 맛보지 못 할 수도 있지 않겠어요?"

"어허, 정말 그렇겠구나. 아들아, 나중에도 잘 부탁한다."

프로커스 백작이 기꺼운 표정으로 농담하듯 말했다. 하지만 그 속에는 그의 진심이 섞여 있었다. 자랑스러운 아들이 더 이상 아프지 않고 이대로 건강하게 지내 주었으면 하는 바람이 농담 속에 담겨 있었다.

프로커스 백작 내외와 리카이엔은 그렇게 가벼운 이야기를 주고받으며 한가한 오후의 티타임을 즐겼다. 그렇게 얼마나 시간이 흘렀을까.

힐다가 찻주전자를 만져 보더니 조용히 자리에서 일어났다.

"벌써 차가 식었네요. 찻잎도 가져와야 할 것 같고……. 잠시 다녀올 테니 기다려요."

그 말에 리카이엔이 따라 일어나며 말했다.

"어머님, 제가 같이 갈게요. 원래 이런 건 아들이 해 드려야 되는 것 아니겠습니까?"

리카이엔은 또 한 번 진심으로 말했다. 부모님과 차를 마시며 한가하게 이야기를 나누는 시간은 처음 겪는 일이지만 아주 편안한 시간이었다.

그는 이런 편안한 시간을 좀 더 기분 좋게 즐기고 싶었기에 그렇게 말한 것이다. 물론 거기에는 이전의 리카이엔이 더 이상 할 수 없는 일을 대신하고 싶다는 마음도 함께 들어 있었다.

하지만 힐더는 조용히 고개를 저었다.

"아니다. 네가 이 어미의 차 보관소를 직접 보려면 아직 멀었다."

그러고는 리카이엔이 뭐라고 말을 하기도 전에 총총 걸어가 버렸다. 딱히 따라가기도 머쓱해진 상황이 된 리카이엔이 하릴없이 자리에 앉자 프로커스 백작이 그를 향해 의미심장한 표정을 지어 보였다.

그 모습을 본 리카이엔은 그제야 어머니의 행동을 이해할 수 있었다. 뭔가 중요하게 할 이야기가 있기에 어머니가 자리를 피해 준 것이다.

"리카이엔."

"예, 아버지."

"이런 이야기를 하는 건 좀 이른 감이 있을 수도 있다마는……."

진지한 표정을 지으면서도 망설이지 않고 말을 꺼내는 걸로
봐서는 미리 무언가를 결심한 듯한 모습.

　리카이엔은 조용히, 그리고 진중한 표정으로 아버지의 말에
귀를 기울였다.

　"이제 이 아비도 나이가 들었는지 영지를 관리하는 일이 힘
에 부치는구나. 그래서 말인데 네 몸도 좋아졌으니 이번 기회
에 작위를 물려주고 나는 네 어머니와 느긋하게 노후를 보내
고 싶구나."

　쿠쿵!

　리카이엔은 심장이 덜컥 멈추는 것 같은 느낌을 받았다. 작
위를 승계하라니.

　물론 생각이 없는 건 아니다. 프로커스 백작은, 아버지는 너
무 사람이 좋았다. 물론 그것이 무능하다는 뜻은 아니었다. 하
지만 앞으로 다가올 급박한 정세에 비추어 볼 때 그리 좋은 성
향만은 아니었다.

　그러나 리카이엔은 고개를 저었다. 아직은 때가 아니었다.
그전에 해야 할 일이 많았다.

　"그럴 수 없습니다, 아버님."

　"왜 그러느냐? 나는 네가 영지를 다스릴 준비가 되었다고
생각하는데…… 내 생각이 틀린 것이냐?"

　"네, 아버님."

　"음…… 이유를 알 수 있겠느냐?"

프로커스 백작은 고개를 갸웃거릴 수밖에 없었다. 그의 아들은 세상 그 누구보다 훌륭한 인재였다. 자신은 절대 따라갈 수 없을 정도로 뛰어난 인물. 그렇기에 쉽게 결정할 수 있었다. 아들이 영지를 다스린다면 지금보다 더 훌륭하게 가문을 키울 수 있을 거라고.

리카이엔은 잠시 고민한 후 농담을 던지듯 가볍게 웃으며 말했다.

"아버님이 다스리는 이 프로커스 백작령을 좀 더 보고 싶거든요."

일단 작위를 물려받게 되면 영지를 비우기가 힘들다. 그러니 아직은 안 된다. 자유롭게 움직일 수 있을 때 미리 준비해 놓아야 할 것들이 많았다.

하지만 지금 한 말 또한 거짓은 아니다. 이전 리카이엔이 죽기 전에 했던 말처럼, 언제 전쟁이 터질지 모르는 곳이 이곳 베루스 대륙이었다.

그때가 오면 아무리 평화롭고 인자하게 영지를 다스리고 싶어도 할 수 없었다. 그러니 그때까지만이라도 아버님의 치세를 보고 싶었다.

'으음……'

하지만 프로커스 백작은 그 속에서 또 다른 것을 보았다.

'이 아이가 언제……'

농담하듯 가볍게 말을 하고 있었지만, 아들의 두 눈은 말의 내용과는 전혀 다른 빛을 띠고 있었던 것이다. 그것은 바로 커다란 야망이었다.

그러다 금세 수긍하듯 고개를 끄덕였다. 생각해 보면 그렇지 않은 것이 더 이상했다. 자신은 흉내조차 낼 수 없을 정도로 많은 재능을 가진 아이가 아무런 야망도 없다는 것은 말이 안 되지 않는가.

그렇다면 저리 말을 하는 데는 뭔가 이유가 있으리라. 프로커스 백작은 그렇게 생각하며 천천히 고개를 끄덕였다. 그리고는 아들의 말에 맞추어 농담처럼 가볍게 말을 받았다.

"후후, 이 늙은 아비에게 계속 고생을 하라고 말을 하는구나. 이 염치도 없는 녀석 같으니라고……."

"대신 제가 아버님의 고생을 조금은 덜어 드릴 수는 있을 것 같군요."

"어떻게 말이냐?"

"기사단과 군대를 제가 관리할 수 있도록 해 주십시오."

군권은 행정권과 함께 영주가 가지고 있는 가장 큰 권한 중 하나다. 기사단과 군대를 관리한다는 것은 그 군권을 달라는 말과 다름이 없었다.

하지만 프로커스 백작은 아무렇지도 않은 듯 고개를 끄덕였다. 어차피 작위를 물려줄 생각도 했는데 군권이 대수겠는가.

"하긴 나는 그쪽은 문외한이니 네가 관리하는 것이 좋겠구나."

"감사합니다."

리카이엔의 말에 백작은 가벼운 미소를 지으며 고개를 끄덕였다. 그러고는 재빨리 화제를 돌렸다.

"아, 그런데 요즘 좀 안 좋은 이야기가 가끔 들려오더구나."

"안 좋은 이야기라니요?"

"으음…… 네 언행에 관한 이야기인데……"

식솔들 중 몇 명이 와서는 리카이엔이 건달처럼 건들거리는 언행을 한다는 이야기를 한 적이 있었다. 별일 아니라고 넘겼지만 문득 생각이 나 물어본 것이다.

리카이엔 역시 별일 아니라는 듯 피식 웃으며 대답했다.

"그냥 가벼운 장난이니 너무 신경 쓰지 않으셔도 될 겁니다."

"그러리라 생각은 했다만…… 그래도 그런 장난은 하지 않는 것이 좋겠구나. 귀족은 한시라도 그 기품을 잃어서는 안 되는 법이다."

"알겠습니다, 아버지."

그때 차를 가지러 갔던 힐더가 돌아왔다.

"내가 너무 일찍 왔나요?"

"허허, 너무 늦어서 찾으러 가려던 참이었소."

"그렇게 차가 마시고 싶었나 보죠?"

"그게 무슨 말이오? 부인이 걱정되어 그랬던 거요."

"어머? 그 말을 믿어도 될까요?"

나이에 어울리지 않는 농담을 주고받으며 한껏 웃고 있는 두 사람을 보며 리카이엔은 조금 더 이 나른하고 편안한 기분을 만끽하기로 했다.

　　'가끔은 이렇게 쉬는 것도 좋지.'

Chapter 4.

기사, 그거 못해 먹겠다

'쯧……. 이것들도 기사라고…….'

리카이엔은 속으로 그렇게 중얼거리며 그 기분을 조금도 숨기지 않고 표정으로 드러냈다.

겨우 열 명이 나란히 섰는데 제대로 줄도 맞추지 못하는 놈들을 기사라고 데리고 있는 프로커스 백작령이 안쓰러워 보일 정도였다.

아니, 줄을 맞추지 못하는 걸로 끝이 아니다. 짝다리를 짚고 서 있거나 바지 주머니에 손을 찔러 넣고 삐딱하게 서 있다. 그것도 오늘 아침 프로커스 백작이, 리카이엔이 기사단과 군대를 관리할 것이라고 공표를 했음에도 말이다.

딱!

리카이엔이 손에 들고 있던 목봉으로 가볍게 바닥을 찍으며 기사들의 주의를 집중시켰다. 하지만 대부분의 기사들은 고개만 슬쩍 돌릴 뿐 제대로 뭔가를 하려는 기색을 보이지 않는다.

'딱 두 놈 빼고는 전부 갈아 치워야 할 놈들뿐이군.'

프로커스 백작령의 기사는 모두 열 명. 그중에 제대로 자세를 잡고 리카이엔을 보고 있는 사람은 기사단의 막내인 볼프와 페르온뿐이었다.

"주목!"

다시 한 번 말을 해도, 원래부터 바르게 서 있던 볼프와 페르온 두 사람만이 다시 한 번 몸을 꼿꼿이 세울 뿐이다. 그 모습을 본 리카이엔이 한쪽 입꼬리를 말아 올렸다.

그리고 기사단장의 이름을 입에 올렸다.

"알버트 단장님."

그제야 기사단장 알버트가 리카이엔 쪽으로 고개를 돌렸다. 그것도 방금까지 와락 구기고 있던 인상을 활짝 편 채.

"예, 공자님."

어지간히 큰 영지가 아닌 한, 기사 단장은 영지군의 총지휘자이기도 했다. 그리고 프로커스 백작령은 어지간히 크다고 하기에는 어려움이 많은 영지.

지금까지는 당연하다는 듯 기사단장인 알버트가 전체적인 군대를 지휘했었다. 그런데 아침에 뜬금없이 백작의 아들인 리카이엔이 기사단을 관리한다는 말을 들었다. 알버트로서는 자신이 가진 권한을 빼앗긴 셈이니 기분이 좋을 리가 없다.

방금 보인 기사들의 반항적인 태도는 그러한 알버트의 심기를 대변한 것이다.

그런데 리카이엔 공자의 입에서 '단장님'이라는 존대가 나왔다.

'그러면 그렇지. 공자님, 당신이 아무리 잘났어도 이곳은 이곳의 룰이 있는 법입니다.'

아주 득의양양한 표정.

그 표정을 본 후, 리카이엔의 얼굴에 떠오른 미소가 한층 더 심하게 비틀렸다. 그리고 입을 열었다.

"미치셨어요?"

알버트는 잠시 자신의 귀를 의심했다. 지금 제대로 들은 것이 맞나?

"네? 지금 뭐라고 하신……."

"아아~ 그냥 죽으시려고요?"

"그, 그게 무슨……?"

더 이상 말로 하는 대화는 없었다.

쉬아아악!

리카이엔의 손에 들린 봉이 호쾌한 궤적을 그렸다.

빠아악!

궤적만큼이나 호쾌한 소리가 연무장에 울려 퍼진다.

"고, 공자님 이게 무슨 짓입니까!"

단 한 방에 연무장 바닥을 구른 알버트가 황급히 자리에서 일어나 외쳤다. 하지만 그 말에 대답한 것은 리카이엔의 봉이었다.

퍼어어억!

또 한 번 바닥을 구른 알버트가 재빨리 일어나 허리에 차고 있던 아밍소드를 뽑아 들었다.

"저도 참지 않겠습니다!"

이번에도 리카이엔은 말로 대답하지 않았다.

"흡!"

짧게 호흡을 가다듬은 알버트가 아밍소드를 휘둘렀다.

슈아아아!

리카이엔의 봉은 이번에도 호쾌한 궤적을 그렸다. 그리고 알버트의 아밍소드가 그 궤적을 막아섰다.

하지만.

"억!"

알버트의 입에서 실성이 터져 나왔다. 횡으로 격하게 휘둘러지던 봉이 갑자기 그 방향을 바꿨다. 진로를 막아선 자신의 아밍소드를 유유히 비켜가더니 그대로 얼굴을 향해 날아들었다. 알버트는 그런 봉의 움직임이 너무 느리다고 생각했다.

문제는 그 봉의 움직임보다 자신은 더 느리다는 것.

빠아아악, 으드득!

붉은 선혈이 사방으로 튀어 올랐다.

"으, 으으윽!"

알버트의 입에서 고통스러운 신음이 새어 나왔다. 단번에

코뼈가 으스러졌다. 제대로 말을 할 수도 없을 정도로 아팠다. 하지만 그 아픔보다 먼저 뇌리를 스치는 것이 있었다.

'죽을지도 모른다.'

왜 그런 생각이 들었는지는 모른다. 하지만 이대로 있다가는 정말 죽을 것 같았다.

"고, 공자님!"

알버트의 입에서 다급한 외침이 터져 나왔다.

멈칫.

리카이엔의 봉이 허공에서 멈췄다. 그리고 알버트가 말을 하기를 기다렸다.

"자, 잘못했습니다."

그 말에 리카이엔은 여전히 미소를 띤 채 물었다.

"그래요? 그런데 뭘요?"

"고, 공자님의 말을 듣지 않은 것을……."

"그럼 잘못했으면 맞아야 돼요, 안 맞아야 돼요?"

"네? 그, 그게 무슨……?"

이번에도 대답은 리카이엔의 손에 들린 봉이 대신했다.

뻐어어억!

이번에는 입이다.

"쿠어억!"

대여섯 개의 이가 허공으로 비산했다. 쌍코피와 입에서 터져 나온 피로 얼굴이 피범벅이 된 알버트는 손이 발이 되도록 빌었다.

"잘모해스니다!"

이가 부러져 한껏 새는 발음으로 절규하듯 외쳤다. 하지만 리카이엔은 더 이상 입으로 대답할 마음이 없었다.

"고, 공자님!"

"참으십시오!"

보다 못한 나머지 기사들이 리카이엔을 향해 우르르 몰려든다. 하지만 그들을 맞이한 것은 심장이 서늘해질 정도로 세찬 파공성.

휘이이잉!

리카이엔이 봉으로 크게 원을 그리며 자신을 향해 달려온 기사들을 노려보았다. 이번에도 볼프와 페르온은 원래의 자리에 꼿꼿이 서서 땀만 삐질삐질 흘리고 있을 뿐이었다.

'그래도 두 놈은 건졌군.'

그리고 자신을 향해 달려오던 기사들을 향해 물었다.

"이게 무슨 짓일까요?"

갑작스럽게 봉을 휘두르는 바람에 멈칫했던 기사들이 천천히 다가서며 말했다.

"그, 그는 우리 기사단의 단장입니다. 아무리 잘못을 했다 해도 그런 식으로 무력을 사용하는 것은 옳지 못합니다. 더군다나 수하인 우리들 앞에서는……."

확실히 그 말은 맞다. 아무리 잘못을 했다 해도 팰 생각이면 단 둘이 있는 곳에서 하는 게 옳다. 물론 그것은 어디까지나 제대로 개념이 박힌 놈들에 한해서지만.

리카이엔이 다가온 기사들을 향해 약간 누그러진 목소리로 물었다.

"아하~ 다들 그렇게 생각하신다 이거죠?"

기사들이 천천히 고개를 끄덕인다.

알버트라는 훌륭한 실례가 있음에도 불구하고, 여전히 리카이엔의 존대가 뭘 의미하는지 모른다. 더군다나 특유의 건들거리는 그 존댓말이 가지는 뉘앙스조차 느끼지 못한다.

빠아아악!

기사 한 명이 그대로 바닥을 나뒹굴었다. 역시나 이번에도 순식간에 벌어진 일.

"전부 뒈지고 싶으세요?"

"고, 공자님 그, 그게 무슨……?"

어리둥절한 기사들이 말을 더듬거리는 사이, 리카이엔이 또 한 번 봉을 크게 휘둘렀다. 시원한 바람이 기사들의 이마를 스치고 지나가는 순간, 리카이엔이 오만한 표정으로 기사들을 노려보며 외쳤다.

"전부 덤벼!"

전생에 장윤명이 지휘했던 백호소에는, 지휘관의 말에 토를 다는 수하는 단 한 명도 없었다. 장윤명이 병사들을 잘 다스렸기 때문이 아니라, 반항기가 있는 병사들은 모두 그의 존대를 들었기 때문이다. 그리고 그중에서 병신이 된 자들은 모두 존댓말 끝에 반말을 들었다.

기사들의 실력은 형편없었다. 아니, 실력이라고 말하기조차 민망한 수준이었다. 날 선 무기를 든 여덟 명의 기사들은 목봉을 들고 있는 리카이엔의 털끝 하나 건드리지 못하고 연무장 바닥에 누워 있었다.

그런 기사들을 향해 리카이엔이 말했다.

"너희는 오늘부로 프로커스 백작령의 기사 자격을 박탈한다."

하지만 대답을 할 수 있는 사람은 없었다. 이미 정신을 잃은 상태였기 때문이다.

리카이엔은 더 이상 시선을 주는 것도 아깝다는 듯 차갑게 고개를 돌렸다. 그리고 연무장 구석에 있는 의자에 털썩 주저앉아 땀을 비 오듯 흘리고 있는 볼프와 페르온을 향해 말했다.

"이리 와."

리카이엔이 기사들을 어떻게 다루는지 본 두 사람은 그 말이 끝나기가 무섭게 화살처럼 튀어 나갔다.

'일단 이놈들을 제대로 쓸 수 있게 만들어야 한다는 건데……'

리카이엔이 그런 생각을 하고 있는데 볼프가 믿기지 않는다는 표정으로 물었다.

"그, 그런데 저들의 기사 자격을 정말 박탈하시는 겁니까?"

그 말에 리카이엔이 고개를 갸웃거리며 되물었다.

"소화도 못 시키는 뼈다귀를 뺏겼다고 주인한테 짖어대는 개새끼를 내가 먹여 살릴 이유가 있나?"

"아, 아닙니다!"

리카이엔의 과격한 표현에 흠칫 놀란 볼프가 악을 쓰며 고개를 내저었다. 그리고 그 옆에 있던 페르온은 심각한 표정으로 고민에 잠겨 있었다.

'고, 공자님이 워, 원래 저런 성격이셨던가?'

그가 알고 있던 이전에 자신의 검술을 단련시켜 주던 리카이엔 공자는 좀 더 기품이 넘치고 점잖으며 정이 많은 사람이었다.

'너무 아프서서 성격이 변하신 걸까?'

많은 의문이 떠올랐지만 그런 생각을 내보이기에는 페르온의 성격이 너무 소심했다.

두 사람이 말도 못하고 땀만 줄줄 흘리고 있는 동안, 리카이엔은 팔짱을 낀 채 머릿속의 생각을 정리하고 있었다.

'일단 기사들은 처리를 했고……. 다음은 일반 병력들을 다듬어야 되나?'

사실 그는 오늘 아침 눈을 뜨면서부터 마음에 들지 않는 기사들을 모두 병신으로 만들 생각이었다. 이전 리카이엔의 기억을 더듬어 보았기에 영지에 있는 기사들이 어떤지 잘 알고 있었던 것이다.

'역시 리카이엔 그놈은 인간이 너무 물러 터졌어.'

이전이나 지금이나 기사들이 리카이엔을 대하는 태도는 똑같았다. 할 줄 아는 건 쥐뿔도 없으면서 대우는 받으려 하고, 자신들 주군의 아들인 리카이엔을 얕잡아 보았다.

그런데 그것을 보고 평가하는 과거의 리카이엔과 지금의 리카이엔의 관점은 극과 극이었다.

과거의 리카이엔은 그런 기사들에게 얼마 되지도 않는 녹봉을 받으면서도 남아 있어 주는 고마운 사람들이라는 평가를 내렸다.

그리고 지금의 리카이엔은 실력이 없어서 받아 주는 데가 없으니 어쩔 수 없이 빌붙어 있는 버러지라고 평가했다.

어쨌든 그들에 대한 처리는 끝이 났다.

리카이엔은 굳은 표정으로 서 있는 볼프와 페르온을 보며 그다음으로 생각을 진행시켰다.

'이놈들을 쓸 만하게 만들어야 된단 말이지?'

자질이 뛰어난 기사들이지만 성격상 문제가 있으므로 혹독한 훈련으로 정신 상태를 다질 필요가 있다는 것이 이전 리카이엔의 평가였다.

그리고 언뜻 보기에도 그 평가는 정확한 것 같았다.

짙은 갈색 머리에 예리한 눈매를 가지고 있는 볼프는 너무 자신감이 넘쳤고, 수수한 금발에 축 처진 눈초리가 인상적인 페르온은 심각하게 소심했다.

'그래도 이 두 놈은 제대로 평가를 했네. 두 명이라도 제대로 봤으니 다행이라고 해야 하나……. 두 명밖에 제대로 못 봤으니 불행이라고 해야 하나?'

어쨌든 성격상의 문제를 빼고는 쓸 만한 놈들이었다. 말단이라 그런지 다른 기사들의 나쁜 근성도 배우지 않았고, 군기도 확실하게 들어 있었다.

'일단 가르쳐 보자.'

그런 다음에 평가해도 늦지 않았다.

"너희는 오늘부터 완전무장을 한 채, 내성 성벽을 따라 백바퀴씩 뛴다. 알았나?"

"네, 네?"

리카이엔의 갑작스러운 말에 볼프가 당황한 표정으로 물었다. 기사들의 무장이라는 것은 간단하게 말해서 온몸에 쇠붙이를 두른다는 뜻이다. 그 무게는 어지간한 사람은 걷기조차 힘들다.

그리고 아무리 단련된 기사라고는 하나 그 정도 중무장을 하고 내성의 성벽을 따라 뛰라니, 그것도 백 바퀴 씩이나.

하지만 리카이엔은 거기에 대답해 줄 정도로 친절한 성격이 아니었다.

"까라면 까!"

큰소리는 아니지만 가차 없이 터져 나오는 호통에 깜짝 놀란 두 사람이 황급히 자세를 고치며 이구동성으로 외쳤다.

"알겠습니다!"

"그럼 지금부터 시작해."

리카이엔은 얼떨떨한 표정을 짓고 있는 두 사람을 향해 그렇게 말을 하고는 몸을 일으켰다. 그리고 몸을 돌리려다 갑자기 생각난 듯 말했다.

"저기 뻗어 있는 놈들은 전부 감옥에 처넣어. 죄명은 하극상이다."

"알겠습니다!"

"그리고 얼른 시작하는 게 좋아. 안 그러면 해 넘어가도 다 못 돌 테니."

"예, 공자님!"

쩔그럭, 쩔그럭!

요란한 소리와 함께 두 쇳덩이가 프로커스 백작령 내성 성벽을 따라 뛰고 있었다. 아니, 움직이는 모양은 분명히 뛰는 모양인데 그 속도는 걷는 속도다. 뛰려고 아무리 용을 써도 두 발이 천근같이 무거워 뛸 수가 없었다.

"크헉, 크허억!"

입에서 나오는 것은 신음뿐이다. 말할 기운도 없다. 두 발이, 어깨가, 머리가 너무 무거워 죄다 잘라 내고 싶은 충동이 들 정도다.

입안에서는 단내가 나고, 벗지도 못하는 갑옷 안에서는 땀 냄새가 가득했다. 쉬지 않고 날카로운 마찰음을 토해 내는 갑옷이 하루 종일 귀를 괴롭힌다.

그때였다.

"우웨에에엑!"

앞서 걷던 볼프가 갑자기 한껏 허리를 굽히더니 뱃속에 있는 것들을 모조리 토해 내기 시작했다. 그리고 연쇄 반응이 일어났다.

"웨에에에엑!"

뒤에서 걷던 페르온 역시 입에서 무언가를 뱉어 냈다. 하지만 그는 이미 토했었기에 나오는 것은 누런 위액뿐이었다.

"케켁! 쿨럭, 쿨럭!"

한참 동안 기침을 한 후에야 어느 정도 목이 진정된 볼프가 힘겹게 허리를 폈다. 하지만 입안에 남아 있는 토사물의 냄새가 코를 찌른다.

물 한 잔으로 입을 헹궈 내고 싶은 마음이 간절했다. 하지만 내성의 성문까지 가려면 아직 절반을 더 돌아야 했다.

볼프는 힘겹게 무거운 발을 옮겼다. 그렇게 몇 걸음이나 걸었을까? 땅을 보고 걷던 볼프의 눈에, 바닥에 둥그렇게 모여 있는 토사물이 보였다. 아침에 페르온이 토해 놓은 것들이었다.

그리고 또 얼마 후, 이번에는 말라붙어 있는 토사물들이 보였다. 어젯밤에 볼프가 토해 놓은 자국이었다.

더 이상 숨을 쉬는 것도 힘들었다.

'이대로 기절해 버리면 편안할까?'

하지만 인간이 자기 마음대로 기절을 할 방법은 없었다.

철컥, 철컥!

두 발은 느리지만 끊임없이 움직였다.

'눕고 싶다!'

정말 간절했다. 하지만 누워서 쉬기 위해서는 백 바퀴를 다 돌아야 했다.

'이제 마흔두 바퀴째던가?'

해가 중천으로 떴는데 절반도 못 돌았다.

"후우~ 오늘도 한밤중이냐?"

볼프는 몰려오는 절망감에 부르르 떨었다. 그래도 첫날보다는 낫다. 처음 돌기 시작했던 날에는 새벽이 되어서야 잠이 들었으니까.

'도대체 이걸 왜 시키시는 거지?'

페르온은 지난 열흘간 수백 번도 더 했던 질문을 또다시 떠올렸다. 물론 이렇게 하면 온몸에 근육이 붙고 힘이 좋아진다는 것 정도는 알고 있었다. 하지만 그것도 어느 정도여야 하는 것 아닌가?

계속 이러다가는 근력이 좋아지기 전에 탈진해 죽을 것만 같았다.

'설마 벌을 주시는 걸까?'

아무래도 그쪽이 더 신빙성이 있어 보였다. 첫날 기사들이 그 정도로 처참한 꼴이 됐는데 자신들이라고 무사할 수는 없지 않을까 하는 생각이었다.

하지만 그런 페르온의 생각은 사실이 아니었다. 지금 두 사람이 하는 것은, 리카이엔이 전생에 익혔던 장가창법의 기초 수련 과정이었다.

장가창법을 익히기 위해 필요한 조건이 바로 근력. 장가창법은 창대까지 쇠로 만들어진 무거운 철창으로 펼치는 창술이었고, 그것을 제대로 휘두르기 위해서는 강철 같은 근육이 필요했다.

그렇다고 장가창법이 단순한 외공은 아니다. 수련을 시작하게 되면 근육의 움직임은 공력을 이끈다. 그리고 그것을 거듭하면 할수록 몸속에 기가 쌓이고 결국 공력으로 탈바꿈하는 것이다. 바로 외가기공(外家氣功)이다. 장가창법은 외가의 창술인 동시에 일종의 동공(動功)인 셈이다.

어쨌든 우선 필요한 것은 근력. 그러니 일단은 성벽을 따라 돌아야 했다.

한참을 철컥거리며 걷다 보니 마침내 성문이 보였다.

'흐윽, 흐윽! 드디어 마흔세 바퀴……'

돌아야 되는 숫자가 줄어드는 것에 희열을 느끼며 몸을 부르르 떨던 볼프가 갑자기 눈을 좁히며 정면을 살폈다.

'고, 공자님이 왜……'

성문 앞에 리카이엔이 팔짱을 낀 채 자신들을 보고 있는 것이다.

"이번이 몇 바퀴째지?"

"마흔두 바퀴 돌았고, 이제 마흔세 바퀴째 돌 차례입니다."

"그래? 그런데 이거 들고 가."

리카이엔이 가리킨 것은 물이 가득 담겨 있는 양동이였다. 갑옷만으로도 무거워 죽을 지경인데 물이 가득 담긴 양동이를 들고 가라니.

볼프가 절망스러운 표정으로 물었다.

"야, 양동이는 왜 들고 가야 합니까?"

'아무리 공자님이지만 이거 너무 심하십니다.' 라는 말이 목구멍까지 튀어 나왔지만 그건 억지로 집어삼켰다. 그리고 그 물음에 리카이엔이 친절하게 대답해 주었다.

"자기가 토한 건 자기가 씻어라. 이 더러운 놈들아!"

"헉, 헉! 진짜 기사 못해 먹겠네!"

한 병사가 땀범벅이 된 얼굴을 잔뜩 일그러뜨린 채 투덜거렸다. 돌덩이를 끈으로 묶어 등에 짊어지고, 양손에는 물 양동이를 하나씩 든 채.

그 말에 나란히 걷던 병사가—마찬가지로 돌덩이를 메고 양동이를 든—비슷하게 찡그러진 얼굴로 말했다.

"야 인마, 이거하면 기사 시켜 준다는데 못해 먹겠다는 말이 왜 나오냐?"

"제길! 이럴 줄 알았으면 열 번 왕복을 하는 게 아닌데!"

처음 투덜거렸던 병사의 이름은 톰, 그 말에 대답한 병사의 이름은 잭이었다. 두 사람은 어려서부터 친구였고, 군에 들어온 지금도 친구다.

이들은 원래 프로커스 백작령의 상비군들이었다. 그런데 얼마 전 군권을 쥐게 된 리카이엔 공자가 막사로 찾아왔었다. 그러고는 한다는 말이 성 뒤편에 있는 산꼭대기를 뛰어올라 가라는 것이다.

시키는데 안 할 수 없는 노릇. 말단 병사에서부터 시작해 지휘관급의 장교들까지 단 한 명도 빠짐없이 산꼭대기를 향해 뛰었다.

그리고 단 한 명도 빠짐없이 산 곳곳에 토악질을 해대기 시작했다.

어쨌든 병사들은 뛰었다. 아침에 먹은 것들을 죄다 게워 내고도 또 토하면서도 산꼭대기를 향해 뛰었다. 그리고 다시 내려왔더니 한다는 말이 또 뛰란다.

그날 리카이엔은 무려 열 번이나 산꼭대기를 왕복하도록 시켰다. 하지만 대부분의 병사들은 채 다섯 바퀴를 뛰지 못하고 그대로 탈진해 쓰러지고 말았다.

병사들 중 열 번을 모두 채운 병사는 불과 다섯 명. 그런데 그 다섯 명을 향해 리카이엔은 믿을 수 없는 말을 했다.

"내가 시키는 일을 제대로 해낸다면 우리 영지의 기사로 임명해 주마."

대부분 병사들이 자기 볼을 꼬집었다. 심한 병사는 혀를 깨물었다가 비명을 지르기도 했다. 그만큼 믿을 수 없는 말이었다. 하지만 한편으로는 인생에서 다시 오지 않을 기회이기도 했다.

병사들은 저마다 꿈에 부풀어 리카이엔의 뒤를 따랐다. 그리고 리카이엔은 병사들에게 기사들이 입는 갑옷 무게만큼의 돌을 하나씩 주었다. 며칠 후에는 자기가 토한 건 자기가 씻으라며 양동이도 두 개씩 주었다.

"웩, 웨엑!"

그때 뒤따르던 다른 병사가 갑자기 허리를 잔뜩 굽힌 채 속에 든 걸 게워 내기 시작했다. 그 모습을 본 톰과 잭이 한마디씩 던졌다.

"난 그래도 아직은 좀 괜찮은데……."

"저놈 부럽다. 양동이에 물이 줄어드네……."

양동이를 들고 뛰기 시작하면서 생긴 묘한 분위기였다. 힘들어서 토하는 걸 불쌍하게 보기보다는, 양동이 물이 줄어 무게가 가벼워지는 것을 부러워하는 분위기. 특히 체력이 좋아 점점 토하는 횟수가 줄어든 병사들이 심하게 부러워하곤 했다.

"그나저나 그날 공자님 정말 대단하시긴 했어, 그치?"

"하긴, 그건 그래."

병사들이 산으로 뛰던 날, 리카이엔 역시 병사들과 함께 산을 향해 달렸다. 그것도 가장 나중에 출발해서 모든 병사들을 따라 잡고 가장 먼저 도착하는 신기한 광경을 연출하며.

잭이 어깨를 한 번 으쓱거리며 말했다.

"아무튼 열심히 하자, 기사 시켜 준다잖아. 그리고 기사 안 한다고 막사로 가봐야 여기랑 별반 다를 것도 없다."

"그건 무슨 소리냐?"

"어? 너 막사에 안 가 봤냐?"

기사 수련이라는 '돌덩이 메고 뛰기'를 시작하면서부터 다섯 병사들은 기사들의 숙소에서 숙식하고 있었다.

"야, 성벽 돌고 나면 들어가 자기 바쁜데 거길 어떻게 가 봐?"

"그랬군. 걔네들은 만날 산꼭대기 뛰기 한다더라."

"그, 그러냐?"

"다만 한 가지 부러운 게 있다면 돌덩이는 안 메고 뛰는 정도? 아무튼 거기나 여기나 힘든 건 똑같아. 그래도 우리는 기사로 임명해 준다니까……."

그 말에 톰은 회의적인 표정을 지었다.

"야, 근데 내가 곰곰이 생각해 봤는데……. 우리 같은 것들을 진짜 기사 시켜 줄까?"

"서, 설마 공자님이 거짓말을 했겠어?"

"모를 일이지! 귀족들한테 우리가 어디 사람 취급이나 받아? 어쩌면 갖고 노는……."

그때였다.

따악!

"악!"

경쾌한 소리와 함께 병사가 비명을 지르며 그 자리에 주저앉았다.

"도, 도대체 누구야아……."

버럭 소리를 지르며 뒤를 돌아보던 톰이 그 자리에서 얼어붙었다. 자신을 노려보고 있는 사람은 다름 아닌 볼프였던 것이다.

'뒤, 뒤에 누가 온 줄도 모르고 공자님을 욕하다니……. 내가 미쳤지!'

순간적으로 오만가지 생각이 머릿속으로 빙글빙글 돌았다. 얼핏 지금까지의 인생이 주마등처럼 눈앞을 지나가는 것 같았다. 아무튼 이제 이대로 이 세상 하직할 것 같았다.

하지만 볼프가 톰을 향해 한 말은 예상외의 것이었다.

"잔소리 말고 까라면 까 이 자식아! 우리도 돌고 있는 거 안 보이냐?"

볼프와 나란히 뛰던 페르온이 그 모습을 보며 속으로 중얼거렸다.

'저놈 점점 공자님을 닮아가는 거 같단 말이야? 그것도 병이 나은 후에 예전과는 달라지신 공자님을.'

원래도 잘 까불고 겁 없이 나서기를 좋아하는 볼프였지만, 저런 식은 아니었다.

'흐음, 그만큼 공자님이 좋다는 건가?'

가끔 그런 사람이 있다. 자기가 따르고 좋아하는 사람이 있으면 저도 모르게 그 사람의 말투나 행동 혹은 버릇을 따라하게 되는 사람.

페르온이 볼 때 볼프는 그런 부류의 사람이었다.

'그나저나 저렇게 노닥거리는 걸 공자님이 보시기라도 하신다면……'

생각만 해도 온몸의 털이 곤두서는 것 같았다. 분명 지금보다 더 혹독한 훈련을 시킬 것이 분명했다.

'음?'

그렇게 생각하던 페르온이 갑자기 혼자 멋쩍은 표정을 짓더니 뒤통수를 긁적였다.

'그러고 보면 나도 볼프와 다를 게 없군.'

좋아하는 사람의 행동을 저도 모르게 따라하는 사람이 있는가 하면, 어떤 사람은 항상 그 대상의 움직임에 신경을 곤두세운다.

페르온이 바로 그중 후자에 속했던 것이다.

그때였다.

"이제 농담도 할 수 있을 정도가 된 모양이군."

갑자기 들려 온 목소리.

페르온은 갑자기 온몸에 소름이 돋는 것을 느꼈다. 그리고 천천히 소리가 난 쪽으로 시선을 돌렸다.

그곳에서 리카이엔이 피식 웃으며 이쪽을 보고 있었다.

페르온의 상상은 현실이 되었다.

Chapter 5.

장가창법

"으으윽, 죽겠다."

"나도……."

하늘에 휘영청 밝은 달이 떠올라 있는 밤, 톰과 잭이 신음 같은 목소리로 이야기를 하며 걷고 있었다.

한 올의 힘도 남아 있지 않은 몸, 도저히 자기 것 같지가 않은 무거운 발, 멍한 머릿속. 그럼에도 불구하고 등에 매달려 있는 무거운 돌.

톰이 여전히 비 오듯 흐르고 있는 이마의 땀을 훔치며 말했다.

"크흐흐, 그, 그래도 이제 들어가면 잘 수 있다."

"그전에 너 좀 씻는 게 좋지 않겠냐?"

"내일이면 또 땀범벅이 될 건데 뭐하러? 그 시간에 조금이라도 더 자는 게 낫지."

"인마, 너만 생각하냐? 같은 방 쓰는 내 생각도 좀 하란 말이다. 냄새 나 죽겠다. 이 더러운 자식아!"

"크흐, 아직 덜 힘들구나? 냄새에 신경 쓸 여유도 있고."

"뭐?"

"흐흐흐, 미치도록 힘들면 냄새고 지랄이고 아무것도 안 느껴지는 법이거든."

히죽거리며 그렇게 말하는 톰을 보며 잭은 어처구니없는 표정으로 이마를 짚을 뿐이었다.

"아무튼 이제 다 왔네. 이 등짐도 이제 벗을 수 있겠다."

어느새 기사들의 막사 근처에 도착한 톰이 홀가분한 표정으로 말했다.

그때였다.

"하아아앗!"

쿠웅, 우당탕탕!

"제기라아아알!"

기합과 함께 두 가지 소음이 연달아 울려 퍼졌다.

"이게 무슨 소리지?"

톰이 고개를 갸웃거리며 물었다. 그리고 잭 역시 갑자기 엄습해 오는 불안감에 눈매를 가늘게 좁히며 귀를 기울였다.

쿠우웅, 뻐억!

소리는 쉬지 않고 들렸다. 조용히 내려앉은 밤공기가 들썩일 정도로 큰소리.

"마, 막사에는 보, 볼프 기사님이랑 페르온 기사님밖에 없을 텐데……."

톰이 불안한 얼굴로 함께 오던 동료 병사, 아니, 신참 기사들을 돌아보았다. 그들 역시 톰과 그리 다르지 않은 얼굴이었다. 볼프와 페르온은 자신들보다 한참 먼저 훈련을 끝내고 막사로 돌아갔었다. 평소였다면 분명 먼저 식사를 마치고 쉬고 있을 것이다.

그때 잭이 갑자기 뭔가 생각난 듯 외쳤다.

"그러고 보니 낮에 공자님이 오셨었잖아!"

"아, 맞다. 그랬었지!"

"이, 일단 가 보자."

잭이 앞장서고 그 뒤로 톰과 나머지 신참 기사들이 살금살금 걸음을 옮겼다.

"하아아아앗!"

기합이 터진다.

스아악!

오른발이 지면을 쓸 듯이 앞으로 뻗어 나가고 왼발 축으로 수직으로 빙글 돌아간다. 낮게 뻗어가던 오른발이 갑자기 높이 들리는가 싶더니 수직으로 돌아간 왼발과 수평하게 방향을 튼다.

오른발이 수직으로 돌아간 왼발과 평행을 이루자 처음에 정면을 보던 몸이 따라 돌아가며 자연스레 측면을 본다. 양손에 쥐고 있는 목봉이 정면을 보는 자세.

쿠우우웅!

측면을 향하는 자세 그대로 오른발이 힘차게 지면을 내리찍는다.

동시에 왼발이 땅을 박차고, 몸이 앞으로 기우는가 싶더니 양손에 쥔 목봉이 정면으로 쭉 뻗는다. 정확하게는 앞에 세워져 있는 두꺼운 나무판을 향해.

빠악, 우당탕탕!

요란한 소리와 함께 땅에 살짝 박혀 있던 나무판이 그대로 넘어갔다.

"제기랄!"

나무판을 넘어뜨린 페르온이 뭐라 형용할 수 없을 정도로 복잡한 표정으로 몸을 일으켰다. 그러고는 깊이 숨을 내쉬더니 넘어간 나무판을 들어 방금 있던 자리에 박았다. 그런 후 방금과 똑같은 동작을 되풀이한다.

"저, 저게 도대체 뭐하는 거지?"

톰이 괴기스러운 표정을 지으며 중얼거렸다. 그리고 잭이 당연하다는 표정으로 답했다.

"훈련이겠지. 공자님이 시키신……."

"설마 우리도 해야 되는 건 아니겠지?"

톰의 불안한 얼굴을 보며 잭이 조금도 자신 없는 목소리로 말했다.

훈련일 거라 예상은 하지만 아무리 봐도 기괴한 행동이었다. 겨우 세워 놓을 수 있을 정도로만 나무판을 세워 놓고 그걸 목봉으로 찌르는 걸 반복한다니.

"그, 그거야… 낮에 공자님이 두 사람을 데리고 가면서 성벽 돌기에 적응된 거 같으니 따라오라고 하셨으니까……."

"그렇겠지? 그, 그럴 거야. 안 그래?"

톰이 자신과 똑같이 불안한 표정으로 서 있는 동료들을 보며 동의를 구했다. 그리고 모든 신참 기사들이 간절한 표정으로 고개를 끄덕였다.

"그, 그럼 우린 어서 들어가자."

톰의 말에 신참 기사들이 비장한 표정으로 고개를 끄덕였다. 동료들의 일치단결된 의견에 힘을 얻은 톰이 선두에서 까치발을 한 채 조심스럽게 한 발 내디뎠다. 그리고 볼프의 목소리가 나지막이 내리깔린 것도 그때였다.

"어디 가나?"

"흡!"

톰이 헛바람을 들이키며 천천히 고개를 돌리는 사이 볼프의 목소리가 이어졌다.

"맞고 튀어 올래? 그냥 튀어 올래? 아니면 안 오고 그냥 뒈질래?"

그 순간 이미 톰이 가장 먼저 볼프를 향해 달리고 있었다.

"헉, 허억!"

"받아라."

갑작스러운 전력질주로 인해 가쁜 숨을 몰아쉬는 신참기사들을 향해 볼프가 내민 것은 그냥 보기에도 두꺼운 나무판이었다. 그리고 두 사람이 들고 있던 목봉도 함께.

"이, 이게 뭡니까?"

"내가 하는 거 못 봤냐?"

"보, 보긴 봤습니다만……."

"목표는 목판을 뚫는 거다."

"네, 네?"

톰이 황당한 표정으로 되물었다. 목판을 뚫으라니? 단단히 고정되어 있는 것도 아니고 그저 땅바닥에 살짝 박혀 있는 목판을 목봉으로 찔러 어떻게 구멍을 뚫을 수 있단 말인가?

방금도 보았듯이 나무판은 뚫리기도 전에 바닥으로 넘어갈 것이 분명했다.

"그게 가능한 일입니까?"

신참 기사들 중 가장 생각이 빠른 잭이 황급히 물었다. 그 말에 볼프가 손가락을 들어 한 곳을 가리켰다. 자연스럽게 볼프의 손가락을 좇던 잭의 두 눈이 갑자기 휘둥그레졌다.

"저, 저게 뭡니까?"

볼프가 가리킨 곳에는, 매끈하고 둥근 구멍이 뚫려 있는 목판이 널브러져 있었다.

"공자님이……."

그 뒤는 듣지 않아도 알 수 있었다. 리카이엔 공자님이 몸소 시범을 보여 주셨으리라.

꿀 먹은 벙어리가 된 신참 기사들을 향해 볼프가 설명을 부연했다.

"앞으로 성벽 돌기가 끝나거든 자정까지 이걸 하고 자라."

"커헉! 자정까지요?!"

톰이 피를 토할 듯한 표정으로 받아 든 나무판을 내려다보았다. 격자 방향으로 다섯 장을 덧대 붙여 만든 대략 5Cm 두께의 목판. 그런 톰을 향해 볼프가 한층 더 구겨진 표정으로 말했다.

"인마, 넌 그래도 운 좋은 줄 알아. 우린 스무 장이다 이 자식들아!"

"스, 스무 장!"

자신들이 들고 있는 목판으로 보건데 볼프나 페르온에게 주어진 나무판은 거의 20Cm 두께. 너무 놀라 뭐라고 말도 잇지 못하는 톰을 향해 볼프가 외쳤다.

"얼른 시작 안 하냐!"

그와 함께 기사단 막사 연무장에는 기사들의 발소리가 묵직하게 울리기 시작했다.

그리고 그날 밤, 잭은 기사 훈련을 시작한 후 처음으로 톰의 땀 냄새를 신경 쓰지 않을 수 있게 되었다.

자신이 살고 있는 영지의 기사들이 양손에 물이 가득한 양동이를 들고 내성 성벽을 따라 도는 모습은, 영지민들에게는 아주 낯설고도 흥미진진한 광경이다.

거기에 더해 신참 기사라고 부르는 이들이 돌덩이를 등에 메고 양손에 양동이를 든 채 성벽을 도는 일은 더욱 흔치 않은 모습이다.

그리고 그 기사들이 갑자기 토를 하고는 양동이의 물로 그것을 씻는다면? 먹은 것을 있는 대로 게워 내는 모습이 그리 좋은 광경은 아니지만, 그것 역시 진귀한 구경거리가 아닐 수 없었다.

처음 볼프와 페르온이 성벽을 따라 돌 때만 해도 그 모습을 구경하는 영지민들의 수는 그리 많지 않았다. 그러던 것이 점점 늘어나 어느 날부터인가 하루에도 수백 명씩 기사들을 구경하러 사람들이 왔다.

하지만 지금은 기사들을 구경하는 영지민들의 모습은 보이지 않았다.

"요즘은 구경꾼들이 없어서 좀 나은 것 같지 않냐?"

톰의 말에 잭이 고개를 끄덕였다.

"그러게 말이야. 아무리 훈련이라도 그렇지 우리도 명색이 기사인데 이런 흉한 꼴로 다니는 건 좀 그렇지?"

"내 말이~ 아, 어찌나 쪽팔리던지……."

톰이 생각만 해도 짜증난다는 듯 고개를 설레설레 저었다.

"그런데 말이야… 도대체 그 나무판은 어떻게 하면 뚫을 수 있는 거냐?"

"나도 모르겠… 읍!"

또 한 번 고개를 설레설레 저으려던 톰이 갑자기 말을 멈추며 입을 닫은 채 두 볼을 잔뜩 부풀렸다. 그 모습을 본 잭이 황급히 옆으로 물러나며 말했다.

"또 왔냐?"

그 물음이 끝나기가 무섭게 톰이 와락 성벽을 부여잡더니 힘껏 허리를 숙였다.

"우웨에에엑!"

처음 성벽을 돌기 시작했을 때는 힘이 들었지만 어느 정도 하고 나니 꽤 익숙해졌다고 생각했다. 하지만 나무판 뚫기를 시작한 후부터는 토하는 횟수가 늘어나고 있었다. 하루 종일 성벽을 따라 돈 후에도 밤새도록 발을 구르며 나무판을 때려야 하니 체력이 남아 날 수가 없었던 것이다.

"허억, 헉! 아이고 죽겠다."

톰이 눈물을 찔끔 흘리며 앓는 소리를 해 댔다. 하지만 그런다고 상황이 바뀔 리는 없었다.

"젠장, 볼프 형님은 왜 그렇게 융통성이 없는지 모르겠단 말이야!"

활달한 성격이나 보니 어느새 선임 기사 두 사람과 형님 동생 하는 사이가 된 톰이었다. 하지만 아무리 형님이라고 불러도 싫은 건 싫은 거다.

잭 역시 그 말에는 격하게 동의하는 표정으로 고개를 끄덕였다.

솔직히 나무판 뚫기는 성벽 돌기보다 몇 배는 힘든 훈련이었다. 낮에 성벽을 도느라 조금도 남아 있지 않은 체력으로 달밤에 제자리에 서서 나무판을 때려야 한다는 건 절대 맨 정신으로는 할 수 없는 일이었다.

그러니 조금은 요령을 부려도 될 터였다. 성벽 돌기를 최대한 천천히 한다든지, 혹은 식사 시간을 늘린다든지 하는 식으로 말이다.

하지만 볼프 앞에서는 그 어떤 방법도 사용할 수가 없었다. 성벽을 돌 때 조금이라도 늦었다가는 어느새 뒤에서 달려와 뒤통수를 후려갈겼다. 최대한 식사를 천천히 하면 그만큼 훈련 시간을 늘려 버렸다.

"난 사실 요즘 공자님보다 형님들이 더 미워 보이더라니까!"

톰이 구시렁거리며 하는 말에 잭이 조심스러운 목소리로 입을 열었다.

"근데 난 볼프 형님보다 페르온 형님이 더 무서워."

"웅?"

"너 못 봤냐? 우리가 성벽을 천천히 돌 때 페르온 형님이 우릴 흘겨보고 가는 거?"

"그, 그랬냐?"

"그렇다니까! 어이구, 말도 마라. 뭐라고 말도 안 하고 그 소심한 표정으로 은근히 째려보더라니까! 차라리 볼프 형님처럼 한 대 쥐어박는 게 낫지. 으으, 그 표현도 하기 힘든 복잡한 눈빛이라니!"

페르온처럼 소심하지는 않지만 꽤 신중한 성격의 잭이다 보니 그런 모습이 눈에 들어왔던 것이다.

잭의 설명에 톰이 새로운 사실을 알았다는 듯 호기심 가득한 표정으로 물었다.

"진짜냐?"

"내가 언제 너한테 거짓말 하는 거 봤냐?"

"그럼 볼프 형님보다 페르온 형님이 더 무서운 사람일지도 모르겠는데?!"

조용하던 사람이 화를 내면 무섭다. 하지만 그것도 경우에 따라 다르다. 적어도 톰의 눈에 비친 페르온은 그렇게 화를 낼 수 있는 사람이 아니었다. 그저 순하기만 한 사람으로 보일 뿐이었다.

"진짜 그럴지도 몰라. 으으, 니가 그 눈빛을 한 번 봤어야 하는 건데."

잭이 갑자기 한기라도 느끼는 듯 과장스럽게 몸을 떨며 고개를 내저었다.

"히히, 니가 그 얘기 하니까 한 번 보고 싶기는 하다. 페르온 형님이 화내는 거. 왜 그런 사람일수록 거의 이중인격에 가깝다고 하던……."

그때였다. 잭이 화들짝 놀라는 표정을 짓더니 갑자기 버럭 소리를 질렀다.

"이 자식, 말하는 버르장머리 좀 봐라! 선임 기사인 페르온 형님한테 못하는 말이 없네! 에이, 너랑 말 안 해 인마!"

그러더니 휙 몸을 돌려 성큼성큼 걸어가 버렸다. 잭의 갑작스러운 모습에 톰은 어안이 벙벙한 표정을 지을 수밖에 없었다. 자기가 먼저 말해 놓고 갑자기 돌변하다니.

"페르온 형님만이 아니라 저 자식도 이중인격 아냐?"

고개를 갸웃거리며 그렇게 중얼거리던 순간.

"음?"

톰은 잭을 향해 뻗었던 오른쪽 팔뚝에 갑자기 소름이 도돌도돌 솟아오르는 걸 느꼈다. 그와 함께 온몸을 엄습하는 한기.

'이, 이거… 설마?'

손을 뻗은 자세 그대로 뻣뻣하게 굳어 버린 톰이 힘겹게 고개를 돌렸다.

"히익, 페, 페르온 형님……!"

괜히 서러워 보이는 것 같으면서도 한편으로는 분노가 활활 피어오르고, 또 한편으로는 겁먹은 것 같고, 원한을 곱씹는 것도 같은. 뭐라고 정확하게 표현할 길이 없어 보이는 오묘하고 복잡한 눈빛.

그 눈빛을 정면으로 받은 톰은 황급히 머리를 굴렸다.

'여, 여기서 조용히 못 넘어가면……'

어쩌면 평생 페르온의 저 눈빛을 보며 살아야 하는 것이 아닐까 하는 불안감이 번쩍 뇌리를 스쳤다. 페르온의 소심한 성격이라면 충분히 있을 수 있는 일이었다. 그리고 이럴 때 방법은 하나밖에 없었다.

"페, 페르온 형님! 그, 그러니까 제 말은……."

하지만 페르온이 이미 톰을 외면한 후였다.

"자, 잠깐만 기다려요!"

톰이 다급한 목소리로 힘겹게 발을 놀렸다. 하지만 아직 돌덩이 메고 달리기에 익숙하지 않은 톰이, 완전히 적응한 페르온을 붙잡기란 요원한 일이었다.

'제, 젠장! 잭, 이 자식!'

톰이 애꿎은 잭을 원망하며 움직이지 않는 다리를 황급히 놀렸다. 하지만 아무리 용을 써도 페르온의 뒷모습은 점점 멀어지기만 할 뿐.

"헉헉, 내가 기사 하겠다고 와서 왜 이러고 있는 거야? 아, 기사 그거 진짜 못해 먹겠네!"

끊임없이 투덜거리며 힘겹게 달리던 톰이 갑자기 말끝을 흐리며 고개를 쑥 내밀었다.

"음? 왜 저기 저러고들 있지?"

내성 성문 앞에 기사들이 모여 있었던 것이다. 그 속에는 톰을 배신하고 도망친 잭과 그 묘하게 무서운 눈빛을 보내고 떠난 페르온도 포함되어 있었다.

그리고 기사들의 한가운데 서 있는 사람은 다름 아닌 리카이엔이었다.

궁금증을 느낀 톰이 기사들이 모여 있는 곳으로 다가가자 리카이엔이 기사들을 한 번 쭉 훑어본 후 말했다.

"오늘부터 목욕을 안 하고 자는 놈들은 훈련량을 두 배로 늘려 주마. 이 더러운 놈들아!"

"헉!"

더 이상 구경하러 오는 영지민들이 없는 이유는, 다름 아닌 기사들의 몸에서 풀풀 풍기는 지독한 땀 냄새 때문이었던 것이다.

쿵!

거세게 땅을 밟았다. 동시에 조금도 어색함 없이 몸이 움직이고, 목봉이 간결한 선을 그었다.

퍽!

그리고 누군가의 환희에 찬 함성이 울려 퍼졌다.

"해, 해냈다!"

톰이었다. 그가 내지른 목봉이 정확하게 나무판을 꿰뚫고 있었던 것이다. 훈련을 시작한 지 무려 4개월. 그리고 함께 훈련하던 기사들 중에서는 마지막으로 성공을 한 것이다.

하지만 그것이 훈련의 끝을 의미하는 것은 아니었다.

다음 날 밤.

모든 기사들이 목봉으로 나무판 뚫기에 성공했다는 이야기를 들은 리카이엔이 기사들의 막사로 찾아왔다.

"오늘 너희에게 창술을 가르쳐 줄 것이다. 모두 내가 하는 것을 잘 보고 확실하게 머릿속에 집어넣어라."

말을 마친 리카이엔이 양손에 철창을 든 채 천천히 호흡을 골랐다. 그리고 강렬한 진각과 함께 장가창법이 전개되었다.

쿠웅!

진각이 한 번 울릴 때마다 땅이 들썩거렸다.

쉐에에엑!

단순해 보이는 동작이었지만 호쾌하게 허공을 가르고 찌르는 철창은 보는 것만으로도 심장이 움찔거릴 정도로 위력적이었다.

"와아~ 우리 이제 저걸 배우는……."

따악!

톰이 저도 모르게 감탄을 터뜨리며 중얼거리다가 갑자기 날아든 볼프의 주먹에 머리를 쥐어박혔다.

"윽!"

톰이 눈물까지 글썽거리며 볼프를 노려보았지만, 오히려 볼프의 살기 넘치는 말을 들어야 했다.

"닥치고 공자님 하시는 거나 봐라. 맞아 죽기 싫으면."

장가창법은 군대와 군대가 싸우는 집단의 전투를 상정하고 만들어졌다. 그리고 계속 대를 이어 오며 완벽한 전장의 무공으로 발전한 창법이다.

그러다 보니 모든 동작 하나하나가 힘이 넘친다. 짧고 간결하지만 단 한 번의 창격으로도 상대의 목숨을 거둘 수 있다. 호쾌함과 파괴력으로만 따진다면 무림의 무공에 견주어도 손색이 없는 수준이다.

리카이엔은 총 세 번에 걸쳐 장가창법을 펼쳐 보인 후 기사들을 훑어보며 물었다.

"이제 그 나무판 뚫기가 왜 중요한지 알겠지?"

장가창법이 가지는 모든 파괴력의 근원이 바로 진각이었다. 장가창법은 외공인 동시에, 똑같은 동작의 반복적인 수련을 통해 몸속에 공력을 쌓는 외가기공이기도 했다. 그리고 그 공력의 축기조차도 이 진각에서 비롯되었다. 더불어 그렇게 쌓인 공력을 다시 격발시켜 창으로 전하는 것 역시도 진각을 통해서 했다.

다시 말해 장가창법에서의 진각은, 시작인 동시에 완성인 것이다.

리카이엔이 목봉으로 나무판을 뚫는 훈련을 시켰던 것도 바로 이 진각을 익히게 하기 위해서였다. 나무판이 넘어지는 것보다 더 강하고 빠른 힘으로 그것을 뚫어 버릴 수 있는 방법은 오직 하나, 진각을 체득하는 것밖에 없기 때문이다.

그날부터 리카이엔은 저녁마다 막사로 찾아와 기사들의 장가창법 수련을 살폈다. 그러는 동시에 자신은 혈하공을 자신의 것으로 만드는 것과 혈하의 수련에 매진했다.

쿵, 쿠웅!

기사들의 진각 소리를 듣던 리카이엔이 저도 모르게 피식 웃어 보였다.

장가창법의 수련을 시작한 지 보름. 드디어 제대로 된 진각 소리가 들려오기 시작한 것이다.

'이 정도면 이제 내가 오지 않아도 수련에 차질이 생기지는 않겠군.'

그리고 그날, 기사들의 수련을 살펴보던 리카이엔이 갑자기 창백한 안색으로 정신을 잃었다.

Chapter 6.

리온 자작의 흉계

매끈한 손바닥 위에 검은 천 재질의 작은 주머니가 놓여 있었다. 손이 조심스럽게 기울어짐에 따라 손바닥에 놓인 주머니 역시 기울어지면서 주둥이가 아래를 향한다.

그리고 꽤나 기울어진 각도가 급하다는 생각이 드는 순간.

또로로로록!

주머니의 주둥이로 새하얀 무언가가 굴러 나왔다. 동시에 방 안 전체가 화사한 빛으로 물들었다.

다이아몬드.

크기가 어른의 엄지손톱 정도의 다이아몬드가 십수 개가 테이블 위에 놓여 있었다.

"후후, 이 정도라면……."

테이블 위에 놓인 다이아몬드를 보는 로테즈의 두 눈이 탐욕으로 물들었다.

그다음 로테즈가 꺼내 든 것은 한 손에 쏙 들어갈 크기의 목판이었는데, 그 위에 무언가가 잔뜩 음각되어 있었다. 바로 평민들의 신분을 증명하는 신분패였다.

로테즈가 신분패를 한 손으로 꾹 말아 쥐며 무언가 다짐하듯 중얼거렸다.

"제가 말했지요? 절대 아버지처럼 살지 않겠다고."

모든 이들이 그의 아버지를 두고 칭찬했다. 몰락한 영지를 운영하는 주군을 위해 전 재산을 내놓은 충성스러운 가신이라고.

하지만 그것은 어디까지나 타인의 평가. 로테즈가 볼 때 아버지는 충절이라는 이름에 눈이 멀어 가진 것을 죄다 내놓은 바보일 뿐이다.

그리고 이제 그 아버지가 저지른 바보짓을 청산하고 새로운 삶을 살 때가 되었다.

사실 처음에는 일이 이렇게 될 줄은 꿈에도 생각지 못했었다. 일은 어느 날 한 여자를 만나게 되면서부터 시작되었다. 아름다웠고 마음이 착한 여자였다. 하지만 그런 그녀에게 유일한 거슬리는 부분이 있었으니, 바로 도박을 즐긴다는 점이었다.

그렇다고 많은 돈을 쓰지는 않았다. 조금 여유가 있으면 찾아가 도박을 하는 정도. 그렇게 그녀와의 관계가 깊어지던 어느 날, 로테즈는 호기심에 그녀와 함께 도박장을 찾아갔다.

처음에는 정신을 차릴 수도 없을 정도로 많은 돈을 땄다. 과연 평생 이런 돈을 만져 볼 수 있을지 의문이 들 정도의 거금이었다. 그녀 역시 로테즈에게 도박에 재능이 있는 거라며 아주 기뻐했다.

그날부터 로테즈도 도박을 즐기기 시작했다. 하지만 역시 많은 돈을 쓰지는 않았다. 어차피 도박으로 딴 돈의 한도 내에서만 즐기는 정도였다.

그러던 것이 어느 날부터인가 더 이상 따지를 못했다.

가끔은 운이 없을 수도 있다고 생각했다. 그러던 것이 조금씩 손이 커지기 시작하더니, 어느 날부터인가 사채를 사용하는 자신을 발견했다.

그럼에도 불구하고 도박은 끊을 수 없었다. 빚은 늘어만 가고, 돈은 따지 못했다.

그리고 결국, 사채업자가 덩치들을 데리고 찾아왔다. 그들은 열흘 안에 돈을 갚지 않는다면 로테즈를 노예로 팔아 버릴 거라는 협박을 남긴 채 사라졌다.

도저히 빚을 갚을 길은 없었고, 하루하루 이자는 늘어갔다.

그러던 어느 날 그에게 구원의 손길이 찾아왔다. 그는 자신이 원하는 일만 해 준다면 빚을 갚아 주는 것은 물론, 평생 먹고 살 수 있을 정도의 돈을 주겠다고 했다.

그렇게 받은 것이 바로 이 다이아몬드를 산 돈이다. 도박에 빠져 헤어 나올 수 없는 지경에 이르렀으나 오히려 그것이 인생 역전이 된 것이다.

로테즈는 테이블 위의 다이아몬드들을 다시 주머니에 챙긴 후, 집 안의 불을 모두 껐다. 그리고 조심스럽게 밖으로 나섰다. 깊은 밤이니 누가 볼 염려는 없었지만, 로테즈는 주의 깊게 사방을 살피며 걸음을 옮겼다.

그렇게 얼마나 걸었을까.

털썩!

갑자기 무언가가 넘어지는 듯한 소리가 귀를 자극했다.

'음? 뭐, 뭐지?'

원래 도둑이 제 발 저리는 법. 아주 작은 소리였음에도 불구하고 로테즈는 심장이 철렁 내려앉는 기분을 느꼈다.

이제 막 옮기려던 발을 멈춘 채, 숨죽이고 사방을 살폈다. 하지만 더 이상 소리는 들리지 않았다.

'잘못 들은 모양이군.'

로테즈는 한참을 더 기다린 후에야 가슴을 쓸어내리며 다시 조심스러운 걸음을 내디뎠다.

그때였다.

"어이~ 형씨!"

갑자기 들려온 누군가의 목소리. 귀에 쏙쏙 잘 파고드는 그 소리는 로테즈가 아주 잘 아는 누군가의 목소리였다. 그것도 여기에 있을 리가 없는.

로테즈가 천천히 뒤를 돌아보았다.

"어디 가세요? 이 쥐새끼 같은 새끼야~"

확실히 로테즈가 아주 잘 아는 그 목소리가 맞았다.

20여 기의 인마가 성 안의 대로를 따라 천천히 이동하고 있었다. 기사인 듯 보이는 제복 차림의 사내들이 한 중년 남자를 호위하듯 둘러싸고 이동하는 모습. 프로커스 백작령에서는 좀처럼 보기 드문 광경이었다.

"과연, 백작의 성다운 규모구나."

기사들에게 호위 받고 있던 중년 남자가 저만치 보이는 프로커스 백작의 내성을 쳐다보며 중얼거렸다. 그러고는 말머리를 나란히 하고 있는 옆의 기사를 향해 말했다.

"역시 내성이라면 저 정도는 되어야 하지 않겠나?"

"하지만 자작님의 성 또한 훌륭합니다. 규모가 크다고 좋은 성은 아니지요."

"후후, 뭐 그것도 그렇기는 하지."

자작이라 불린 사내는 고개를 끄덕이며 느긋하게 말을 몰았다. 그렇게 얼마나 걸었을까. 내성의 성문에 거의 도착할 때쯤이었다.

"음? 저건 뭔가?"

자작이 깜짝 놀란 표정으로 성문 옆을 가리켰다. 주인의 말이 떨어지기가 무섭게 그쪽으로 시선을 던졌던 기사가 마찬가지로 묘한 표정으로 고개를 갸웃거렸다.

"그, 글쎄요?"

자작이 가리킨 곳에는 전신에 갑옷을 걸친 두 명의 기사가 철로 만든 봉을 들었다 놨다 하며 뛰는 건지 걷는 건지 판단하기가 애매한 동작으로 움직이고 있었다. 게다가 철봉의 양쪽 끝에는 각각 물이 담긴 양동이가 매달려 있었다.

"보아하니 기사들 같은데?"

"후후, 뭔가 잘못을 해서 벌이라도 받는 모양입니다."

"하, 기사들을 저런 식으로 벌준단 말인가?"

"자작님도 아시지 않습니까? 이곳 프로커스 백작령 기사들의 수준을 말입니다."

"그야 잘 알고 있지. 하지만 그래도 저건 좀 아니라는 생각이 드는군."

"그러게 말입니다. 저도 깜짝 놀랐습니다."

하지만 놀라기에는 일렀다.

"음? 저건 또 뭔가?"

고개를 돌리려던 자작이 또 한 번 깜짝 놀란 표정으로 이번에는 반대쪽을 가리켰다. 자작의 손짓을 따라 눈길을 돌리던 기사가 깜짝 놀란 표정을 지었다.

이번에는 병사로 보이는 이들이 등에 돌덩이를 하나씩 메고 뛰려는 듯한 자세로 걷고 있었다. 그리고 그들 역시 양손에는 물이 담긴 양동이를 하나씩 들고 있었다.

"이, 이곳 병사들인 것 같습니다."

"그럼 저들도 벌을 받고 있는 건가?"

"그런 모양입니다."

"쯧쯧. 아무리 수준이 떨어져도 그렇지……."

자작은 있는 힘껏 혀를 차며 고개를 설레설레 저었다. 그러고는 더 볼 가치도 없다는 듯 말고삐를 흔들었다.

"자, 이만 들어가세."

"예."

성문 앞에 도착하니, 아까부터 이들 일행을 뚫어져라 쳐다보던 수문 병사들이 잔뜩 긴장한 표정으로 물었다.

"누구십니까?"

그 말에 자작 곁에 있던 기사가 앞으로 나서며 말했다.

"리온 자작령의 영주이신 베노스 리온 자작님이시다."

"잠시만 기다려 주십시오!"

리온 자작령이라면 프로커스 백작령의 바로 이웃 영지. 병사가 황급히 성문 안으로 뛰어 들어갔다.

그리고 잠시 후, 안으로 뛰어 들어갔던 병사가 한 초로의 사내와 함께 밖으로 나왔다.

"집사인 메넨이라고 합니다."

"베노스 리온 자작일세. 프로커스 백작님을 뵈러 왔네."

"안으로 드시지요."

리온 자작이 고개를 끄덕이며 안으로 들어서려 하자 메넨이 황급히 그 앞을 막았다.

"죄송하지만, 말에서 내려 주시면 감사하겠습니다."

왕궁에 들어갈 때는 모든 귀족들은 말에서 내려야 한다. 그것은 국왕에 대한 예의였다. 마찬가지로 자신보다 작위가 높은 귀족의 내성에 들어갈 때에도 말에서 내려야 했다.

하지만 귀족들의 힘이라는 것은 작위와 비례해 결정되는 것이 아니다. 영지의 크기와 군사력, 정치력, 인맥 등등 그 모든 것을 종합한 것이 귀족의 힘이다. 그리고 그러한 힘은 프로커스 백작보다 리온 자작이 훨씬 강했다.

리온 자작이 가소롭다는 표정을 숨기지도 않은 채 피식 웃으며 물었다.

"음? 아, 그랬었나?"

그런 예법이 있었냐는 의미인지 아니면 프로커스 백작이 자신보다 작위가 높았었냐는 의미인지 구분이 가지 않는 애매모호한 물음.

메넨은 그 속에 담긴 의미를 모르지는 않았으나 특별히 문제를 삼을 수도 없었기에 다시 한 번 정중하게 말했다.

"그렇습니다. 말에서 내려 주십시오."

"그러세."

리온 자작은 자신이 선심이라도 쓰겠다는 듯 크게 고개를 끄덕이며 말에서 내려섰다.

"자, 그럼 들어가세."

하지만 메넨은 또 한 번 길을 막아섰다.

"이번에는 또 뭔가?"

"수행 기사만 동행하실 수 있습니다. 나머지 기사들은 따로 쉴 곳을 마련해 놓았으니 그곳으로 가 주십시오."

"그래야겠지. 에드몬드, 자네만 따라오게."

자작의 명령에 오는 동안 자작과 이야기를 나누었던 기사가 허리에 차고 있던 롱소드를 동료 기사에게 건네 준 후, 자작의 왼쪽 뒤편에 섰다.

"이제 더 문제는 없겠지? 어서 가세."

"안내하겠습니다."

"도대체 무슨 일로 찾아왔단 말인가?"

프로커스 백작은 수심이 가득한 얼굴로 생각에 잠겨 있었 다. 얼굴 한편에는 왠지 모를 불안감이 잔뜩 어려 있었다. 조 금 전 리온 자작이 찾아왔다는 이야기를 들었을 때부터였다.

프로커스 백작가는 그 작위에 어울리는 넓고 영지를 가지고 있었다. 하지만 대를 이어 내려오면서 그 넓은 영지가 조금씩 줄어들기 시작했다.

누군가는 사치를 일삼았고 또 누군가는 도박에 빠져 살았으 며 또 다른 누군가는 엉뚱한 사업을 벌이다 돈을 날렸다. 그리 고 거기에서 부족한 돈은 모두 영지를 담보로 빌렸다가 결국 영지를 빼앗겼다.

그렇게 야금야금 뜯어 먹힌 영지는, 지금의 데인 프로커스 백작이 작위를 계승했을 때는 겨우 지방 남작 수준으로 작아져 있었다.

그리고 리온 자작령은 그 반대의 길을 걸었다. 대대로 상재(商材)가 발달한 이 집안은 겉으로는 상회를 만들어 각 지방을 돌고, 암암리에 고리대금에서부터 매음과 아편까지 돈이 되는 것이라면 무엇이든 손을 뻗었다. 그리고 베노스 리온 자작 대에는 백작령 못지않게 넓은 영지가 되어 있었다.

리온 자작령의 그 넓은 영지 중에는 과거 프로커스 백작령에 속해 있던 땅도 상당 부분 포함되어 있었다.

그러다 보니 프로커스 백작으로서는 리온 자작이라는 말만 들어도 몸에서 두드러기가 나고 괜히 속이 울렁거리는 것 같았다.

그때 문밖에서 누군가의 목소리가 들려왔다.

"볼프, 페르온. 백작님의 부름을 받고 왔습니다."

수행 기사까지 왔으니 이제 리온 자작을 만나러 가야 할 시간. 하지만 백작은 좀처럼 발이 떨어지지 않는 듯 연방 고개를 꼬고 옷매무새를 가다듬으며 일어날 생각을 하지 않았다.

쭉 그 모습을 지켜보고 있던 힐더가 백작을 향해 조용히 말했다.

"그렇게 불안하면 리크에게 가서 상의를 해 보는 게 어떻겠어요?"

"몸이 아파 누워 있는 자식에게 어찌 그런 걸 상의하러 간단 말이오?"

석 달간 앓던 병이 완전히 나았다고 생각했던 그때, 아들은 똑같은 병으로 다시 몸져누웠다.

"오히려 오지 않으면 섭섭해할 걸요? 그러니 우선은 리크에게 가 보세요."

힐다가 조용히 백작을 일으켜 세워 문 쪽을 향해 밀었다. 하지만 백작은 끝내 고집을 부렸다.

"아니오. 바로 접객실로 가 봐야겠소."

문을 열어 보니 볼프와 페르온이 최근 들어 한 번도 입은 적이 없는 제복을 입고 서 있었다.

"후우~"

백작은 긴 한숨을 한 번 내쉬고는 떨어지지 않는 걸음을 억지로 떼었다.

느린 걸음으로 한참을 걸어 접객실 문 앞에 도착했지만 백작은 쉬이 문을 열지 못했다. 하지만 결국엔 들어가야 할 일이었다.

백작은 크게 심호흡을 한 뒤 볼프에게 작게 손짓을 했다. 볼프가 접객실 문을 열고 안으로 들어가며 말했다.

"프로커스 백작님께서 들어오십니다."

그 말에 소파에 앉아 있던 리온 자작이 일어서고 백작이 페르온과 함께 안으로 들어섰다. 그러자 볼프는 다시 밖으로 나가 문을 닫은 후 그 앞을 지키는 듯한 자세로 자리를 잡았다.

"앉게나."

"감사합니다."

들어올 때까지 시간이 걸려서 문제지 일단 들어온 이상 백작도 말을 머뭇거리거나 위축된 모습을 보이지는 않는다.

"사업이 날로 번창한다고 들었는데 재주가 참 좋구먼."

"하하, 그저 운이 좋아서 그런 것이지요. 에드몬드."

리온 자작이 손짓을 하자, 뒤에 서 있던 에드몬드가 작은 상자를 들고 앞으로 나섰다. 페르온이 상자를 받아 조심스럽게 확인을 한 후 백작 앞에 내려놓았다.

"이게 무언가?"

"제 작은 성의입니다. 자주 찾아뵙지도 못하는데 빈손으로 올 수가 없어서 말이지요."

백작이 페르온에게 눈짓을 하자, 페르온이 다가와 상자를 열었다. 순간, 휘황찬란한 빛이 상자 안에서 뿜어져 나왔다.

"음?"

"순금으로 만든 여신상입니다."

리온 자작의 말대로 상자 안에는 순금으로 주조를 하고 형형색색의 보석을 박은 화려하기 짝이 없는 여신상이 들어 있었다.

하지만 백작은 조용히 고개를 저었다.

"내 집은 너무 수수한 편이라 이런 화려한 물건은 어울리지 않을 것 같구먼. 내 마음만 고맙게 받겠네."

백작의 거절에도 리온 자작은 별로 마음 쓰지 않는다는 듯 묘한 표정으로 웃으며 고개를 끄덕였다.

"다음번에 찾아뵐 때는 백작 부인께서 즐기신다는 차를 좀 구해 와야겠군요. 제가 괜한 선물로 백작님의 마음만 어지럽힌 건 아닌지 모르겠습니다."

"아닐세. 아무튼 이걸 주려고 온 건 아닌 것 같고……. 그래 무슨 일로 온 겐가?"

리온 자작은 이번에도 뒤에 있는 에드몬드를 향해 손을 뻗었다. 그러자 에드몬드가 둥글게 말린 종이 한 장을 자작에게 건네주었다.

"실은 이것 때문에 찾아뵈었습니다."

"음? 이게 무언가?"

종이를 받아 펼쳐 보던 프로커스 백작이 갑자기 얼어붙은 표정으로 종이에 적힌 글자들을 뚫어져라 보았다.

"이, 이건……."

놀라서 제대로 말도 잇지 못하는 프로커스 백작을 향해 리온 자작이 한층 더 짙은 미소를 지으며 말했다.

"보시다시피 차용증입니다."

차용증에 적혀 있는 금액은 무려 3만 플라틴이었다. 대륙에서 가장 보편적으로 쓰이는 은화의 통화 단위인 아르겐으로 환산하면 무려 3백만. 프로커스 백작령이 일 년 동안 거두어 들이는 세금에서 조금 밑도는 정도의 금액이었다.

게다가 프로커스 백작가의 인장이 선명하게 찍혀 있었다. 아무리 꼼꼼하게 살펴봐도 그 인장은 분명 프로커스 백작가의 인장이었다.

프로커스 백작이 여전히 믿을 수 없다는 표정으로 물었다.

"지금 내가 이 돈을 빌렸다고 말하는 건가?"

차용증에 찍힌 인장은 분명 자신의 것이었지만, 프로커스 백작은 맹세코 돈을 빌린 적이 없었다. 그러니 이렇게 물어보는 것이 최선이었다.

"차용증에 찍혀 있는 인장은 분명 프로커스 백작님의 인장인 것으로 알고 있습니다만?"

"그렇기는 하네만, 나는 돈을 빌린 적이 없다네."

"하지만 저는 분명 돈을 빌려 드렸습니다."

"그럼 도대체 누가 이 차용증에 인장을 찍었단 말인가?"

"프로커스 백작가의 행정관인 로테즈 보운입니다."

"뭣이!"

눈이 휘둥그레진 프로커스 백작은 급히 로테즈를 불렀다. 하지만 프로커스 백작이 맞이할 것은 놀랄 일뿐이었다.

"행정관은 어젯밤부터 보이지 않는다고 합니다."

로테즈를 찾으러 갔던 볼프가 한참 후에 돌아와 한 말이었다. 그런 볼프의 손에 들린 것은 꽤 두꺼운 서류 뭉치였다.

"이것이 행정관의 집무실에 있었습니다."

부들부들.

프로커스 백작의 손이 더 할 수 없을 정도로 격렬하게 떨리고 있었다. 서류들을 읽어 내려가는 그의 눈동자 또한 초점을 잡지 못하고 있었다.

서류의 내용들은 돈의 지출 내역이었다. 그리고 그 내역이라는 것이, 산 속에 있는 거대한 별장의 임대, 요리사, 술, 여자…….

즉, 프로커스 백작이 엄청난 거금을 빌려 주색잡기에 탕진했다는 내용의 서류들이었다.

"로테즈!"

살아오면서 단 한 번도 큰소리를 낸 적이 없는 프로커스 백작이 리온 자작이 앞에 있음에도 불구하고 버럭 노성을 내질렀다.

'내가 사경을 헤매는 아들을 내팽개치고 술과 여자에 빠져 살았다고?'

하지만 로테즈는 지금 이곳에 없었다.

돈을 빌린 차용증과 사용한 내역만 있고 실제로 돈은 보이지 않는다. 그리고 그 중심에 있는 로테즈는 이미 사라지고 없었다.

상황은 명백했다.

로테즈가 리온 자작과 손을 잡고 가짜 차용증과 가짜 내역서를 만들어 낸 것이다. 가짜 차용증이니 거기에 적혀 있는 돈은 실제로는 존재하지 않는 돈이다.

프로커스 백작을 완전히 농락한 것이다.

보통의 귀족 가문이었다면 어림도 없는 일이었다. 하지만 프로커스 백작가는 지방의 시골 영주보다 더 힘이 없었고, 쇠락해 있었다.

그렇기에 가신이 주인의 가문에 이런 배은망덕한 짓을 할 수 있는 거다.

'후우, 리카이엔만 건강했더라면……'

문득 그런 생각이 뇌리를 스쳤다.

자기 자식이라서 하는 말이 아니라, 리카이엔은 정말이지 뛰어났다. 여러 방면에서 뛰어난 능력을 내보였고, 무엇 하나 막히는 일이 없었다.

아들이 작위를 물려받으면, 그때야말로 프로커스 백작가는 과거의 영광을 되찾을 수 있을 것 같았다.

하지만 그런 뛰어난 능력을 하늘이 질투라도 한 것일까? 그토록 자랑스러웠던 그의 아들은 어느 날 알 수 없는 병에 걸려 앓아누웠다.

기적적으로 병이 한 번 나았지만 얼마 전에 다시 몸져누운 상태였다.

원인을 알 수 없는 병.

도무지 나을 것 같지 않은 병.

'후우, 프로커스 백작가가 이렇게 끝이 나는 것인가?'

백작은 해일처럼 밀려오는 좌절감에 저도 모르게 고개를 숙였다.

문득 이 인장이 백작가의 것이 아니라고 주장하고 싶은 충동까지 느꼈다. 하지만 그럴 수는 없었다. 귀족이 자신의 인장을 부정하게 되면, 그 인장으로 만들어진 모든 문서는 무효화되어 버리기 때문이다.

백작령의 모든 공식 문서가 무효화된다는 것은, 영지가 뒤집어진다는 의미나 다름없었다. 그러니 그럴 수는 없었다.

그때 조용히 문이 열리더니 볼프가 접객실 안으로 들어왔다. 그러고는 프로커스 백작에게 작은 메모지를 건넸다.

'음?'

메모지를 읽어 내려가던 프로커스 백작의 눈이 이채를 띠었다.

'일단 무엇을 요구하는지 들어 보고 긍정적인 반응을 보이십시오. 그런 후에 시간을 벌어야 합니다.'

리카이엔의 글씨체였다.

'뭔가 방법이 있단 말인가?'

시간을 벌라는 것은, 그 시간으로 무엇인가를 하겠다는 뜻. 다시 말해 실낱같은 희망이라도 있다는 뜻이다.

'일단은 리카이엔의 말대로 하는 수밖에 없겠구나.'

그렇게 결심한 프로커스 백작이 굳은 표정으로 물었다.

"그래, 오늘 이 차용증을 가지고 온 이유는 뭔가?"

프로커스 백작가에 그만한 돈이 없다는 것은 주변 영주들이라면 누구나 아는 사실. 그렇다면 다른 이유가 있다는 뜻이다.

"물론, 채권자로서의 권리를 행사하기 위해 온 것입니다."

"그런가? 하지만 이 차용증을 보아하니 아직 상환 기일이 남은 것 같네만? 특별히 다른 할 말이라도 있는 겐가?"

괜히 말을 돌려 할 필요가 없었다. 어차피 상대도 알고 있는 사실이다. 이럴 때는 단도직입적으로 묻는 것이 좋다.

"그것은 알고 있습니다. 저는 채권자의 권리를 행사한다고 했지 돈을 받겠다고 말씀드리지는 않았습니다."

"채권자의 권리라? 빌려 준 돈을 받는 것 외에 어떤 권리가 있단 말인가?"

고개를 갸웃거리며 묻는 프로커스 백작을 향해 리온 자작이 상당히 비틀린 미소를 지으며 말했다.

"기분 좋게 찢을 수 있는 권리가 있습니다."

"찢는 권리라고?"

쉽게 말해 돈을 받지 않겠다는 뜻이다. 물론 채권자라면 돈을 받지 않겠다고 말할 수도 있다.

"하지만 아무런 이유도 없이 찢지는 않겠지. 그래, 어떻게 하면 자네가 기분 좋게 찢을 수 있겠나?"

프로커스 백작의 물음에 리온 자작의 얼굴에 떠오른 미소가 한층 더 심하게 비틀렸다. 하지만 곧바로 말을 하지 않고, 입을 닫은 채 프로커스 백작의 얼굴을 가만히 응시했다.

이럴 때는 먼저 조급해하는 쪽이 불리해지는 법. 어차피 말할 것이라면 차분히 기다리면 된다. 프로커스 백작은 할 수만 있다면 당장에라도 성에서 내쫓고 싶다는 생각을 애써 억누르며 자작의 말을 기다렸다.

한참 동안 뜸을 들이던 리온 자작이 은근한 목소리로 말했다.

"이 차용증을 찢어 없애는 것으로 결혼 지참금을 대신하는 것은 어떨까 합니다만?"

순간, 프로커스 백작의 얼굴이 차갑게 얼어붙었다.

리온 자작의 말. 그 뜻은 너무도 명백했다.

지금 프로커스 백작가에서 지참금을 받고 결혼을 할 수 있는 사람이라면 딱 한 명 있었다.

세이나 프로커스. 리카이엔의 하나뿐인 여동생이며, 프로커스 백작의 딸.

리온 자작은 지금 자신과 세이나의 결혼을 추진하고 싶다고 이야기하는 것이다.

'이런 변태 같은 새끼!'

얌전하고 소심한 페르온의 입에서 욕이 튀어나올 뻔했다. 닫혀 있던 문이 들썩이는 걸로 봐서는 밖에서 듣고 있던 볼프도 안으로 뛰어들어 올 뻔한 모양이었다.

세이나의 나이는 올해로 열여덟. 그리고 눈앞에 있는 리온 자작의 나이는 어림잡아도 서른 후반이었다. 무려 스무 살 이상의 나이 차.

뻔뻔한 것도 이 정도 수준까지 가면, 대단하다는 평가를 들을 만하다.

'감히 세이나 아가씨를!'

세이나는 어머니의 영향인지 짙은 갈색 머리가 매력적인, 아직은 여인이라고 말하기에는 뭔가 부족하지만, 아름답고 생기발랄한 소녀였다.

지위 고하를 막론하고 누구에게나 친절하고 편하게 대해 주기 때문에 성안의 모든 사람들이 좋아하는 그런 소녀였다.

프로커스 백작은 얼마나 충격이 컸는지 잠시 말할 엄두도 내지 못한 채 두 눈만 끔뻑거리고 있었다. 하지만 금세 정신을 수습하고 헛기침을 하며 마음을 가라앉혔다.

'감히 우리 세이나와 내 작위를 삼키겠다고 말하는 것이냐!'

프로커스 백작가의 상황은 그 누가 봐도 분명했다. 병에 걸려 일어날 줄을 모르는 리카이엔이 만약에라도 죽게 된다면, 프로커스 백작의 작위 계승권은 그 딸이 갖게 된다.

그리고 만약 그 딸이 결혼을 했다면 자연스레 사위가 작위를 계승할 것이다.

리온 자작이 이 일을 꾸민 것은 거기까지 생각을 하고 나선 것이 분명했다.

뱃속 깊은 곳에서부터 부글부글 열이 끓어올랐지만 지금은 참아야 할 때다. 지금은 시간을 벌 때였다.

'후우웁!'

프로커스 백작은 속으로 크게 심호흡을 하고는 자리에서 일어났다. 자연스레 리온 자작의 시선이 프로커스 백작에게로 향했다.

백작은 빙긋 웃으며 차분하게 입을 열었다.

"그러니까 내 사위가 되고 싶다는 말인가?"

"제가 부인과 사별한 지 꽤 시간이 흘러 이제는 다시 가정을 꾸려야 되지 않을까 생각했는데, 마침 프로커스 백작가의 영애께서 교양을 갖춘 아름다운 숙녀라는 말을 듣고 용기를 내었습니다."

그 말에 프로커스 백작의 눈에 경멸의 빛이 떠올랐다가 사라졌다. 리온 자작이라면 호색한으로 소문이 자자한 인물이었다. 그가 특별히 뽑은 시녀들과 밤마다 난잡한 파티를 벌인다는 것은 공공연한 비밀이었다.

'이 호색한 놈이……'

성질 같아서는 평생 한 번도 들어 본 적이 없는 검을 들고 이 자리에서 죽여 버리고 싶었다. 하지만 그럴 수는 없는 노릇. 지금은 일단 적당히 되돌려 보내야 했다.

프로커스 백작은 애써 편안한 표정을 지으며 말했다.

"그리 나쁜 제안은 아닌 것 같군요."

그 한마디에 리온 자작의 얼굴에 음흉한 미소가 떠올랐다. 프로커스 백작은 그 미소의 의미를 정확하게 알고 있었지만 애써 무시한 채 입을 열었다.

"하지만 세이나의 나이는 이제 겨우 열여덟일세."

"그렇지요."

"아직 결혼을 하기에는 이른 나이가 아닌가 싶구먼. 더군다나 우리 프로커스 백작가는 결혼에 본인의 의사를 가장 중요하게 여긴다네. 그러니 내가 뭐라고 결정을 내리기가 쉽지가 않다네."

"하하, 시간은 기다리면 흐르는 것이고, 마음은 천천히 여는 것 아니겠습니까?"

뭐가 그리 자신만만한지 리온 자작은 어깨까지 으쓱거리며 그렇게 말했다.

"자네가 그리 생각한다니 다행이군. 그럼 오늘은 일단 이야기를 시작한 것에 의의를 가지고, 중요한 이야기는 천천히 진행을 하는 것이 좋을 것 같네만?"

"물론 그렇게 해야겠지요."

리온 자작이 아주 흡족한 표정으로 고개를 끄덕이며 자리에서 일어났다. 그러고는 차용증을 곱게 접어 품에 넣으며 말했다.

"이 차용증은 제가 신부를 맞이하는 날, 장인어른께 직접 돌려드리도록 하겠습니다."

"그래야겠지. 그럼 조심해서 가도록 하게. 내 멀리 가지는 않겠네."

"하하, 사위가 장인께 어찌 그런 걸 바라겠습니까? 들어가서 쉬십시오. 돌아가는 길은 잘 알고 있습니다."

리온 자작이 넉살 좋게 대답을 하며 인사를 했다.

"흠, 역시 노리는 건 그건가?"

볼프와 페르온에게 리온 자작과의 일을 모두 들은 리카이엔이 살짝 인상을 찌푸렸다.

동생과의 결혼을 요구했다는 것은, 자신이 조만간 죽을 거라 생각하고 아버지의 작위에 대한 계승권을 얻으려 한다는 의미였다.

"변태 같은 노무 새끼. 죽으려고 날을 잡았군!"

리카이엔이 욕을 섞어 가며 중얼거리더니 갑자기 벌떡 몸을 일으켰다. 그러고는 볼프와 페르온을 향해 무언가 시커먼 것을 던졌다.

"이, 이게 뭡니까?"

"보면 모르냐? 복면이지."

"보, 복면은 왜……."

"입어."

두 사람은 영문도 모른 채 후다닥 복면과 몸에 꼭 끼는 검은 옷을 걸쳤다.

"다 입었습니다."

그 순간 리카이엔이 침대에서 몸을 날렸다.

"고, 공자님!"

두 사람이 경악스러운 표정으로 외쳤다. 몸도 아프면서 저런 과격한 움직임이라니.

하지만 리카이엔은 두 사람이 그러거나 말거나 방문으로 다가가 문을 잠갔다.

어느새 리카이엔 역시 검은 옷에 복면을 뒤집어쓴 상태였다.

"가자."

리카이엔이 다시 던진 말에 볼프가 멍한 표정으로 물었다.

"어, 어디로 말입니까?"

그 사이 리카이엔은 창문을 향해 가고 있었다.

"그럼 리온 그 변태 새끼를 얌전히 보내 주잔 말이냐?"

리카이엔의 성격상 이런 문제를 두고 느긋하게 있는다는 건 말이 되지 않았다. 이 문제는 지금 당장 해결해야 했다.

"빨리 안 뛰어?!"

그 말이 채 끝나기도 전에 리카이엔은 창문 밖으로 몸을 날리고 있었다.

"같이 가요!"

Chapter 7.

닥치고 덤벼

"크크, 프로커스 늙은이가 기겁하는 표정이 아직도 눈에 선하구나."

프로커스 백작가의 외성을 벗어난 지도 꽤 시간이 흘렀음에도 리온 자작의 얼굴에서는 웃음이 떠나질 않았다.

"우리 리온 가문의 염원이 나의 대에서 이루어지다니. 돌아가서 파티라도 열어야겠구나."

하급 귀족인 자작에서 상급 귀족으로의 승격. 그것은 리온 자작가의 오랜 염원이었다.

단순히 생각하면 그 염원은 조금 이해가 되지 않는 일일 수도 있었다. 어차피 귀족 세계에서의 힘이라는 것이 작위와는 별개의 것이고, 지금 리온 자작가는 프로커스 백작가의 힘을 뛰어넘지 않았는가.

하지만 거기에는 분명한 이유가 있었다.

베루스 대륙의 모든 나라들의 귀족 체계는 공작에서부터 후작, 백작, 자작, 남작까지 다섯 단계가 있었다. 그중 공작, 후작, 백작을 상급 귀족이라 하고 자작과 남작을 하급 귀족이라고 했다.

그리고 상급 귀족과 하급 귀족에는 지닌 힘으로도 어찌할 수 없는 극명한 차이가 있었다.

바로 참정권이다.

브렌 왕국에서는 일 년에 네 번, 국왕의 주최로 나라의 여러 가지 국정에 대해 논의하는 국무회의가 열리는데 상급 귀족만이 이 국무회의에 참석할 수 있다. 다른 나라들 역시 그 방식이 다를 뿐 상급 귀족들만의 특권으로 참정권을 부여하고 있다.

그리고 이 참정권이라는 것은 쉬이 무시할 수 없는 힘이다. 리온 자작가가 프로커스 백작가보다 훨씬 더 강한 힘을 가졌음에도 불구하고 그들을 완전히 무시하지 못하는 이유도 바로 그 참정권에 있다.

그런 이유로 리온 자작가는 아주 오래전부터 백작으로의 승격을 간절히 바랐다.

각 영지의 기사들을 임명할 수 있는 권리가 영주의 고유 권한인 것처럼, 그 나라의 귀족들에게 작위를 수여하는 것 역시 국왕의 고유 권한이었다. 대대로 리온 자작가의 주인들은 많은 인맥과 재력을 동원해 봤으나 참정권이라는 막강한 권리가 있는 만큼 백작이라는 작위는 쉽게 받을 수 있는 것이 아니었다.

그래서 생각한 방법이 다른 백작의 작위를 넘겨받는 것이다. 그리고 그 일의 제물로 정한 가문이 바로 프로커스 백작가.

베노스 리온 자작의 선조들은 그 목표를 위해 야금야금 프로커스 백작가를 무너뜨려 왔다. 도박에 빠지게 만들거나 엉뚱한 사업에 참여하게 만드는 등 동원할 수 있는 모든 방법을 이용해 프로커스 백작가의 기반을 흔들었다.

즉, 프로커스 백작가가 지금처럼 힘없는 작은 영지가 된 이유는 모두 리온 자작가의 계략에 빠졌기 때문이다.

그런데 지금의 프로커스 백작이 작위를 이으면서부터 그 방법에 문제가 생겼다. 현 프로커스 백작은 어떠한 유혹에도 흔들리지 않았고 그저 자신의 영지를 보전하며 평화롭게 다스리는 것만을 생각하는 사람이었던 것이다.

"망할 늙은이, 진작 무너졌으면 내가 이런 고생까지는 안 했을 거 아냐!"

리온 자작이 옛일을 떠올리며 살짝 인상을 찡그렸다. 하지만 이내 음흉맞은 웃음을 흘리며 중얼거린다.

"하지만 결국 아랫것을 잘못 들이면 그렇게 망하는 법이지. 크크크크."

이번 사건은 처음부터 리온 자작의 계획대로 진행된 것이다.

　로테즈에게 여자를 붙여 주고 자연스럽게 도박으로 이끈다. 물론 처음에는 많은 돈을 따게 해 준다. 그리고 천천히 도박에 빠져들게 만들면서부터 빚을 지게 만드는 것이다.

　물론 위기도 있었다. 뜬금없이 리카이엔 프로커스가 병이 나으면서 계획은 완전히 수포로 돌아갈 뻔했다. 리카이엔이 죽지 않는다면 리온 자작이 세이나 프로커스와 결혼을 한다고 해도 작위까지 받을 수는 없었으니까.

　리온 자작은 그때를 생각하면 지금도 머리가 지끈거리는 듯한 기분이었다.

　어쨌든 리카이엔은 다시 몸져누웠고 오늘에 이르렀다. 이제 남은 것은 세이나와 결혼을 하고, 리카이엔이 죽기를 기다리면 된다.

　혹시나 나을 기미가 보인다면? 그때는 무슨 수를 쓰든 죽여 버리면 그만이다. 갑자기 죽는 것은 의심을 받을 만한 상황이지만, 아픈 사람이 더 아파져서 죽는 것은 자연스러우니까.

　다만, 아직 그의 신경을 거스르는 일이 남아 있었다.

　"에드몬드, 로테즈의 행적은 아직 파악이 되지 않았나?"

　그 말에 에드몬드가 살짝 인상을 굳히며 고개를 숙였다.

　"죄송합니다. 아직 발견하지 못했습니다."

　이번 사건의 유일한 불안 요소는 로테즈였다. 귀족들 사이에서 벌어진 일에 평민인 로테즈가 얼마나 영향력을 끼칠지는 미지수였지만, 모든 일에는 만약이라는 것이 있는 법이니까.

원래 로테즈는 어젯밤에 죽어야 했다. 리온 자작은 로테즈가 프로커스 백작성에서 해야 할 모든 일을 마무리한 후, 영지를 떠날 때 그를 제거하기 위해 감시를 붙여 놓았었다.

그런데 막상 일이 벌어지자 로테즈는 물론 붙여 놓았던 감시까지 행적이 묘연해진 것이다.

"빨리 찾는 것이 좋아."

"알겠습니다."

그때였다.

두두두두!

갑자기 등 뒤에서 들려오는 요란한 말발굽 소리. 반사적으로 뒤를 돌아보니 3기의 인마가 이쪽을 향해 뿌연 먼지를 일으키며 달려오고 있었다.

차앙!

에드몬드가 반사적으로 롱소드를 뽑아 들었다. 동시에 다른 기사들 역시 방향을 틀며 각자의 무기를 꺼내 들었다.

"자작님을 보호하라!"

에드몬드의 외침과 함께 기사들이 신속하게 위치를 잡았다. 리온 자작을 가운데 두고 열 명의 기사들이 그를 호위하듯 에워쌌다. 그리고 나머지 열 명의 기사들은 언제라도 달려나갈 수 있도록 대열을 정비한다.

"뭐하는 자들이지?"

리온 자작의 물음에 에드몬드가 대답했다.

"세 명 모두 복면을 쓰고 있는 걸로 보아 좋은 의도를 가진 자들은 아닌 것 같습니다."

그때 이쪽을 향해 달려오던 자들이 갑자기 말을 멈췄다. 양쪽 사이의 거리는 불과 20여 미터. 복면인들은 더 이상 다가올 생각은 하지 않고 자기들끼리 뭐라고 소곤거리며 이야기를 나누고 있었다.

에드몬드는 그런 복면인들을 노려보며 머릿속으로 상황을 살폈다.

'프로커스 백작령은 벗어났으니 무슨 일이 생겨도 문제가 될 것은 없다.'

정체불명의 무리들이 적대적인 행동을 할 것 같은 낌새를 보이는데 그것을 제압하는 것이 다른 귀족의 영지라고 해서 특별히 문제가 될 것은 없었다. 하지만 자신의 영지가 아닌 곳에서 벌어지는 무력적인 행위는 어떤 식으로든 시비의 여지가 있었다.

다행히 이곳은 프로커스 백작령이 아닌 리온 자작령. 복면인들은 여전히 무언가 이야기를 하고 있었다. 그러다가 한 명이 깜짝 놀란 듯한 제스쳐를 취하고, 또 한 명이 큰소리로 웃는 것이 보였다.

'제압이 우선이다!'

재빨리 결정을 내린 에드몬드가 달려 나갈 준비를 하고 있는 기사들을 향해 외쳤다.

"잡아!"

"고, 공자님, 지금 저들과 싸우시려는 겁니까?"

페르온이 심하게 떨리는 목소리로 물었다. 떨리는 것은 목소리만이 아니었다. 온몸을 사시나무 떨 듯이 부들거리며 불안한 눈빛을 하고 있었다.

그런 그들의 정면에 있는 것은 리온 자작과 그를 호위하는 스무 명의 기사들.

볼프가 한심하다는 눈빛으로 페르온을 향해 면박을 주었다.

"어우~ 사내자식이 이렇게 겁이 많아서야 원!"

하지만 오히려 답답한 것은 페르온이었다.

"야……. 상대는 에드몬드에 리온 자작의 호위 기사들이란 말이야……."

사실 페르온의 지금 반응은 지극히 정상적이다.

에드몬드라면 리온 자작의 호위 기사이며 프로커스 백작령이 속해 있는 로베이노스 주(州)에서 검술로 꽤 이름을 알리고 있는 기사였다. 그리고 그가 이끌고 다니는 다른 호위 기사들역시 꽤 훌륭한 실력을 갖춘 기사들이다.

"그래도 어쩔 거야? 이미 싸우러 왔는데?"

오히려 속 편한 목소리로 당연히 싸워야 한다고 말하는 볼프가 비정상이었다.

가만히 이야기를 듣고 있던 리카이엔이 조용히 물었다.

"저들이 그렇게 세냐?"

"로베이노스 주 안에서도 꽤 이름을 알리고 있습니다. 그, 그리고 에드몬드는 젊은 시절에 로열 토너먼트에서 우승한 전력도 있습니다."

페르온의 설명에 리카이엔이 고개를 끄덕이며 말했다.

"확실히 우리 기사단보다 훨씬 낫군."

하나를 보면 열을 알 수 있다. 리카이엔은 저들이 자신들을 확인하는 순간 어떻게 움직였는지 똑똑히 보았다. 돌발적인 상황에서도 조금도 당황하는 기색 없이 리온 자작을 보호하는 동시에 이쪽을 공격할 준비를 갖췄다.

군기가 제대로 잡혀 있는 것은 물론 평소에 얼마나 훈련을 했는지도 보인다.

얼마 전 리카이엔이 직접 초토화시켜 버린 프로커스 백작령의 기사단과는 그 수준 차이가 딱 하늘과 땅만큼이다. 소심한 페르온이 겁을 집어먹기에는 충분한 상대. 하지만 리카이엔의 눈은 웃고 있었다.

'제대로 날뛰어 봐야겠군.'

그러고는 천천히 좌우에 있는 볼프와 페르온을 번갈아 보았다. 당장에라도 싸우러 나갈 기세로 어깨를 풀고 있는 볼프와 잔뜩 긴장한 탓에 너무 힘이 들어가 뻣뻣하게 굳어 있는 페르온.

리카이엔이 그 두 사람을 향해 말했다.

"너희 둘, 내년에 열리는 로열 토너먼트에 나가라."

"네, 네에?"

뜬금없는 말에 깜짝 놀란 페르온이 떨떠름한 눈길로 리카이엔을 보았다.

매년 봄 왕실의 주관 하에 열리는 로열 토너먼트는 기회의 장이었다. 소속이 있는 젊은 기사들에게는 자신의 역량을 전국에 알리고 스스로의 가치를 높일 수 있는 기회를, 아직 주인을 찾지 못한 기사 지망생들에게는 덕망 높은 주군을 맞이할 기회를.

놀란 페르온과는 달리 볼프는 어깨가 떨릴 정도로 큰소리로 웃으며 말했다.

"하하, 나가시라면 당연히 우승을 하라는 말씀이시겠지요?"

그때였다.

"온다."

리카이엔이 말이 끝나기가 무섭게 정면을 향해 달리기 시작했다.

"가자!"

"으, 응……!"

볼프와 페르온도 리카이엔의 뒤를 따라 달렸다.

두두두두!

'영 익숙지가 않군!'

리카이엔은 안장을 타고 올라오는 강한 진동과 얼굴을 할퀴고 지나가는 세찬 바람에 살짝 인상을 찌푸렸다. 그가 가지고 있는 이전 리카이엔의 기억과 몸에 각인된 기마술은 대단히 훌륭했다. 하지만 그 속에 있는 장윤명의 영혼은 마상에서 싸우는 것 자체가 상당히 어색했다.

굳이 병과를 따지자면, 중원에서의 장윤명은 장창보병이었다. 말을 타고 적과 싸울 일이 극히 드물었다. 오히려 땅에 서서 달려오는 말을 상대한 경우가 더 많았다. 그런데 새로운 몸으로 처음 하는 진짜 전투가 마상 전투니 조금은 어색할 수밖에.

그렇다고 이제 와서 싸움을 피할 수는 없는 노릇. 리카이엔은 재빨리 호흡을 골랐다.

"후우, 후우!"

몇 번의 호흡과 함께 단전에서 뜨거운 진기가 피어오르며 온몸을 뜨겁게 달군다. 전신으로 퍼진 진기가 몸에 있는 모든 근육에 힘을 불어넣고, 동시에 창대를 타고 아스라이 아지랑이가 피어올랐다.

리카이엔이 살짝 허리를 숙이고 창을 앞으로 겨누며 큰소리로 외쳤다.

"덤벼!"

우우우웅!

내공을 실어 터뜨린 사자후가 말발굽이 사납게 지면을 두드리는 소리를 누르고 사방으로 퍼져 나갔다. 그 사이 서로의 거리가 0이 되었다.

리카이엔은 순간적으로 호흡을 끊었다.

"후웁!"

창의 날카로운 극이 공간을 꿰뚫었다.

쉬우욱!

말이 달리면서 맞받아야 하는 바람마저 역방향으로 끌어당길 정도로 세찬 창격.

직선으로 찔러오는 공격을 막는 가장 좋은 방어는 횡으로 휘둘러 쳐 내는 것. 기사는 몸에 밴 전투 감각 그대로 롱소드를 휘둘러 창대를 쳐 냈다. 아니, 쳐 냈다고 생각했다.

까앙!

"엇!"

기사의 입에서 저도 모르게 실성이 터져 나왔다. 창대를 후려치는 순간, 갑자기 롱소드의 검날이 창대를 따라 빙글 돌며 손과 팔, 그리고 어깨의 근육까지 함께 딸려 가는 기분.

창대가 회전하고 있었다. 기사의 검은 창대를 치는 순간, 그 회전에 딸려 들어가 함께 돌아 버린 것이다.

상식적으로 이해할 수가 없는 상황. 하지만 그보다 더 이해할 수 없는 것은 그의 시야 안으로 들어온 붉은 핏방울들이었다.

푸우욱!

기사가 소리를 감지한 것은 그 후의 일이었다.

"어, 어어……."

검이 창대에 휘말려 도는 순간, 이미 창극은 그의 명치를 꿰뚫고 있었다.

털썩!

리카이엔이 창을 회수하는 순간, 기사의 몸뚱이는 그대로 지면을 향해 곤두박질쳤다.

한 번의 창격과 검격이 만난 순간 이미 상황은 마무리가 되어 있었다. 말 그대로 눈 깜짝할 사이에 벌어진 일. 기사는 제대로 된 비명조차 질러 보지 못한 채 그대로 싸늘한 시체가 되었다.

그와 함께 달려왔던 기사들도, 리카이엔의 뒤에서 달려오던 볼프와 페르온도 자신의 눈을 의심할 정도로 놀라운 광경이었다.

기사의 실력은 절대 낮지 않았다. 리온 자작이 자신의 목숨을 지키기 위해 많은 돈을 들여 고용한 호위 기사였다. 그런데 리카이엔이 단 일합에 시체로 만들어 버린 것이다.

그만큼 리카이엔의 실력이 발군이라는 의미였다.

하지만 더 놀라운 광경은 그다음에 펼쳐졌다. 첫 번째 기사가 죽는 순간, 다른 아홉 명의 기사들이 순식간에 대열을 바꾸었다. 재빨리 말을 멈추고 방향을 트는가 싶더니 번개처럼 자리를 잡고 리카이엔을 포위했다.

자신들의 동료가 단번에 시체가 되어 버렸음에도 그 누구도 당황하지 않는다. 지금은 놀라고 슬퍼할 때가 아니라 동료를 죽인 상대를 잡는 것이 더 우선이라는 것을 알기 때문이다.

　'역시 대단한 기사단이군!'

　복면 밖으로 드러난 리카이엔의 붉은 눈동자가 더욱 차분하게 가라앉는다.

　누구도 먼저 움직이기 힘든 숨 막힐 듯 팽팽한 긴장감. 리카이엔과 아홉 명의 기사들은 날카로운 눈으로 서로를 노려보았다.

　천천히 공기를 달구는 투지, 전신을 옥죄는 살기, 귓전을 타고 흐르는 긴장된 숨소리, 그리고 아릿하게 코끝을 스치는 비릿한 혈향.

　'와아아아아아!'

　리카이엔은 순간적으로 병사들의 함성이 울려 퍼지는 듯한 착각을 느꼈다. 전생에 느꼈던, 전장에서의 숨 가쁘고 격렬한 감정이 전신의 신경을 타고 흘렀다.

　그리고 리카이엔은 스스로를 그 전장으로 밀어 넣었다. 점점 호흡이 거칠어지고 코끝을 스치는 피비린내가 한층 더 진해지는 느낌.

　두두두두!

　그리고 그 순간, 뒤늦게 움직였던 볼프와 페르온이 도착했다. 기사들은 누가 시키지도 않았는데 단 두 명만이 대열을 이

탈해 달려오는 두 사람을 맞이했다.

"흐아아아얍!"

볼프의 우렁찬 기합 소리가 터져 나오는 동시에 두 쌍의 롱소드가 서로를 맞이했다.

차아아앙!

검과 검이 맞부딪치며 사방으로 퍼지는 금속성.

그것이 신호였다.

먼저 움직인 사람은 리카이엔이었다. 창대를 잡고 있던 두 손 중, 왼손을 놓는 순간 오른손에 크게 원을 그렸다.

따다다당!

순식간에 반 바퀴를 도는 사이 네 기사의 롱소드가 뒤로 퉁겨져 나갔다. 휘두른 창에 실린 무지막지한 힘에 기사들이 순간적으로 중심을 잃으며 비틀거리는 순간, 리카이엔의 창은 나머지 다섯 번째 기사의 목울대를 쓸었다.

파아아아앗!

벌어진 살점 사이로 붉은 피가 세차게 뿜어져 나온다. 갑자기 자신을 덮친 핏줄기에 말이 놀라 허공으로 앞발을 들고 허우적거리는 순간, 리카이엔은 다음 기사를 향해 몸을 날렸다.

'끄으윽!'

검과 검이 맞부딪치는 순간, 페르온은 반사적으로 터져 나오는 신음을 집어삼켰다. 어깨가 뒤흔들릴 정도로 강렬한 충격. 단 한 번도 겪어 본 적이 없는 신선함 감각이었다.

'역시 강한……'

그런데 그 순간 페르온의 눈에 비친 것은 아주 신선한 광경이었다. 자신과 검을 부딪친 기사의 표정이 괴상하게 일그러지고 있었다. 그와 함께 기사가 쥐고 있던 검이 부르르 떨리고 있었다.

'내, 내가 저렇게 만든 건가?'

그러고 보니 어깨가 흔들릴 정도로 충격을 입기는 했지만 그래도 검이 뒤로 튕겨 나가는 꼴사나운 모양새가 되지는 않았다.

그동안 했던 성벽 따라 돌기. 그것을 통해 만들어진 근육의 힘이 지금의 충격을 버티게 해 준 것은 물론, 대단한 실력이라고 알려진 리온 자작의 호위 기사가 얼굴을 찡그리게 만든 것이다.

하지만 그가 가지고 있던 그 기본적인 성격은 지금의 싸움에서 큰 장애물이었다. 자신이 만든 상황을 자신감 있게 이용하지 못하고 잠시 주춤거리는 사이, 무서운 공격이 몰아쳤다.

캉, 카카캉!

"큭, 크으윽!"

페르온의 입에서 결국 신음이 새어 나왔다. 싸움이라는 것은 기세. 페르온은 순간적인 주춤거림으로 그 흐름을 놓쳤고, 그 순간부터 수세에 몰릴 수밖에 없었다.

터벅터벅!

기사의 매서운 공격과 사나운 기세에 페르온이 타고 있던 말이 주춤주춤 뒷걸음질을 하기 시작했다. 하지만 페르온은 스스로 지금의 상황을 헤쳐 나가기에는 경험은 물론 자신감이 너무 부족했다.

그나마 단번에 당하지 않고 가까스로 공격을 피하거나 막을 수 있는 것은 그의 소질이 생각보다 좋은 덕분이었다.

반면 볼프는 의외로 대등한 싸움을 벌이고 있었다. 적이 검을 휘두르면 똑같이 맞받아쳐 준다. 아니, 단지 맞받아치는 것이 아니라 드문드문 보이는 허점 사이로 역공을 펼칠 정도로 잘 싸우고 있었다.

하지만 아무리 그래도 볼프 역시 경험이 부족하기는 마찬가지, 자신감이 붙은 그의 검격에 과하게 힘이 들어갔다. 쓸데없는 힘은 동작을 크고 둔하게 만든다. 그것은 당연한 이치였고, 볼프의 옆구리에 커다란 허점이 드러났다.

그리고 그의 상대는 그 허점을 놓칠 정도로 어설픈 기사가 아니었다.

'아차!'

기사의 검이 자신의 옆구리로 파고드는 순간에야 볼프는 자신의 실수를 깨달았다. 하지만 이미 그것을 막기에는 너무 늦은 상황. 이대로 있다가는 옆구리가 뭉텅 잘려 나갈 판이다.

"제기라아알!"

볼프의 입에서 큰소리가 터져 나오는 순간, 볼프의 몸뚱이가 그대로 바닥으로 곤두박질쳤다.

하지만 오히려 놀란 것은 검을 휘두르던 기사였다. 손에 아무런 느낌도 없는데 상대가 갑자기 안장에서 떨어지니 놀랄 수밖에. 하지만 아무리 놀랐다고 해도 이미 내뻗은 검을 억지로 회수하는 바보 같은 짓을 하지는 않는다. 오히려 더 힘을 주어 한층 빠르게 검을 휘두른다.

스걱!

"끄으으윽!"

볼프의 입에서 신음이 새어 나왔다. 가까스로 치명상을 피하기는 했지만, 어깨의 옷자락이 잘려 나가며 그 틈으로 붉은 피가 주르륵 흘러내리고 있었다. 그리고 쉴 틈도 없이 기사의 두 번째 공격이 날아들었다.

볼프는 더 생각할 것도 없다는 듯 그대로 바닥을 굴러 기사의 공격을 피했다. 하지만 그다음 그를 향해 떨어져 내린 것은 허공으로 붕 떠오른 말의 두 앞발.

"크윽!"

깜짝 놀라 다시 한 번 바닥을 구르려는 찰나.

푸우우욱!

뾰족한 무언가가 말의 목을 꿰뚫었다. 그리고 볼프의 귓전을 때리는 묵직한 호통.

"정신 안 차리면 뒈진다!"

리카이엔의 목소리였다. 그 소리에 깜짝 놀란 볼프가 황급히 안장으로 뛰어오르는 순간, 리카이엔이 말의 목을 꿰뚫었던 창을 뽑았다.

푸아아아악!

"히이이이잉!"

기사의 말은 아직 숨이 끊어지지 않았는지 투레질을 하며 사방으로 고개를 뒤흔들고 미친 듯이 날뛰더니, 어느 순간 갑자기 옆으로 픽 쓰러졌다.

당황한 기사가 급히 중심을 잡으며 안장에서 뛰어내리려는 찰나, 그 순간을 놓치지 않은 볼프가 롱소드를 뻗었다.

푸우우욱!

롱소드가 기사의 목을 절반이나 갈라냈다. 동시에 붉은 피가 볼프의 얼굴로 뿜어져 나왔다.

"우우웁, 으윽!"

깜짝 놀란 볼프가 고개를 흔들고 손을 내저으며 황급히 뒤로 물러서고, 기사는 그대로 죽음을 맞이했다.

"쿨럭, 쿨럭!"

무방비 상태에서 피를 뒤집어쓴 볼프가 기침을 하며 입으로 들어온 피를 뱉어 냈다. 하지만 또 한 번의 호통이 터져 나왔다.

"이런 멍청한 새끼! 뒤지고 싶어서 환장했냐!"

두 번째 호통을 듣는 순간, 볼프는 겨우 정신을 수습했다. 그리고 이곳으로 오는 동안 리카이엔이 수도 없이 했던 말을 떠올렸다.

"일단 싸움이 시작되면 주변을 살피고 자신이 무엇을 해야 하는지 판단해라. 그 한 번의 판단이 자신은 물론 동료의 목숨까지 좌우한다. 만일 그걸 못하는 놈은 내 손에 뒈진다!"

그제야 그 말이 제대로 귀에 들어왔다. 그리고 상황이 보였다. 리카이엔과 싸우던 기사들은 이제 두 명밖에 남지 않은 상황. 그마저도 이제 곧 끝날 것 같았다.

반면 페르온은 정신없이 뒤로 밀리고 있었다. 그리고 볼프는 지금 자신이 무엇을 해야 하는지 분명하게 알 수 있었다.

꾸우욱!

손에 쥔 롱소드를 으스러지도록 꽉 잡았다. 동시에 말을 달리며 페르온을 압박하고 있는 기사를 향해 달렸다.

"으음……."

에드몬드의 입에서 신음이 흘러나왔다.

"왜 그러나?"

리온 자작의 물음에 에드몬드가 심각한 표정으로 말했다.

"좋지 않습니다."

"그렇군."

리온 자작 역시 심각한 얼굴로 고개를 끄덕였다. 그는 자신의 기사단이 어떤 평가를 받고 있는지 잘 알고 있었다. 그런데 그런 기사들이 순식간에 저렇게 당하니 놀랄 수밖에.

"저자가 너무 강합니다."

에드몬드는 솔직하게 상대를 평가했다.

처음에는 웬 떨거지들인가 싶었다. 세상 물정 모르는 철없는 노상강도쯤으로 여겨졌다. 하지만 그런 생각은 그리 오래 이어지지 못했다.

선두에서 달려온 복면인이 단 일격으로 기사 한 명을 죽이는 순간, 에드몬드는 반사적으로 온몸을 긴장시킬 수밖에 없었다. 그리고 일곱 명의 기사들과의 싸움 역시 마찬가지였다. 순식간에 한 명을 죽이더니 전투는 단번에 난전이 되었다.

그리고 지금, 일곱 명 중 다섯 명이 죽고 두 명만이 살아남아 서로를 도우며 겨우 목숨을 부지하고 있었다.

이대로 간다면 나머지 세 명과 다른 복면인들을 상대하고 있는 한 명의 기사까지 모두 죽게 될 판이었다.

가만히 있던 리온 자작이 진지한 표정으로 물었다.

"자네와 비교하면 어떤가?"

에드몬드는 이번에도 솔직하게 답했다.

"붙어 보기 전에는 알 수 없습니다."

"으음, 그 정도로 강한 건가?"

"그보다는 저자의 창술이 지금까지 보아 오던 것들과는 너무 다릅니다."

"그렇군."

리온 자작이 천천히 고개를 끄덕이는 순간, 에드몬드가 결정을 내린 듯 말했다.

"안 되겠습니다. 제가 가 봐야 할 것 같습니다."

에드몬드가 리온 자작을 향해 조용히 말을 하고는 자신과 함께 있는 기사들을 향해 외쳤다.

"네 명은 남아서 자작님을 호위하고 나머지는 따라와. 만일 내가 쓰러지면 그대로 자작님과 함께 성으로 돌아가도록!"

동시에 에드몬드와 네 명의 기사가 정면을 향해 달려갔다. 그리고 그 순간, 계속 뒤로 밀리고 있던 두 명의 기사가 단번에 창에 꿰뚫려 바닥으로 떨어지고 있었다.

"이놈!"

어느새 거리를 좁힌 에드몬드가 일갈을 터뜨리며 롱소드를 뺐었다.

"흡!"

막 두 기사를 쓰러뜨리던 순간, 갑자기 쇄도해 오는 거대한 압력에 리카이엔은 황급히 뒤로 돌아보며 호흡을 멈췄다. 그리고 품안으로 거세게 치고 들어오는 강렬한 검격.

반사적으로 창을 세로로 들어 후려쳐 오는 에드몬드의 검격을 막았다.

카카카카칵!

지이이이익!

거친 마찰음이 귀를 어지럽히는 순간, 리카이엔은 몸뚱이가 통째로 뒤로 밀려나는 기분을 느꼈다. 그리고 그 밀리는 느낌은 단순히 기분만 그런 것이 아니라 실제로 밀리고 있었다.

리카이엔이 검격을 막기는 했으나 워낙 강한 힘이 실려 있던 탓에 리카이엔이 타고 있던 말이 함께 뒤로 밀려나 버렸던 것이다.

리카이엔은 황급히 다음 공격에 대비하기 위해 창을 들어 올렸으나, 웬일인지 에드몬드는 두 번째 공격은 하지 않았다. 그 대신 리카이엔을 노려보며 위압적인 목소리로 말했다.

"실력을 보아하니 아무 데나 막 굴러먹는 놈은 아닌 것 같은데…… 이 정도 실력을 가진 놈이 얼굴을 숨기고 무슨 짓을 하려는 거냐? 정정당당히 복면을 벗고 덤벼라!"

동시에 에드몬드의 검에서 희미한 아지랑이가 피어올랐다. 그런 에드몬드를 가만히 지켜보던 리카이엔이 휘리릭 창을 한 번 휘두른 후 입을 열었다.

"지랄, 까고 있네! 닥치고 덤벼!"

Chapter 8.

백지 인장

전생의 장윤명은 백호였다. 그것도 최전방의 백호. 이 말은 가장 치열한 곳에서 백여 명의 병사들을 이끌고 직접 전장을 누비고 다녔다는 뜻이다.

　최전방이라는 곳은 언제 황천길로 떠날지 알 수 없는 장소. 그런 곳에서는 모든 사람들이 거칠어질 수밖에 없다. 그리고 그렇게 거친 병사들을 다루는데 조용하고 점잖은 말투는 아무런 도움이 되지 않는다.

　특히나 함성과 비명이 고막을 찢을 듯 울려 퍼지고, 눈앞에 시뻘건 핏줄기와 시퍼런 칼날이 어른거리는 전장에서 가장 귀에 잘 들어오는 말은 짧고 간결하며 거친, 욕설이 섞인 말이다.

　리카이엔이 종종 보이는 거친 말과 욕들은 모두 거기에서 입에 밴 것들이다. 그리고 새로운 몸과 신분을 얻은 지금도 훈련과 전투에서는 그렇게 말하는 것이 좋다고 생각하고 있었다.

하지만 에드몬드는 그러한 사정을 알지 못했다. 아니, 그전에 눈앞의 상대가 리카이엔 프로커스라는 사실조차 모르고 있었다.

"입이 거칠구나! 버릇을 고쳐… 홉!"

갑자기 안면을 덮쳐드는 거센 풍압. 에드몬드는 황급히 롱소드를 들어 올리며 상체를 비틀었다.

카아앙!

"큭!"

팔 전체가 저릿저릿해질 정도로 강한 창격. 에드몬드가 호통을 치며 롱소드를 날렸다.

"이노옴!"

캉, 카앙!

철창과 검날이 격렬하게 부딪치며 사방으로 불꽃이 튄다. 두 사람이 타고 있던 말들이 움찔움찔 뒤로 물러설 정도로 거센 격돌.

그 와중에도 에드몬드는 눈앞의 복면인을 향해 호통을 내지르는 것을 잊지 않았다.

"이렇게 훌륭한 창술을 가지고 이런 짓을 벌이다니! 오늘 곱게 죽지는 못할 것이다!"

하지만 싸움이면 싸움, 말이면 말 무엇 하나 밀릴 리카이엔이 아니었다.

"지랄, 좋은 칼 두고 주둥이로 싸울라고?!"

그 순간, 빈틈을 찾아 직선으로 찔러 가던 에드몬드의 롱소드가 갑자기 방향을 뒤틀었다. 정확하게 얼굴을 향해 솟아오르는 검날.

"이놈, 그 복면부터 잘라 주마!"

지금 여기에서 얼굴을 보였다가는 그것이 큰 문제로 번진다. 리온 자작이 차용증을 위조했다는 증거가 없는 한, 리카이엔이 지금 하고 있는 행동은 명백한 침략 행위.

리카이엔은 황급히 호흡을 멈추며 고개를 옆으로 틀었다. 하지만 그것이 실수였다.

'아차!'

고개를 비트는 순간 에드몬드의 롱소드가 또 한 번 방향을 틀었던 것이다.

얼굴로 검을 날리며 복면에 대한 얘기를 하는 것으로 모든 신경을 그쪽에 집중하게 만들고 사실은 다른 곳을 노리는 허를 찌르는 공격.

짧은 순간에 만들어 낸 기가 막힌 임기응변이었다. 에드몬드가 그만큼 많은 경험을 가진 노련한 기사라는 의미이기도 했다.

다만 한 가지 미처 생각하지 못한 것이 있었다. 눈앞에 있는 복면인의 반사 신경이 얼마나 뛰어난지를. 그와 함께 상대 역시 노련하기로 따지자면 백전노장과 동급이라는 사실을.

'제길! 이따위 얕은 수에 속다니!'

고개를 돌리고 에드몬드의 롱소드가 방향을 트는 그 찰나의 시간. 리카이엔의 머릿속에는 수십 가지의 생각이 한줄기 뇌전처럼 스쳐 지나갔다.

어깨가 움직였다. 그에 따라 팔이 움직이고, 손이 뒤를 따른다.

까아아앙!

요란한 금속성이 울려 퍼졌다. 창대와 검날이 또 한 번 맞부딪치는 소리.

"헉!"

그리고 에드몬드가 저도 모르게 헛바람을 집어삼켰다. 눈앞의 복면인이 믿을 수 없을 정도로 빠르게 검을 쳐 내는가 싶더니, 어느새 철창이 롱소드의 검신을 휘감듯이 타고 오르며 반대로 자신의 목을 향해 날아오는 것이 아닌가.

카카카칵!

가공할 만한 움직임이었다. 공격을 막는 것은 물론 그 틈을 이용해 역공까지.

채애앵!

다시 한 번 두 사람 사이의 거리가 벌어졌다.

"대단한 놈이구나. 하지만 아직 힘이 부족해!"

에드몬드가 리카이엔을 향해 혀를 차며 말했다. 그리고 리카이엔은 이를 악문 채 에드몬드를 노려보았다. 리카이엔의 창대를 타고 붉은 핏줄기가 주르르 흘러내렸다.

리카이엔의 반격으로 창과 검이 얽히는 순간, 롱소드가 리카이엔의 오른쪽 어깨를 헤집어 놓았던 것이다.

에드몬드 그런 상황을 이미 알고 있다는 듯 회심의 미소를 지으며 말했다.

"이제라도 용서를 빌면 편안한 죽음을 선사해 주마!"

그리고 그 말이 끝나는 동시에 리카이엔이 갑자기 말에서 바닥으로 뛰어내렸다. 그 모습을 본 에드몬드가 허공을 향해 검을 휘둘러 검신에 맺힌 핏방울을 떨쳐 내었다.

"보기보다는 끈기가 부족한… 음?"

에드몬드의 눈이 커졌다. 땅바닥에 뛰어내린 복면인이 자신을 향해 창을 겨누는 것이 아닌가.

아무리 봐도 이대로 싸우겠다는 몸짓.

"이제 보니 제대로 미친놈이었구나!"

아무리 훌륭한 창술을 익혔다 해도 상대는 말을 탄 기사였다. 그런 기사를 상대로 땅바닥에 서서 싸우겠다니.

하지만 그것은 어디까지나 에드몬드의 생각.

리카이엔은 당연하다는 듯 에드몬드를 향해 창을 겨누며 오른발로 땅바닥을 가볍게 두드렸다.

'한결 낫군!'

방금 창과 검이 얽힐 때 리카이엔이 밀린 것은 힘이 부족한 탓이었다. 그리고 그 힘이 부족한 이유는 말 위에 타고 있었기 때문이다.

　장가창법은 움직임을 통해 단전의 공력을 끌어 올리는 창법, 즉, 동공이다. 내공을 쌓는 것은 물론, 그 공력을 외부로 발출하는 것까지도 움직임과 연계되는 무공이다.

　그리고 그 움직임의 가장 처음은 발구름, 바로 진각(震脚)이었다. 이 진각을 통해 얻어진 반탄력이 단전을 흔들고 그를 통해 공력을 끌어 올리는 것이다.

　그런데 말을 타고 있으니 그 진각을 할 수가 없었다. 당연히 원래 낼 수 있는 힘을 제대로 낼 수가 없고 그 탓에 힘의 싸움에서 밀려 버린 것이다.

　물론 리카이엔의 단전에는 혈하와 함께 익힌 혈하공을 통해 쌓은 내공이 자리 잡고 있었다. 그 진기를 자유자재로 움직일 수 있었다면 굳이 진각이라는 과정이 필요하지 않았을 것이다.

　하지만 지금의 리카이엔은 아직까지 공력을 자유롭게 다룰 수 있는 수준이 아니었다. 마음먹고 공력을 도인하면 할 수는 있다. 하지만 한순간의 허점에도 목숨이 오가는 싸움 도중에 공력을 이끌려면 생각과 함께 공력이 움직이는 수준까지 도달해야 했다.

　그동안 리카이엔은 그 혈하공을 자신의 것으로 만들기 위해 많은 노력을 했지만, 아직 실전에서 사용하기에는 무리가 있었다.

　쿵, 쿵.

"좋군!"

리카이엔이 거듭 발로 땅바닥을 두드렸다.

"허!"

에드몬드가 허탈한 웃음을 터뜨렸다. 연방 발로 땅을 구르며 뭐가 그리 좋은지 경쾌하게 창을 흔드는 모양새가 아무리 봐도 정상은 아니었던 것이다.

"타아앗!"

두두두두!

에드몬드가 두 발로 말의 옆구리를 차는 순간, 그의 말이 달리기 시작했다. 리카이엔에게 진각을 통해 공력을 촉발시키는 방법이 있다면, 기병의 한 종류인 기사에게는 말이 있었다.

인간의 몇 배에 달하는 근력을 가진 말이 달리는 힘을 이용하는 기술. 전생에 보병이었던 리카이엔에게는 생소했지만, 에드몬드에게는 마치 자신의 몸을 사용하는 것과 다름없을 정도로 자유자재로 펼칠 수 있는 기술이었다.

두두둑!

말은 단시간에 전속력을 낼 수 있는 동물.

에드몬드의 말이 순식간에 속력을 높였다. 두 앞발의 말발굽이 리카이엔 앞의 지면을 박차는 순간, 에드몬드의 검이 뒤로 젖혀졌다.

그리고 말이 리카이엔 옆을 지나치는 그 순간, 에드몬드의 눈에 보인 단 한 점.

쑤아아앙!

말이 달리는 힘과 수련을 통해 기른 에드몬드의 힘, 그리고 휘두르는 힘이 단 한 점을 향해 폭사되었다.

그리고 리카이엔의 발이 땅을 굴렀다.

까아아아앙!

고막을 찢은 듯한 굉음이 사방으로 울려 퍼졌다.

"끄으윽!"

그리고 에드몬드의 입에서 신음이 새어 나왔다. 마치 번개라도 맞은 듯 온몸을 뒤흔드는 경련을 애써 내리누르며 어금니를 깨문다.

'어, 어디서 이런 힘이!'

믿을 수 없었다. 아무리 갑옷도 입지 않고 롱소드를 든 채 달렸다지만 그래도 기사가 말을 타고 한 돌격이었다. 그 돌격을 철창 한 자루로 막은 것으로도 모자라 오히려 자신이 온몸이 저릿해질 정도로 충격을 받다니.

재빨리 몸의 진동을 억누른 에드몬드가 황급히 말 머리를 돌렸다.

리카이엔이 창으로 가볍게 땅을 찍으며 말했다.

"자, 다시 해 볼까?"

웃고 있었다. 복면을 쓰고 있음에도 불구하고, 에드몬드는 상대가 자신을 비웃고 있다는 것을 알 수 있었다.

"죽어라앗!"

에드몬드가 대성일갈을 터뜨리며 말을 달렸다.

"헉, 허억! 괜찮냐?"

볼프가 턱까지 차오른 숨을 애써 삼키며 물었다. 페르온이
폐를 토할 정도로 숨을 헐떡이며 대답했다.

"크허억, 헉! 아, 아니!"

등을 맞대고 있는 두 사람의 상태는 당장 쓰러져도 이상할
것이 없었다. 타고 왔던 말은 어디에 버렸는지 보이지 않았고,
몸뚱이는 넝마나 다름없었다. 바닥을 온통 붉게 물들이고 있
는 것은 두 사람의 온몸에 난 상처에서 흘러내린 피였다.

그나마 복면은 조금만 찢어진 상태라 얼굴을 들키지 않은
것은 천운이라 할 수 있었다.

그리고 볼프와 페르온을 둘러싸고 있는 네 명의 기사들. 리
온 자작을 보호하다가 에드몬드와 함께 달려왔던 기사들이다.

'어떻게 하지…….'

페르온은 아득해지려는 정신을 애써 붙잡으며 끊임없이 생
각했다.

원래 소심한 사람들은 위기에 처하면 더욱 생각이 많아지
고, 그 생각들이 머릿속을 가득 채우다 못해 끝내는 머릿속이
새하얗게 변해 버린다.

페르온은 차라리 그런 상태가 되어 버렸으면 좋겠다고 생각
했다. 그런데 이상하게도 머릿속이 너무 맑고 또렷했다. 생각

하는 것은 오로지 하나, 어떻게 해야 이 상황을 타개할 수 있는가.

'객관적으로 일대일로 싸워도 이길 수 없는 리온의 기사가 넷. 우리는 둘뿐인데다 부상까지 당했다. 그나마 리카이엔 님이 에드몬드를 막아 주고 있다. 난전 중에 기사들의 말이 모두 죽은 것은 그나마 다행인 상황인……'

생각하고 또 생각했다. 머릿속이 백짓장처럼 변해 버렸으면 하고 바랐지만 그렇게 될 수 없으니 할 수 있는 것은 생각하는 것뿐이었다.

그러다 갑자기 정신이 멍해졌다.

하지만 그가 원했던, 머릿속이 새하얗게 변해 버리는 상태가 된 것은 아니었다. 오히려 더 멀쩡하게 변했다. 그리고 그렇게 된 후 처음 느낀 것은 한층 더 생생해진 통증이었다.

전신 곳곳에 입은 부상들. 기사들의 검에 베이는 순간 등골을 타고 올랐던 섬뜩하면서도 화끈한 그 느낌. 상처에서 배어 나온 피가 옷을 적시며 흘러내리는 느낌.

쿵쾅, 쿵쾅!

갑자기 심장이 뛰는 소리가 귓가에 천둥처럼 울려 퍼졌다. 어느 순간 믿을 수 없을 정도로 예민해진 감각.

들이마신 숨이 폐부 깊숙이 와 닿는 느낌, 몸 곳곳을 타고 흘러내리는 피가 바닥의 흙 사이로 스며드는 느낌이 오감을 타고 전해진다.

그 순간 굉음이 울려 퍼졌다.

까아아아앙!

힐끗, 소리가 난 쪽으로 시선을 던진다. 완벽하게 개방된 감각이 누군가의 신음을 잡아냈다.

"끄으윽!"

'공자님의 신음이 아니야! 에드몬드다!'

신음의 주인을 가려낸 그 순간 페르온의 시야에 아주 미세한 흐트러짐이 보였다. 리온의 기사들이 에드몬드의 신음을 듣고는 아주 잠깐이기는 했지만 움찔 어깨를 떠는 모습이 보였다.

그것을 본 페르온은 지금 자신이 무엇을 해야 할지 알 수 있었다.

그리고 움직였다.

"흐아아아앗!"

기합이 아니라 비명에 가까운 외침.

땅을 박차는 순간 페르온은 이미 정면에 있던 두 기사 사이로 파고들고 있었다.

잠깐의 움찔거림, 그 찰나의 빈틈을 놓치지 않은 페르온의 절묘한 움직임. 페르온은 몸을 날리는 동시에 어깨가 빠져라 검을 휘둘렀다.

쑤아아앙!

싸운다는 것에 대한 수많은 정의 중 하나는 바로 흐름. 페르온은 기사들의 흐름이 끊어진 그 순간을 완벽하게 잡아낸 것이다.

하지만 상대들은 역시나 리온의 기사들. 흐름마저 끊어 내고 들어온 페르온의 공격을 속절없이 맞아 주지는 않는다.

푹, 푸욱!

페르온의 검이 오른쪽에 있던 기사의 심장을 꿰뚫었다. 그리고 왼쪽에 있던 기사의 롱소드는 페르온의 왼쪽 옆구리를 헤집고 있었다.

하지만 페르온은 아직 움직일 수 있었다. 자신이 해야 할 일이 아직 남았다는 것을 알고 있기 때문이다.

왼손을 움직여 옆구리에 박힌 롱소드의 검날을 움켜쥔다. 그와 함께 기사의 심장에 박아 넣은 자신의 검을 뽑는다.

푸아아아악!

꿰뚫린 심장에서 피 분수가 뿜어져 나와 페르온과 왼쪽에 있던 기사의 시야를 붉게 물들였다.

왼쪽에 있던 기사가 갑작스러운 피 분수에 반사적으로 눈을 감는 순간, 페르온의 검이 기사의 목을 가르고 있었다.

'뭐, 뭐야!'

갑작스러운 외침과 함께 등이 허전해지는 느낌에 당황할 수밖에 없었다.

등이 허전해졌다는 말은 곧 페르온이 공격을 위해 몸을 날렸다는 뜻.

내릴 수 있는 결정은 두 가지였다. 몸을 날린 페르온을 따라 뒤로 물러서느냐, 정면에 있는 적들을 향해 공격을 하느냐.

하지만 이렇게 목숨이 오가는 상황에서 이성적인 판단이라는 것은 언제나 한발 늦게 마련이다. 머릿속이 생각을 하고 고민을 하는 순간, 볼프의 몸은 정면의 기사들을 향해 검을 휘두르고 있었다.

본능적인 움직임이었다.

그리고 그 본능이 자신이 무엇을 해야 할지 정확하게 가려냈다.

페르온이 몸을 날린 것은, 기사들이 에드몬드의 신음에 흠칫하던 그 순간. 그 말은 볼프가 본능적으로 몸을 날린 순간역시 기사들의 신경이 분산되던 때라는 뜻이다.

페르온 덕분에 찾아낸 그 틈으로 볼프의 롱소드가 파고들었다. 그리고 두 기사의 몸뚱이가 바닥을 향해 무너져 내렸다.

급작스럽지만 어쨌든 이겼다. 볼프는 숨을 몰아쉬면서도 한껏 밝은 얼굴로 페르온을 돌아보았다.

"헉, 저, 저거 뭐야?"

어지간하면 놀라지 않는 볼프가 대경실색한 표정으로 외쳤다. 뒤돌아본 그의 시야에 들어온 것은, 온몸에 피를 뒤집어쓴채 가만히 고개를 숙이고 있는 페르온이었다.

'저 자식 왜 저래?'

볼프는 고개를 갸웃거리며 다른 쪽으로 시선을 돌렸다.

처음 눈에 들어온 것은 격렬하게 싸우고 있는 리카이엔과 에드몬드. 하지만 상대적으로 수준이 낮은 볼프가 보기에도 이미 리카이엔이 월등히 우세한 상태였다.

그다음으로 시야에 들어온 것은 리온 자작과 그를 호위하는 네 명의 기사.

기사들이 자기들끼리 뭐라고 이야기를 하는 것 같더니 황급히 방향을 틀고 있었다.

'아, 안 돼!'

그들이 이곳에 온 목적은 리온 자작을 잡기 위해서였다. 그런데 죽을 고생을 하고 리온 자작을 놓친다면?

볼프는 앞뒤 잴 것도 없이 달렸다. 리카이엔이 타고 왔다가 내리는 바람에 한쪽에 멀뚱히 서 있는 말을 향해서.

리카이엔은 창을 겨눈 채 달려오는 에드몬드를 쳐다보았다. 분노로 잔뜩 일그러진 표정으로 검을 치켜세우는 에드몬드.

리카이엔은 이번에는 에드몬드의 공격을 기다리지 않았다. 에드몬드의 말이 창극과 겨우 1m 거리까지 도달한 그 순간.

콰드득!

묵직한 진각이 땅을 울렸다. 그와 함께 움직이는 철창.

부우웅!

무거운 바람을 잔뜩 끌어안은 채 사선으로 날렵하게 올라가는 창극의 궤적.

히이이잉!

"허억!"

갑작스러운 말 울음소리와 함께 에드몬드의 다급한 비명이 들려온다.

쿠우웅!

커다란 말의 몸뚱이가 기우뚱하는가 싶더니 순식간에 땅바닥으로 쓰러진다.

타다닥!

말이 쓰러지기 직전 몸을 날려 바닥에 착지한 에드몬드가 숨 쉴 틈도 없이 리카이엔을 향해 몸을 날렸다.

하지만 땅은 오로지 리카이엔의 영역.

캉, 카캉!

"큭, 끄윽!"

에드몬드의 입에서 쉴 새 없이 신음이 터져 나온다. 창과 검이 한 번 부딪칠 때마다 온몸의 관절들이 비명을 질러 댔다. 몸에 있는 관절이란 관절은 죄다 으스러지는 듯한 충격.

그렇게 얼마나 시간이 지났을까.

에드몬드는 마나가 서서히 고갈되고 있다는 것을 느꼈다. 온몸의 감각도 서서히 사라지고 있었다. 이대로 가다가는 철창에 죽기 전에 온몸의 근육이 가닥가닥 끊어질 것 같은 느낌이었다.

"으아아아악!"

비명이 아닌 기합이었다. 폐부 깊숙한 곳에서부터 울려 퍼지는 함성. 그리고 롱소드를 움직였다.

그 일검에 모든 것을 걸었다.

아무런 기교도 속임수도 없는 단순 명쾌한 휘두름. 조금의 군더더기도 없는, 오직 목표에 도달하는 것만을 생각하는 지극히 빠른 검격.

리카이엔은 급히 호흡을 가다듬었다.

검을 휘두르며 달려오는 에드몬드의 눈빛. 리카이엔은 그런 눈빛을 아주 많이 보았다, 전생의 전장에서. 목숨을 포기하고 달려드는 적들의 눈빛.

이런 눈빛을 한 자들은 아주 위험하다. 목숨을 내던지는 만큼 그 공격에 생명의 무게가 실려 있기 때문이다.

빛살이었다. 바람과 바람 사이를 가르고 날아드는 한줄기 섬전과도 같은 검격.

리카이엔 역시 온 힘을 다해 발을 굴렀다. 동시에 휘두른 철창.

그아아아앙!

굉음이 터져 나왔다. 쇠끼리 부딪쳤을 때 나올 수 있는 소리가 아니었다. 기와 기의 충돌.

"후우웁!"

전신을 압박해 들어오는 묵직한 기운에 리카이엔은 숨을 멈쳤다. 그리고 다시 한 발 더 내디뎠다.

쿠우웅!

땅이 울릴 정도로 강렬한 진각과 함께 다시 한 걸음 전진하며 두 손을 앞으로 뻗었다.

창극에 닿은 것은 롱소드의 검신.

리카이엔이 다시 한 걸음 앞으로 나섰다.

쩌저저적!

에드몬드의 롱소드가 창극이 닿은 점부터 사방으로 균열이 일어나기 시작했다.

그리고 리카이엔이 다시 한 걸음 앞으로 나섰다.

쿨럭!

에드몬드가 기침과 함께 진득한 피를 토해 냈다. 그의 시선이 서서히 아래로 떨어졌다.

검신이 산산조각 나 손잡이만 남은 롱소드를 쥐고 있는 손, 자신의 명치 깊숙이 박힌 철창 그리고 그 철창을 힘겹게 그러쥐고 있는 왼손.

에드몬드의 시야가 서서히 어둠으로 물들었다.

"후우~"

리카이엔이 길게 한숨을 내쉬며 철창을 회수했다. 그리고 고개를 돌려 보니 볼프가 네 명의 기사들을 상대로 죽을힘을 다해 싸우고 있었다.

정확하게는 싸운다기보다는 붙들고 있었다. 리온 자작을 데

리고 성으로 달아나려고 하는 기사들을 볼프가 못 가게 막고
있는 것이다.

기사들은 실력으로는 볼프를 제압할 수 있었지만 자작을 보
호해야 한다는 점과 에드몬드가 언제 패할지 모른다는 불안감
에 손발이 엉켜 제대로 판단을 하지 못한 것이다.

리카이엔이 그곳으로 달려갔다. 당황하고 있는 기사들은 더
이상 리카이엔의 상대가 아니었다.

그리고 유일하게 살아남은 한 사람.

"네, 네놈들은 도대체 누, 누구냐!"

리온 자작이 심하게 말을 더듬으며 리카이엔을 손가락질했
다. 그러자 리카이엔이 우악스럽게 자작의 손가락을 움켜잡는
다.

우드드득!

"으아악!"

자작의 절규가 메아리쳤다. 오른쪽 검지는 이미 이상한 방
향으로 꺾여 있었다.

"누, 누구요……?"

리온 자작이 잔뜩 겁에 질린 목소리로 물었다. 리카이엔이
철창을 들고 자작의 머리를 가볍게 내려쳤다.

툭, 투욱, 툭!

절대 아프지 않다. 말 그대로 아주 가볍게 건드리는 수준.
하지만 그러는 것이 오히려 극도의 모멸감을 준다.

리카이엔이 자작의 머리를 건드리는 철창을 쉬지 않고 움직이며 천천히 말했다.

"우리가 누군지는 몰라도 되거든요~"

"도, 도대체 원하는 게 뭔가?"

"입 닥치고 있는 게 좋을 거 같거든요~"

"돈이라면 얼마든지……."

"시끄럽다고요~ 이 변태 새끼야!"

빠아악!

가볍게 휘두른 주먹에 리온 자작은 그대로 정신을 잃고 말았다.

리카이엔은 기절한 리온 자작을 어깨에 들쳐 메고는 페르온을 가리키며 볼프에게 말했다.

"저놈 데리고 가서 얼른 치료받아라."

"예!"

"으으으윽!"

몽롱한 상태로 신음을 흘리며 눈을 뜬 리온 자작은 시야가 너무 흐릿하다는 것을 느끼며 눈을 비비기 위해 손을 움직였다.

"으으!"

하지만 손이 움직이지 않았다. 아니, 손만이 아니었다. 온몸이 움직이지 않았다. 그리고 입을 속박하고 있는 무언가는 아무리 생각해도 재갈인 것 같았다.

'이, 이게 뭐지?'

몸을 움직일 수 없으니 흐릿한 시야를 맑게 하기 위해 할 수 있는 행동은 눈을 끔뻑이는 것밖에 없었다.

"윽!"

한참 동안 눈을 끔뻑이던 리온 자작을 처음으로 자극한 것은 오른쪽 검지의 욱신거리는 통증이었다. 그리고 그 통증을 시작으로 흐릿했던 기억이 완전히 돌아왔다.

'복면을 쓴 놈! 그놈이 날……'

그리고 그제야 눈앞이 맑아졌다. 동시에 리온 자작의 눈이 화등잔만 하게 커졌다.

'아니!'

잘 아는 얼굴이었다. 예정대로라면 이미 죽었어야 할 놈.

'로테즈 보운!'

리온 자작은 아는 얼굴을 본 덕분인지 이상하게도 마음이 진정되는 것을 느꼈다. 그리고 그제야 로테즈의 상황이 눈에 들어왔다.

두 팔을 등 뒤로 돌린 채 상체 전체가 꽁꽁 묶여 있었다. 그리고 무릎이 꿇린 채 허벅지와 종아리를 통째로 칭칭 동여매 움직일 수 없게 만들어져 있었다. 그뿐만이 아니다. 묶인 상체의 양쪽 어깨를 묶은 밧줄이 천장에 매달려 옆으로 넘어질 수도 없는 상태다. 마지막으로 입은 재갈을 물려 말을 하지 못하게 해 놓았다.

리온 자작은 자신이 눈앞에 있는 로테즈와 똑같은 꼴로 무릎을 맞대고 있다는 걸 알 수 있었다.

말을 할 수도 없다. 움직일 수도 없다. 눈앞에 있는 로테즈는 놀란 눈으로 자작을 바라볼 뿐 무언가 할 수 있어 보이지도 않는다.

'도대체 여기는 어디지?'

리온 자작은 낯선 곳에서 눈을 떴을 때 가장 먼저 떠오르는 의문을 이제야 떠올리며 눈동자를 굴렸다.

벽돌로 만들어진 작은 방이었다. 사방이 꽉 막혀 있었고, 한쪽에 촛불이 일렁이며 희미하게 방 안을 밝히고 있었다.

그때 갑자기 뒤에서 누군가의 목소리가 들렸다.

"이제 깨어났나, 리온 자작?"

그리고 느릿한 발소리와 함께 목소리의 주인이 리온 자작과 로테즈 옆에 섰다. 리온 자작이 고개를 들어 쳐다보니 역시나 자신을 공격했던 그 복면인이었다.

"도애에 우스 수아이……."

뭔가 말을 하려 했으나 재갈이 물리는 바람에 발음이 흩어진다.

"아아, 리온 자작 당신은 말할 필요가 없어. 말은 내가 할 테니까."

리온 자작이 죽일 듯한 시선으로 복면인을 노려보았으나,

지금 이 자리에서 우위에 있는 사람은 누가 봐도 이 복면인이었다.

"짧고 간단하게 당신이 이곳에 온 경위를 설명하도록 하지. 당신은 건드려서는 안 될 곳을 건드렸어. 바로 프로커스 백작가를 말이야. 어젯밤에 이놈을 잡지 못했다면 이렇게까지 파악하기는 힘들었을 거야."

리온 자작의 시선이 로테즈에게로 향했다. 벌써 죽었어야 할 로테즈가 지금 이곳에 있는 이유를 이제 알 수 있을 것 같았다. 더불어 그를 감시하던 자가 소식이 끊어진 이유까지.

복면인의 이야기는 계속 이어졌다.

"거듭 말하지만 프로커스 백작가는 우리의 보호하에 있는 가문이야. 그러니 차용증 위조 따위의 조잡한 방법으로 엉뚱한 짓은 안 하는 게 좋아. 응?"

그 말에 리온 자작은 멍한 표정을 지을 수밖에 없었다. 도대체 이자는 누구이며 어떤 자들이 프로커스 백작가를 보호한단 말인가? 하지만 중요한 것은 이자들의 힘이 그리 만만치 않다는 것이다.

리온 자작이 그런 생각을 하는 동안, 복면인이 꺼내 든 것은 한 장의 종이. 리온 자작이 프로커스 백작에게 보여 주었던 그 문제의 차용증이었다.

"이걸 가져가서 당신이 애달파 하는 모습을 보고 싶었지만… 아무래도 이 차용증은 이미 공증을 받았겠지?"

브렌 왕국의 행정 단위는 몇 개의 주(州)로 나뉘어져 있고, 그 주 안에 적게는 대여섯 개에서 많게는 열 개까지의 영지들이 속해 있었다.

하나의 주에는 '주백령' 이라 불리는 국왕의 직할 영지가 있었는데, 국왕은 이 직할 영지에 작위만 있고 영지는 없는 귀족에게 '주백작' 이라는 관직을 주고 그곳을 관리하게 했다.

이 주백작이 하는 일은 국왕 직할 영지를 관리하고 해당 주에 속해 있는 영지에서 세금을 걷고, 전시에는 군대를 집결시키는 등의 일이다.

하지만 무엇보다 중요한 업무는 해당 주에 속해 있는 귀족들을 감시하는 것이다. 바로 귀족들의 힘을 누르고 왕권을 강화하기 위한 행정 정책이었다.

이 제도는 원래는 그로니스 제국에서 광활한 영토를 효율적으로 다스리기 위해 만든 것이었는데, 그 효과를 본 각 왕국의 국왕들이 왕권 강화의 목적으로 제도를 도입하면서 지금은 대륙의 대부분 왕국들이 비슷한 행정 단위를 쓰고 있다.

아무튼 그러한 주백작들이 하는 일 중의 하나가 바로 귀족들 간의 분쟁을 해결하는 것이다. 그리고 그 일환으로 있는 것이 공증이다.

주에 속해 있는 귀족이 기록으로 남길 필요가 있다고 생각하는 문서를 가지고 오면, 그 문서의 진위 여부를 확인한 후 기록해 두는 일이다.

그럴 경우 해당 문서를 잃어버리거나 훼손되더라도 주백령에 있는 기록을 통해 그 문서의 존재를 증명할 수 있는 것이다.

리온 자작으로서는 당연히 해 두어야 할 일, 자작이 천천히 고개를 끄덕였다.

복면인은 그럴 줄 알았다는 듯 차용증을 접어 자작의 품 안에 밀어 넣었다.

"그런데 말이야… 아무래도 우리가 프로커스 백작가를 보호하기 위해서는 똑같은 걸 만들 필요가 있겠더라고."

그러면서 복면인이 두 장의 종이를 꺼내 자작 앞에 내밀었다. 종이에 적혀 있는 글을 본 자작의 두 눈이 더욱 커졌다.

차용증.

빌려준 사람의 이름은 적혀 있지 않았지만, 빌린 사람은 리온 자작으로 되어 있었다. 그리고 그 금액은 무려 3천만 아르겐. 자작이 위조한 차용증의 열 배에 달하는 액수였다.

"자, 여기에 당신 인장만 찍히면 제대로 된 차용증이 만들어지는 거야. 그리고 이 차용증을 프로커스 백작가에 전해 주는 거지. 그러면 좀 재미있는 상황이 만들어지지 않을까?"

"으윽, 으으으!"

리온 자작이 다급한 표정으로 뭐라고 말을 하려 했으나 여전히 발음이 흩어진다. 복면인은 마치 그런 리온 자작의 모습을 즐기기라도 하는 듯 낮은 목소리로 웃었다.

"크크큭, 너무 좋아하는 것 아니오? 하지만 좋아하기는 아직 이르오. 아직 한 장이 남았으니까."

그렇게 말하며 복면인은 또 한 장의 종이를 꺼냈다.

"음?"

리온 자작이 이게 뭔가 하는 표정으로 종이를 노려보았다. 복면인이 내민 또 한 장의 종이에는 아무것도 적혀 있지 않던 것이다.

리온 자작의 시선이 자연스럽게 복면인에게 향했다. 도대체 이게 뭐냐는 눈빛. 그리고 복면인은 의외로 친절하게 설명해 주었다.

"이른바 백지 문서라는 거요. 이 종이에 당신 인장만 찍어 놓으면… 무슨 내용을 써 넣어도 되지 않겠소?"

"흐으윽!"

리온 자작이 당혹스러운 표정으로 뚫어져라 흰 종이를 노려보았다. 도대체 어쩌다 이런 상황이 되었는지 이해할 수가 없었다.

하지만 복면인은 그런 리온 자작의 생각 따위는 아무런 상관도 없다는 듯, 유유자적한 걸음으로 천천히 자작의 뒤로 돌아갔다.

그와 함께 자신의 손을 잡는 복면인의 손길이 느껴졌다.

'제, 제길!'

복면인의 손이 천천히 더듬어 잡는 것은 리온 자작이 끼고 있는, 알이 굵은 보석이 박힌 반지.

그것은 다름 아닌 리온 자작의 인장이었다.

인장이란 그것이 찍혀 있기만 하면 해당 귀족이 만든 문서라는 증명이 되는 것. 그만큼 중요한 물건이기에 많은 영주들이 인장의 보관과 관리를 위해 여러 가지 방법을 사용했다.

그중 리온 자작가에서 사용하는 방법은 그것을 반지로 만들어 사용하는 것. 그렇게 하면 어지간해서는 도둑맞거나 잃어버릴 염려가 없기 때문이다. 항상 호위를 받는 귀족을 습격해손에 있는 반지를 뺏어 갈 생각을 하는 간 큰 놈이 어디 있겠는가.

물론 눈앞의 복면인은 그 호위들을 모두 죽이고 자신을 납치했지만 말이다.

치이이익, 툭툭!

밀랍이 녹으면서 종이 위에 방울방울 떨어지는 소리가 너무나 크게 들렸다. 하지만 지금 리온 자작이 할 수 있는 일이라고는 재갈이 물린 입으로 절규하는 것뿐.

리온 자작에게는 모든 것을 잃을지도 모르는 거대한 일이었음에도 불구하고, 그 일련의 과정은 너무나 빠르고 허무하게끝이 났다.

"고맙소."

복면인이 두 장의 종이를 자작 눈앞에서 흔들어 댔다. 녹은밀랍의 냄새가 아직 가시지도 않은 두 장의 문서.

"으, 으으으!"

그때였다. 복면인이 갑자기 리온 자작의 입에 물린 재갈을 풀어 주었다.

"도대체 너의 정체가 무엇이냐?"

"말 안 했나? 프로커스 백작을 보호하고 있는 사람들이라고. 뭐, 믿고 싶지 않다면 그래도 상관없어. 어차피 그 주둥이까지 물고기들에게 뜯어 먹힐 테니!"

'뭐, 뭐라고? 지금 이게 무슨 말이지?'

리온 자작은 그 말이 무엇을 뜻하는지 이해하고 있음에도 불구하고 의미를 찾을 수가 없었다. 그 정도로 충격적인 이야기.

"그동안 잠시 잠이라도 자 두는 게 좋겠소이다."

뒤이어 들린 복면인의 목소리에 리온 자작이 번쩍 고개를 드는 순간, 이미 복면인은 리온 자작의 뒷목을 내려치고 있었다.

리온 자작이 기절한 것을 확인한 복면인, 리카이엔이 로테즈의 입에 물린 재갈을 풀어 주며 말했다.

"수고했다."

그 말에 로테즈가 다급한 목소리로 말했다.

"이, 이제 저를 살려 주시는 겁니까?"

"응? 그게 무슨 말이지? 내가 언제 널 살려 준다고 했단 말이냐?"

"그, 그런! 시, 시키신 일만 하면 살려 주시겠다고 말씀하시니 않았습니까!"

로테즈가 주춤주춤 뒷걸음질 치며 절규하듯 외쳤다. 리카이엔이 한참 동안 고개를 갸웃거리더니 갑자기 고개를 끄덕였다.

"아아~ 그 얘기 말이군?"

"그렇습니다. 분명 저에게 약속을 하시지 않았습니까?"

"이거, 이거 약삭빠른 줄 알았더니 사실은 멍청한 놈이네?"

"네, 네?"

"니가 우리 가문에 거짓말을 한 것처럼 나도 거짓말을 할 수도 있다는 건 왜 생각을 못하냐?"

"그, 그럴 수가……."

로테즈는 차마 말을 잇지 못한 채 망연자실한 표정으로 리카이엔을 보았다.

"아, 뭐 그리 빨리 죽지는 않을 거야. 그러니 하직 인사는 나중에 하라고~"

말이 끝나는 동시에 로테즈 역시 리카이엔의 일격에 그대로 기절해 버리고 말았다.

"후우~ 이제 대충 마무리된 건가?"

리카이엔은 긴 한숨과 함께 그렇게 중얼거린 후, 리온 자작을 어깨에 들쳐 멨다.

물론 그는 리온 자작을 죽일 생각이 없었다. 자작을 죽이는 거야 당장에라도 할 수 있는 일이었지만, 그로 인해 더 골치 아픈 인물을 상대해야 할 수도 있기 때문이다.

바로 리온 자작의 동생, 지터 리온이었다. 리온 자작은 아직 자식이 없기 때문에 자작이 죽을 경우 작위를 지터가 물려받게 되는데 이 지터가 참으로 골치 아픈 인물이었다.

앞뒤 안 가리고 덤벼드는 저돌적인 성격. 일단 적이다 싶으면 같이 죽자고 달려들기 때문에 오히려 상대하기가 힘들었다.

리온 자작가에 돌려받아야 할 것들이 많은 프로커스 백작가로서는, 저돌적이고 무식한 지터보다는 지금의 리온 자작이 훨씬 상대하기 편하기 때문이다.

"자, 그럼 물에 빠져 죽을 뻔하다가 살아나러 가 보실까?"

리카이엔이 혼잣말을 중얼거리며 발을 움직였다.

Chapter 9.

리카이엔의 안배

"아~ 저놈 저거 왜 저러는 거야~"

볼프가 불만이 가득한 표정으로 구시렁거렸다. 나란히 성벽을 돌고 있던 톰이 물었다.

"무슨 일이신데요?"

함께 성벽을 돌고 있는 병사들은 앞으로 프로커스 백작령의 기사가 될 사람들이었다. 게다가 숙소까지 기사들의 숙소를 쓰고 있었다.

항상 함께 성벽을 따라 돌고, 같은 곳에서 먹고 자고 하다 보니 어느새 꽤 친해진 것이다.

톰의 반응에 볼프가 마침 잘 만났다는 듯 지체 없이 입을 열었다.

"야, 너희가 보기에 저 자식 요즘 이상하지 않냐?"

볼프가 가리킨 쪽으로 시선을 돌리니 앞서 걷고 있는 페르온의 모습이 보였다.

"그, 글쎄요?"

그때 톰과 함께 걷던 잭이 불쑥 끼어들며 말했다.

"그러고 보니 요즘 들어 부쩍 말이 없으신 것 같던데요?"

볼프가 잃어버린 형제라도 만난 듯 반가운 표정으로 크게 고개를 끄덕였다.

"그렇지? 그렇지? 너도 그런 거 같지?"

"으음, 그러고 보니 가끔 멍한 표정을 짓는 것도 같던데요? 한밤중에도 연무장에서……."

"오오~ 맞아. 너 제대로 봤구나."

페르온은 소심하고 말수가 적은 성격 탓에 다른 사람들이 쉽게 다가서기가 힘이 들었다. 볼프가 기사 후보생인 다섯 병사들과 이미 친하게 지내는 동안에도 페르온은 거의 혼자 지내곤 했다.

볼프 외에 그나마 아는 척이라도 하고 이야기라도 나누는 사람으로는 잭이 유일했다.

그런 잭의 눈에 며칠 전부터 페르온이 이상하게 보였던 것이다. 정확하게는 리온 자작이 성으로 찾아왔던 날이었다.

백작님을 수행하기 위해 성으로 불려 갔던 볼프와 페르온은 다음 날 아침이 되어서야 초췌한 모습으로 돌아왔다. 그리고 그날부터 페르온은 조금씩 이상한 행동을 하기 시작했다.

더욱 말수가 줄어든 거야 그러려니 할 수 있는 부분이었다.

그런데 갑자기 멍한 표정으로 하늘을 본다던가, 한밤중에 연무장으로 나가 혼자서 검을 들고 펄쩍펄쩍 뛰어다닌다던가 하는 모습들은 잭의 이해 범주를 넘어서고 있었다.

하지만 잭은 아직도 성벽 따라 돌기에 익숙해지지 못한 상태였다. 당연히 일이 끝나고 돌아오면 피곤에 눌려 잠을 자기 바빴다.

그러다 보니 페르온의 이상한 행동에 깊이 생각을 할 수 없었고 그 일은 그저 그런가 하는 정도로 넘어가고 있었다.

그런데 오늘 볼프가 갑자기 그 일을 꺼낸 것이다.

"백작님을 수행하러 가셨다가 다음 날 왔지요? 그때 무슨 일이 있었나요?"

잭의 물음에 볼프가 잠시 당황하는 표정으로 고개를 내저었다.

"아, 아니. 그런 건 아니고……."

하지만 그 순간 볼프의 머릿속에 떠오른 장면은 그날 기사들과 목숨 걸고 싸울 때의 일이었다. 온통 피를 뒤집어쓴 채 고개를 푹 숙이고 멍한 표정을 짓고 있던 페르온의 모습.

'피를 보더니 충격을 너무 받았나? 아니면 옆구리에 칼 박힌 게 너무 아팠나?'

그날 페르온의 상처는 꽤 심각한 수준이었다. 다행히 리카이엔이 성에 몇 개 남지 않은 포션을 주어 급하게 출혈을 막고 상처를 치료할 수 있었다. 아직까지 옷 속으로 붕대를 칭칭 동여매고 있기는 하지만 생활이나 훈련에는 무리가 없는 정도였다.

'도대체 왜 저래…….'

볼프는 페르온의 이상한 변화 때문에 신경쇠약에 걸릴 지경이었다. 이유라도 말을 해 준다면 그나마 덜 답답할 텐데 하루 종일 입을 꾹 다물고 있으니 뭘 어찌해 볼 수가 없었다.

며칠 전 리온 자작이 물에 빠졌다가 구사일생으로 목숨을 건졌다는 소문을 듣고 리카이엔이 한 일이라는 생각을 떠올렸지만, 그조차도 페르온의 일로 신경을 쓰지 않을 정도였다.

'하아~ 환장하겠네!'

볼프가 속으로 긴 한숨을 내쉬며 페르온의 뒷모습을 뚫어져라 노려보았다. 그러다가 결국 제 성질에 못 이기겠는지 버럭 소리를 지르며 앞으로 달렸다.

"야! 페르온!"

철컥, 철컥!

입고 있는 갑옷의 쇳덩이들이 요란한 비명을 지르며 달려갔음에도 불구하고 페르온은 뒤를 돌아볼 생각조차 하지 않았다. 그리고 그 모습이 지금까지 끈질기게 버티고 있던 볼프의 인내심을 끊어 버렸다.

"이 자식아!"

버럭 소리를 지르는 동시에 손에 들고 있던 철봉에 매달려 있던 양동이를 휘둘렀다.

부우웅, 촤아아악!

"어푸, 어푸!"

비 맞은 생쥐 꼴이 된 볼프가 황급히 고개를 좌우로 흔들며 얼굴에 흘러내리는 물을 닦았다.

'이, 이게 어떻게 된 거야!'

볼프가 멍하니 페르온을 보았다. 그리고 방금의 상황을 다시 떠올렸다.

분에 못 이겨 양동이를 휘두르는 순간, 페르온이 너무나 자연스럽게 상체를 틀었다. 당연히 볼프의 양동이는 허공을 훑었고, 양동이가 멈추는 순간 그 속에 담겨 있던 물이 볼프의 얼굴을 덮친 것이다.

'저 자식이 언제부터……'

페르온도 기사였다. 큰소리를 내며 휘두른 양동이를 피하는 것 정도는 당연히 할 수 있다. 하지만 문제는 그것을 피했다는 사실이 아니라, 그것을 피할 때의 움직임이었다.

페르온은 황급히 몸을 뒤틀지 않았다. 물 흐르듯이 아주 천천히, 볼프의 눈에 그 움직임이 모두 보일 정도로 느긋하게 상체를 움직였다.

지금까지는 볼 수 없었던 모습. 볼프는 그제야 무언가를 깨달을 수 있었다.

그날. 온몸에 피를 뒤집어쓰고 고개를 숙이고 있던 그때, 페르온은 무언가 깨달음을 얻었던 것이다.

'제, 제기랄!'

지금까지 친구였던 페르온이 갑자기 저 멀리 앞서 가는 것 같은 기분. 볼프는 속에서 뭔가 울컥하는 것을 느끼며 저만치 가고 있는 페르온을 향해 버럭 소리를 질렀다.

"야, 이 빌어먹을 자식아! 뭔 말을 좀 하라고!"

페르온은 그런 볼프의 외침이 귀에 들어오지도 않는지 여전히 멍한 표정으로 걸음을 옮기고 있었다.

'왜 안 되는 거지?'

페르온은 그날의 기억을 다시 한 번 천천히 떠올렸다. 주변의 모든 움직임이 너무나 느리게 눈에 들어왔다. 땀방울이 맺히는 소리가 들릴 정도로 귀가 예민했다. 스치는 바람에 묻어 있는 냄새들, 조용히 살갗을 스치고 지나가던 주변의 공기들.

그 순간이 지나고 나서야 깨달을 수 있었다. 그 당시 자신이 느낀 것이 얼마나 환상적인 경험인지를. 그것은 환희에 가까웠다.

그리고 또 한 번 그때의 감각을 느끼고 싶었다. 희열이 넘치던 그 느낌을.

"후우~"

페르온이 긴 한숨을 내쉬며 고개를 저었다. 그때 이후로는 더 이상 그러한 감각을 느낄 수 없었다.

당시를 생각하며 끊임없이 이미지를 되새기고, 홀로 명상에 잠겼다. 혹시나 싶어 몸을 혹사시키기도 해 보았다. 그러나 그 순간은 찾아오지 않았다.

페르온은 낙담한 표정으로 다시 걸음을 옮겼다.

하지만 그것은 페르온의 크나큰 착각이었다. 그 스스로는 당시의 순간을 느낄 수 없다고 하지만, 그의 몸은 이미 그것을 알고 있었다.

방금 볼프가 양동이를 휘둘렀다가 보인 반응만 보아도 알 수 있는 것이다. 다만, 스스로가 당시의 느낌을 너무 크게 해석하면서 생긴 괴리감으로 인한 착각 때문에 아직까지 깨닫지 못하는 것이다.

페르온이 맞이한 그 현상은 쉽게 말해 능력의 개화였다.

그는 원래 어려서부터 남달리 오감이 예민한 편이었다. 그의 소심한 성격도 사실은 그 예민한 감각 때문에 만들어진 것이다. 주변의 소리나 움직임 등을 너무 잘 잡아내다 보니 작은 소리에도 흠칫흠칫 놀라는 반응을 보이고 그것이 반복되다 보니 점차 소심한 성격이 자리 잡은 것이다.

그리고 이번 싸움을 겪으면서 그 능력이 극대화 되었다. 이는 기사로서 자신의 실력을 크게 향상시킬 수 있는 기회.

"오늘 밤에 다시 시도해 봐야지."

때로는 이미지를 되새기거나 명상에 잠기는 것이 실력을 키우는 데 큰 도움이 되기도 한다. 가지고 있던 잠재력이 만개하는 순간에는 특하나.

페르오는 단지 그때의 감각을 다시 한 번 일깨우고 싶어서 하는 일이었지만, 사실은 아주 훌륭한 수련 방법이었던 것이다.

한참을 멍하니 서 있던 볼프가 황급히 달려오며 외쳤다.

"야~ 같이 가!"

"리크, 정말 괜찮겠니?"

힐더가 걱정이 가득한 표정으로 물었다. 리카이엔이 침대에 누운 채로 천천히 고개를 끄덕였다.

"너무 걱정하지 마세요, 어머니. 갈 때는 이렇게 아픈 채로 떠나지만, 돌아올 때는 건강한 모습으로 돌아올게요."

"어허, 부인이 그러면 리카이엔이 얼마나 가기가 힘들겠소? 다른 것도 아니고 치료를 하러 가는 건데 잘 갔다 오라고 말해 줘야 하지 않겠소? 어험, 어험."

하지만 그렇게 말하는 프로커스 백작 역시 그리 마음이 편치는 않은 듯 자꾸 헛기침을 하고 있었다.

"그래도 조금 더 몸이 좋아지고 난 후에 가는 게 좋지 않겠니?"

"아니에요. 병이라는 건 오래 앓을수록 더 악화되기만 할 뿐이잖아요. 하루라도 빨리 가서 치료를 받는 게 좋을 것 같아요."

리카이엔은 부모님께 아르엔 산 근처에 뛰어난 치료사가 있는데, 자신과 유사한 병을 고친 적이 있다고 하니 치료를 받으러 가겠다고 말을 했었다.

그리고 힐더는 아픈 아들이 먼 길을 가야 한다는 사실에 마음이 좋지 않은 듯 하루 종일 리카이엔 곁을 떠나지 못했다. 그 덕분에 지금의 상황이 매일 반복되고 있는 것이다.

리카이엔이 조심스럽게 손을 뻗어 어머니의 눈에 맺혀 있는 눈물을 닦았다.

"괜찮을 거예요. 어머니, 반드시 건강하게 돌아올 테니 걱정 말고 기다리세요. 제가 언제 약속을 어긴 적이 있나요?"

힐더가 손수건으로 맺힌 눈물을 찍어 내며 천천히 고개를 끄덕였다.

그나마 지금은 많이 나아진 상태였다. 처음 리카이엔이 치료를 위해 멀리 떠난다고 하니, 힐더는 자신도 같이 가겠다고 했다. 깜짝 놀란 리카이엔이 한사코 말리지 않았다면, 아마 지금쯤 힐더는 짐을 싸고 있었을지도 모를 일이었다.

"어머니, 너무 많이 우시면 나중에 배웅은 어떻게 하시려고 그러세요? 이제 그만 방으로 가서 쉬시는 게 좋겠어요."

"부인, 내가 보기에도 좀 들어가서 쉬는 게 좋겠구려."

힐더가 고개를 끄덕이며 힘겹게 몸을 일으켰다. 리카이엔이 옆에 서 있던 시녀들을 향해 말했다.

"헤일린, 안나. 어머니를 방까지 모셔다 드릴 수 있을까?"

"물론이에요, 공자님. 마님, 저희가 모시겠습니다."

헤일린과 안나가 힐더를 부축한 채 리카이엔의 방을 나섰다. 그러자 리카이엔이 조용히 백작을 불렀다.

"아버님."

프로커스 백작도 바보가 아닌 이상 리카이엔이 일부러 사람들을 내보냈다는 걸 모를 리가 없었다.

"할 말이 있는 모양이구나."

프로커스 백작의 말에 리카이엔이 고개를 끄덕이며 천천히 침대에서 내려와 몸을 일으켰다.

"아, 아니, 리카이엔. 너 모, 몸은……."

그 말에 리카이엔이 조용히 고개를 숙이며 말했다.

"사실 저는 아픈 것이 아니었습니다."

"뭐, 뭐라고? 그럼 왜……."

갑작스러운 상황에 당황스러워하는 백작을 향해 리카이엔이 검은 천으로 만든 작은 주머니를 건넸다.

"이게 무엇이냐?"

프로커스 백작이 고개를 갸웃거리며 물었다.

"한 번 풀어 보세요."

"그래……. 음? 이, 이건?"

백작이 깜짝 놀란 얼굴로 자신의 손바닥을 내려다보았다, 정확하게는 손바닥에 놓인 굵직한 다이아몬드들.

"돈으로 바꾸면 대략 백만 아르겐가량 나갈 겁니다."

"이, 이게 어디서 난 것이냐?"

"로테즈, 로테즈 보운이 차용증을 위조한 대가로 받은 돈입니다."

"뭐? 그럼 너는 로테즈 보운이 그런 짓을 한 것을 이미 알고 있었단 말이냐?"

"그렇지는 않습니다. 다만 놈의 행동이 수상쩍다고 느껴 주의를 기울이고 있었던 것이지요. 사실 제가 아프지 않으면서도 아픈 척 누워 있었던 이유도 로테즈가 방심하도록 만들기 위해서였습니다."

프로커스 백작은 갈피를 잡을 수가 없었다. 아프다고 누워 있었는데 사실은 아프지 않았다 하고, 로테즈의 배신행위에 대해서도 이미 알고 있었다니.

그러다가 또 다른 궁금증이 생겼다.

"그럼 아르엔 산에는 무얼 하러 가는 것이냐?"

리카이엔은 잠시 고민에 잠겼다. 그가 아르엔 산에 가는 데는 중요한 이유가 있었다. 하지만 그 내용을 알려 줄 수는 없었다. 그렇다고 아버지에게 거짓말을 할 수도 없는 노릇.

리카이엔은 결국 애매한 말로 대답을 회피할 수밖에 없었다.

"그곳에서 찾아야 할 물건이 있어서 가려는 것입니다."

"으음……."

프로커스 백작은 여전히 이해할 수 없다는 표정이었다. 하지만 아무런 이유도 없이 뭔가를 할 성격이 아니라는 것은 잘 알고 있었다. 말은 못해도 분명 중요한 이유가 있을 터. 프로커스 백작은 천천히 고개를 끄덕이며 더 이상 그 일에 대해서는 묻지 않았다.

그러다 리카이엔이 자신의 서랍을 열더니 또 다른 무언가를 건네주었다. 한 장의 종이였다.

"이건 무엇이냐?"

"한 번 보십시오."

"음?"

고개를 갸웃거리며 종이를 받아 읽어 내려가던 프로커스 백작의 눈이 경악으로 물들었다.

"이, 이게 어디서……."

3천만 아르젠이라는 거금의 차용증이다. 그것도 리온 자작이 프로커스 백작에게 빌렸다는 내용의, 거기에 리온 자작가의 인장까지 선명하게 찍혀 있었다.

리카이엔이 조용한 목소리로 말했다.

"여기에 우리 가문의 인장만 찍으면 이 차용증은 분명한 진짜 문서가 될 것입니다. 제가 떠난 후에 리온 자작에게 이 차용증을 보여 주시면 됩니다."

프로커스 백작의 표정이 한층 더 복잡해졌다. 도대체 이게 무슨 일인지 갈피를 잡을 수가 없었다.

리카이엔은 그런 아버지의 속을 아는지 모르는지 계속 자신의 이야기를 이어 갔다.

"다이아몬드는 당장 현금화가 가능할 겁니다. 그리고 차용증은 분할 상환의 형식으로 하셔서 놈이 우리에게 내밀었던 가짜 차용증부터 처리를 하십시오. 그러고도 차액은 꽤 크니 제가 없는 동안 영지 살림에 도움이 될 것입니다."

프로커스 백작령에서 1년 동안 거두어들이는 세금이 500만 아르겐에 조금 못 미치는 정도였다. 그중 국왕에게 보내는 세금이 180만 아르겐.

다시 말해 프로커스 백작령에서 1년 동안 사용할 수 있는 예산은 대략 300만 아르겐이라는 뜻이다. 즉, 지금 리카이엔이 건네준 백만 아르겐의 가치가 있다는 다이아몬드는 영지 1년 예산의 1/3이나 되는 거금.

잠시 뭔가를 생각하던 프로커스 백작이 묵직하게 고개를 끄덕이며 아들의 어깨를 두드렸다.

"무슨 일인지 모르지만 잘 다녀오도록 하여라. 그리고 이 돈과 차용증은 어떻게 구했는지는 모르겠지만 네가 어렵게 구한 것이니 잘 쓰도록 하마. 고맙다, 아들아."

"고맙긴요. 당연한 일이죠."

사아악.

조용한 방 안에 책장 넘기는 소리가 낮게 퍼진다. 리카이엔은 자신의 방 침대에서 등만 기댄 채 책을 보고 있었다. 그리고 그 옆에 놓인 티 테이블에는 따뜻한 차가. 그 뒤에는 헤일린과 안나가 조용히 서 있었다.

그런데 헤일린이 팔꿈치로 옆에 있는 안나의 옆구리를 쿡쿡 찔렀다. 안나가 돌아보자 헤일린이 소리는 내지 않은 채 입 모양만으로 말했다.

'얼른 이야기해 봐.'

그리고 안나도 입 모양으로 말했다.

'니가 해, 이 지지배야~'

그 말에 헤일린이 샐쭉한 표정으로 말했다.

'흥, 급한 건 너잖아!'

'뭐라고? 내가 뭘? 내가 뭘?'

'어머? 공자님이 아프다니까 가장 먼저 뛰어왔던 사람은 어디의 누구?'

'내, 내가 언제~'

그때였다.

"헤일린."

리카이엔의 목소리였다. 토닥거리던 안나와 헤일린이 화들짝 놀라며 고개를 돌려 보니 리카이엔이 이쪽을 보고 있었다.

"네? 네, 공자님."

"하고 싶은 이야기가 있으면 해."

"제가 아니고 안나가 할 말이 있대요."

헤일린의 말에 그렇지 않아도 놀라고 있던 안나가 또 한 번 놀라며 급히 헤일린을 노려보았다. 하지만 헤일린은 혀를 쏙 빼물며 밉상스러운 표정을 지어 보일 뿐이다.

"안나."

"네, 공자님."

"무슨 이야기가 하고 싶은 거야?"

"그, 그게 말이죠……. 이번에 치료받으러 가실 때 병간호나 시중들어 줄 사람이 없잖아요. 그래서 저희도 함께 데리고 가 주시면 안 될까 해서……."

리카이엔은 가차 없이 말했다.

"안 돼."

"네에?"

"길이 너무 험하고 위험하니까 안 돼."

칼같이 자르는 리카이엔의 말에 안나가 울 것 같은 표정을 지었지만, 리카이엔은 이미 읽고 있던 책 쪽으로 시선을 돌린 후였다.

'히잉~'

낙심한 안나가 고개를 푹 숙이며 한껏 암울한 기운을 내뿜었다. 그리고 그 모습에 뭔가 위험하다고 느낀 헤일린이 슬금슬금 뒷걸음질을 쳤다.

"고, 공자님. 저는 마님께서 시키신 일이 있어서……. 잠시 나가 볼게요."

그러고는 말이 끝나기가 무섭게 뒤도 안 돌아보고 방문을 나선다.

안나가 헤일린이 사라진 방문을 잠시 노려보더니 이내 고개를 푹 떨어뜨린다.

그녀는 어렸을 때부터 성의 시녀로 일을 하며 리카이엔에 대한 연모의 감정을 키워 왔다. 그렇다고 무언가 큰 걸 바라지는 않았다. 자신과 리카이엔의 사이에는 엄청난 신분의 벽이 가로막고 있다는 걸 아주 잘 알고 있기 때문이다.

그저 옆에 있으면서 매일 보고, 시중을 드는 것만으로도 만족할 수 있었다. 어쩔 수 없이 성의 일을 그만두었다가 리카이엔이 아프다는 말에 가장 먼저 달려올 수 있었던 것도, 임금도 받지 않고 시중을 드는 것도 그런 이유였다.

그래서 이번에도 따라가고 싶었다.

아르엔 산은 마차를 타고 가도 한 달이나 걸리는 먼 곳에 있다고 들었다. 왕복하려면 무려 두 달. 그 기간 동안 공자님을 보지 못한다니 마음이 허물어지는 것 같았다.

그뿐만이 아니다. 공자님은 수행인으로 기사만 한 명 데리고 간다고 하셨다. 만날 칼만 휘두르는 기사들이 섬세한 공자님의 시중을 들 것을 생각하니 마음이 미어지는 것 같았다.

물론, 그 섬세함이라는 것은 어디까지나 안나 혼자만의 기준이었지만 말이다.

안나가 혼자만의 상념에 빠져 암울한 기운을 내뿜고 있음에도 불구하고, 섬세한 리카이엔은 뚫어져라 책만 보고 있었다.

'역시 이곳이 맞아.'

리카이엔이 펼쳐 놓은 페이지에는 한 장의 그림이 그려져 있는데 거대한 폭포의 그림이다.

이전의 리카이엔은 가문을 일으켜 세우기 위해 아주 많은 준비를 해 놓았다. 그러기 위해서 가장 우선 해결해야 할 문제는 바로 돈.

그것을 위해 리카이엔이 과거에 불러냈던 영혼은 다름 아닌 대도 클레우스였다.

클레우스는 백여 년 전, 제국, 왕국 가리지 않고 베루스 대륙 전역에 이름을 떨친 전설의 대도였다. 그에게 당한 귀족 가문만 해도 오백여 가문. 심지어는 그로니스 제국의 황궁 금고까지 털렸다고 한다.

당시 도둑맞은 것들을 금액으로 추산하면 무려 천만 플라틴, 은화로는 십억 아르젠이다. 도둑맞은 귀족들이 뒤가 구린 돈이나 물건들을 신고하지는 않았을 테니 그것까지 생각하면 그 두 배는 될 거라는 이야기도 있었다.

과거의 리카이엔은 그 대도 클레우스를 불러내는 일에 성공했다. 하지만 클레우스는 쉽사리 자신의 보물을 주지 않았다. 클레우스가 리카이엔에게 남긴 말은 작은 단서였다.

'은하수로 단련한 검을 잘라 내는 자만이 나의 모든 것을

얻을 수 있을 것이다.'

보물이 있는 위치를 은유적으로 설명한 말이다. 하지만 당시 리카이엔은 그 의미를 풀어내지 못했다. 이미 몸에 이상이 생긴 후의 일이었기 때문이다.

다시 말해 그가 클레우스의 영혼을 불러낸 이유는 훗날 자신의 뜻을 이어 줄 누군가를 위한 안배인 것이다.

그리고 지금의 리카이엔이 그 의미를 풀어냈다. 그가 그 의미를 해석할 수 있었던 것은 순전히 운이 좋았기 때문이다.

'은하수라면… 설마?'

은하수라는 말을 떠올리는 순간, 그의 기억 속에 떠오른 것은 전생에 그다지 공부를 많이 하지 않았던 장윤명이 알고 있는 몇 안 되는 시(詩) 중의 하나였다.

바로 이백(李白)의 '망여산폭포(望廬山瀑布)' 였다. 그 시에서 이백은 여산폭포를 두고 은하수에 비유했던 것이다.

그 은하수로 단련한 검이라면, 폭포 밑에 무언가 검에 비유될 만한 것이 있다는 의미. 즉, 폭포 밑에 뾰족한 무언가가 솟아 있다는 뜻이다.

폭포의 낙하하는 물의 힘은 엄청나다. 대부분의 폭포 밑에 용소(龍沼)라 불리는 깊은 웅덩이가 있는 이유도 그 엄청난 힘 때문이다. 그런 폭포의 힘을 견딜 수 있는 것은 거의 없다고 봐도 무방했다.

그렇게 생각한 리카이엔은 열심히 지리서를 뒤지기 시작했다. 일부러 병이 난 척하고 침대에 누워 지내면서 한 일이 바로 그 지리서를 뒤지는 일이었다.

그리고 그 결과 찾은 것이 바로 지금 그가 보고 있는 그림 속의 폭포였다. 아르엔 산에 있다는 무려 200m 높이의 임페티스 폭포였다. 그 폭포 아래에는 뾰족하게 솟은 돌이 있는데, 폭포의 물살이 이 돌에 부딪치면서 좌우로 갈라지는 모습이 엄청난 장관이라고 한다. 그리고 그 장관을 구경하기 위해 많은 귀족들이 찾는 곳이기도 했다.

리카이엔은 그 외에도 많은 지리서를 뒤져 보았지만 임페티스 폭포 외에 조건에 맞는 장소는 보이지가 않았다.

탁.

리카이엔이 책을 덮으며 천천히 고개를 끄덕였다. 그러면서 피식 웃음을 지었다.

'리카이엔 자식, 아무튼 오지랖도 넓어. 아무튼 잘 쓰도록 하마.'

그때 문밖에서 노크 소리와 함께 누군가의 목소리가 들렸다.

"페르온, 공자님의 부름을 받고 왔습니다."

"들어와."

페르온이 안으로 들어오자 리카이엔이 안나를 향해 말했다.

"긴히 할 이야기가 있으니 잠시 나가 있으면 좋겠는데?"

그 말에 쉬지 않고 암울한 기운을 뿜어내던 안나가 페르온을 향해 살기등등한 시선을 날렸다.

페르온이 깜짝 놀라 주변을 두리번거릴 정도로 강렬한 살기. 하지만 그 살기가 안나에게서 나오는 것이라고는 꿈에도 생각지 못한 페르온은 그저 고개를 갸웃거릴 뿐이었다.

척척척척!

안나가 성큼성큼 걸음을 옮겨 밖으로 나가자 리카이엔이 이야기를 시작했다.

"이번 아르엔 산으로 가는 길에는 너를 데리고 갈 거다."

"네? 저를요?"

볼프가 아무런 말도 하지 않았는지 페르온이 깜짝 놀란 표정을 지었다.

"그래, 페르온 너를 데리고 간다. 마부도 없고 다른 기사도 없이 너만 가게 될 테니 준비를 단단히 해 두는 게 좋아."

"하, 하지만 왜 하필 저를……. 볼프가 더 낫지 않을까요?"

"이번 일에는 네가 더 낫다. 그리고 지난번 싸움으로 네가 깨달은 것이 많은 도움이 되기도 하고."

"헉! 그, 그걸 어떻게!"

페르온은 또 한 번 놀란 표정으로 리카이엔을 보았다. 그날 포션을 가져다준 후 마주친 적이 없었다. 그런데 그런 사실을 어떻게 알았을까?

"내 눈에는 다 보여."

"하, 하지만 그날 잠깐만 그랬을 뿐입니다. 그 후로는 두 번 다시 그때의 감각을 살릴 수가 없었습니다."

페르온은 잘못한 것도 없는데 괜히 미안한 표정을 지으며 고개를 숙였다.

그 말에 리카이엔이 피식 웃으며 말했다.

"그랬단 말이지?"

"그렇습니다."

"흐음……."

하지만 리카이엔은 그 말이 사실이 아니라는 것을 알고 있었다. 방문을 열고 안으로 들어올 때 보였던 안정된 몸놀림은 예전의 페르온과는 분명히 달랐다. 그리고 안나가 자신을 쏘아보는 순간, 그 잠깐의 시선마저 감지했을 정도였다.

다만 페르온 스스로가 그것을 깨닫지 못하는 것뿐이었다.

"뭐, 그건 가는 길에 내가 다시 느끼도록 해 주지. 아무튼 함께 떠날 테니 준비를 하도록."

"알겠습니다."

"아참, 가는 길은 꽤 험난할 테니 마음 단단히 먹는 게 좋아."

"네? 험난하다니요?"

"어쩌면 목숨 걸고 가야 될지도 모르고 말이야."

페르온은 아직 아르엔 산으로 가는 진짜 목적에 대해서는 알지 못했다. 단지 치료를 핑계로 어떤 일을 하러 가는 것이라는 정도만 알았다. 그런데 목숨을 걸 정도라니.

이 역시 볼프가 페르온에게 말을 하지 않았기 때문이다. 리카이엔이 리온 자작령에 소문을 내기 위해 사람을 고용했다는 사실을.

리카이엔이 피식 웃으며 생각했다.

'볼프, 이 자식 제대로 삐쳤군.'

Chapter 10.

지나가던 마법사

어두운 밤, 한 대의 마차가 길가에 얌전하게 서 있다. 그리고 길 옆 공터에는 모닥불이 피워져 있고, 모닥불 주위에 두 명의 사내가 앉아 있다. 영지를 떠나 아르엔 산으로 향하는 리카이엔과 페르온이다.

리카이엔이 별이 쏟아질 듯 밝게 빛나는 밤하늘을 쳐다보며 조용한 목소리로 물었다.

"오늘이 닷새째인가?"

모닥불에 마른 나무를 집어넣으려던 페르온이 손을 멈칫하더니 하늘을 쳐다보며 날짜를 가늠했다.

"예, 오늘이 닷새째 밤입니다."

그 말에 리카이엔이 여전히 하늘에 시선을 고정시킨 채 피식 웃으며 말했다.

"오늘부터 긴장하는 게 좋겠군."

리카이엔과 페르온이 영지를 떠난 지 닷새. 계획대로 되었다면 이틀 전에 리온 자작이 리카이엔의 소식을 들었을 것이다. 그리고 준비를 하는 데 하루 정도로 생각한다면, 아마 오늘쯤부터 공격이 시작될 것이다.

리온 자작의 입장에서 따지고 보면 사실 이번 일은 좋은 기회였다. 리카이엔의 몸이 건강해질 수도 있다는 점은 위험하지만 한편으로는 영지를 벗어나 있기에 제거할 수 있는 기회가 많아졌기 때문이다.

리카이엔의 말에 페르온의 표정이 핼쑥하게 변했다. 오는 동안 이번 일에 어떤 의미가 있으며 앞으로 일어날 일이 무엇인지에 대해 들었기 때문이다.

"우, 우리가 막을 수 있을까요?"

"우리가 아니라 너 혼자 해야지."

"네, 네?"

페르온이 그 의미를 이해하지 못해 당황한 표정으로 물었다. 리온 자작의 공격을 혼자 막으라니. 하지만 리카이엔은 더 이상 설명하지 않았다.

"왜 그런지 한 번 잘 생각해 봐."

"아, 알겠습니다."

대답과 함께 페르온은 심각한 표정으로 열심히 생각하기 시작했다.

모닥불의 열기에 얼굴이 빨갛게 달구어지는 것도 모른 채 한참을 생각하던 페르온이 그 특유의 조심스러운 말투로 말했다.

"공자님, 혹시 오늘…… 아니, 꼭 오늘이 아니더라도 처음에는 적은 수의 암살자들만 오지 않을까요?"

"이유는?"

"현재 외부에는 공자님이 병이 나 있는 걸로 알려져 있습니다. 그리고 그런 공자님을 호위하기 위한 기사는 저 혼자뿐입니다. 리온 자작이 직접 공격을 하기보다는 암살자들을 고용할 가능성이 클 것 같은데……."

페르온은 말을 하면서도 끊임없이 리카이엔의 표정을 살폈다. 자신이 제대로 말을 하고 있는지 아닌지 스스로 자신이 없다는 증거다. 그럼에도 불구하고 리카이엔은 아무런 표정도 말도 없이 조용히 듣기만 했다.

"…어쨌든 암살자들이 보기에 병약한 공자님과 기사 한 명을 상대하는 데 많은 수가 올 필요는 없을 테니 조용하고 간단하게 마무리하기 위해 적은 수가 올 것 같습니다."

"그게 네 결론이냐?"

여전히 무표정한 리카이엔의 반문에 페르온은 곤혹스러운 표정을 지었다.

'이, 이게 아닌가?'

그러거나 말거나 리카이엔은 또 다른 질문을 이어 갔다.

"그래, 첫 번째 공격은 그렇다 치고 그다음은?"

"첫 번째 공격을 막는다면 그대부터 적들은 경각심을 가지게 될 것 같습니다. 더불어서 무언가 이상한 점이 있다는 것도 느끼게 될 듯합니다."

"이상한 점?"

"그, 그러니까 공자님은 병에 걸려 있으므로 마차가 움직이는 속도도 빠를 수가 없습니다. 하지만 지금 우리의 위치는 그렇다고 보기에는 너무 먼 거리를 왔습니다."

리카이엔은 영지를 벗어나면서부터 낼 수 있는 전속력을 다해 달렸다. 페르온과 수시로 마차를 바꿔 몰며, 말들이 탈진해서 쓰러지기 직전까지 달렸다.

아르엔 산까지 한 달이라고 정한 이유는 아픈 몸으로 마차 여행을 하는 것이니 그것을 감안한 속도. 그리고 지금 있는 곳은 처음 일정의 절반이었다. 단순히 계산하면 세 배의 속도로 달려왔다는 뜻이다.

리카이엔이 고개를 끄덕이며 물었다.

"이상함을 느끼고 나면 어떻게 할까?"

"아, 아마도 많은 수 혹은 월등한 실력의 암살자들이 올 것 같습니다."

"그럼 그놈들은 어떻게 막을 건데?"

"으음, 그, 그것이……."

페르온은 입에서 맴도는 말을 끝내 내뱉지 못하고 고개를 푹 숙였다. 리카이엔은 그 모습을 보며 한 번 피식 웃어 보이고는 그대로 침낭에 몸을 밀어 넣었다.

"난 잔다."

"네?!"

페르온이 화들짝 놀라 외쳤다. 암살자들이 올지도 모르는데 자겠다니. 하지만 리카이엔은 뭘 그리 놀라냐는 표정으로 되물었다.

"내가 너 혼자 막으라고 말하지 않았던가?"

"그, 그렇습니다."

"그러니까 난 잔다."

그러고는 페르온이 더 말할 기회도 주지 않고 그대로 눈을 감아 버렸다.

'어, 어떡하지?'

당혹스러운 표정으로 연방 주위를 살피는 페르온의 모습은 극도로 불안해 보였다. 리카이엔은 그런 페르온의 상태를 아는지 모르는지 깊은 숨을 내쉬며 이미 잠에 빠진 모습이었다.

타닥, 타닥!

가끔 장작이 타는 소리만이 조용한 공터를 울린다. 길 좌우로 난 잡목림에서는 간간이 풀벌레 소리가 새어 나오면서 잔뜩 긴장하고 있던 페르온을 화들짝 놀라게 만들었다.

'이럴 때 볼프가 있었다면……'

괜히 아쉬운 마음이 들었다. 볼프가 있었다면 그 근거 없는 자신감을 한껏 뽐내며 이런 적막한 분위기를 만들지 않았을 텐데.

그때였다.

주변에 한층 더 무거운 적막감이 깔렸다.

'음?'

페르온이 고개를 갸웃거리며 주변을 살펴보았다. 그리고 뭔가 이상하다는 것을 느꼈다.

'갑자기 왜 이렇게 조용해?'

잡목림에서 간간이 들려오던 풀벌레 소리가 갑자기 멎었다. 그와 함께 갑자기 등골을 타고 올라오는 이질감.

'흡! 서, 설마 진짜 온 건가?'

음침하기 짝이 없는 기운이었다. 마치 코 끝에 피비린내가 감도는 듯한 느낌마저 들었다.

'끄으으윽!'

입에서 신음이 튀어나오려는 것을 억지로 참았다. 힐끗 눈동자를 돌려 보니 공자님은 정말 깊은 잠에 빠졌는지 미동도 하지 않고 있었다.

'내, 내가 막아야 되는데…….'

페르온의 시선이 반사적으로 리카이엔에게로 향했다.

'막지 못하면 공자님이…….'

페르온은 스스로 그렇게 생각하고는 소스라치게 놀라 흠칫 몸을 떨었다. 동시에 전신의 신경이 저릿저릿해질 정도로 극한의 긴장감이 온몸을 휩쓸었다.

"후우~ 후우~"

움직이지도 않았는데 점점 호흡이 가빠졌다.

"흡!"

동시에 페르온이 호흡을 끊으며 두 눈을 부릅떴다.

'이, 이건!'

그때의 그 감각이었다. 주변의 모든 상황을 완벽하게 인지하는 예민한 감각.

'이것이 살기!'

페르온은 방금 등골을 오싹하게 만들었던 그 느낌이 살기라는 것을 직감적으로 깨달았다. 그리고 최대한 감각을 돋우어 살기의 근원지를 더듬었다.

그 순간 신기하게도 주변을 감싸고 있는 살기의 근원지들이 하나하나 눈에 보이기라도 하는 듯 느껴졌다.

'왼쪽에 하나, 오른쪽에 둘, 공자님 너머로 하나!'

모두 네 명의 암살자들.

페르온은 최대한 호흡을 가다듬으며 암살자들의 움직임에 촉각을 곤두세웠다.

쫘아악!

롱소드의 쥐고 있는 오른손 손바닥에 땀이 흥건하게 배일 정도로 팽팽한 극도의 긴장감에 페르온은 뇌가 마비될 것 같은 느낌을 받았다.

그리고 그 순간.

'흡!'

암살자들이 몸을 날렸다. 네 명의 암살자들이 마치 한 몸이라도 되는 듯 한 치의 오차도 없이 동시에 움직였다. 그와 함께 지금까지 한껏 죽이고 있던 살기가 사방을 뒤덮었다.

'크으으윽!'

페르온은 이를 악물었다.

날카로운 예기와 얽혀 있는 살기에 페르온은 온몸에 있는 신경을 조각조각 저며지는 듯한 느낌을 받았다.

순간적으로 머릿속이 아득해지는 듯한 아찔한 느낌. 하지만 페르온은 몸을 움직였다.

암살자들은 미리 약속이라도 한 듯 두 명은 페르온을 향해, 그리고 나머지 두 명은 리카이엔을 향해 살기를 뿌렸다.

"흐아아아앗!"

마침내 페르온의 입에서 고함이 터져 나왔다. 그와 함께 앞으로 쭉 뻗어 나가는 페르온의 신형.

까강, 파팟!

두 종류, 네 줄기의 소음이 동시에 퍼진다. 페르온을 노리던 두 자루 단검이 땅에 박히는 찰나 리카이엔을 노리던 두 자루 단검은 페르온의 롱소드에 그대로 튕겨 나갔다.

페르온은 크게 롱소드를 휘두르며 주변을 살폈다. 발 앞에는 리카이엔이 누워 있고, 그 너머로 두 명의 복면인이 롱소드 절반 길이의 가늘면서도 날이 한쪽에만 있는 칼을 들고 있었다. 그리고 뒤쪽에 내려선 복면인들 역시 같은 무기를 들고 페르온을 겨누고 있었다.

전력상으로만 따지면 분명히 불리한 상황. 하지만 웬일인지 페르온의 얼굴에는 당황하는 기색이 없었다. 오히려 날카로운 시선으로 앞과 뒤를 경계하는 모양새가 은근히 자신감이 엿보인다.

'이길 수 있다. 이놈들은 약해!'

페르온은 스스로를 세뇌하듯 마음속으로 끊임없이 중얼거렸다. 실제로 검술만 놓고 본다면 네 사람은 페르온의 상대가 될 수 없었다.

암살자들의 무서운 점은 그 은밀한 움직임과 정확한 살인 능력이지 검술이 아니기 때문이다. 즉, 어느 정도 단련된 기사라면 모습을 드러낸 암살자를 두려워할 필요가 없다. 그리고 이제 완전히 개방된 페르온의 감각이라면 암살자들이 숨어 있어도 위치를 알아낼 수 있었다.

네 명의 암살자들이 또 한 번 동시에 움직였다. 하지만 페르온의 눈에는 그들의 움직임이 완전히 일치하지 않는다는 것이 보였다.

스아아악!

페르온의 롱소드가 크게 정면을 훑으며 리카이엔을 향해 날아드는 두 자루 칼의 진로를 막는다. 채 반도 다가가지 못하고 막힌 공격에 두 복면인이 당황하는 순간, 페르온의 몸이 빙글 돌았다.

"흡!"

처음으로 복면인들의 입에서 당혹성이 터져 나왔다. 그만큼 페르온의 움직임은 영민했다.

그리고 그동안 리카이엔이 시킨 성벽 돌기를 통해 기른 강력한 근력이 그 순간 터져 나왔다.

촤아아악!

단 한 번의 휘두른 롱소드가 두 복면인의 목울대를 정확하게 잘라 냈다. 붉은 피가 터져 나온다. 하지만 페르온은 이미 뒤쪽으로 몸을 날리고 있었다.

그리고 또 한 번의 검격.

"끄윽!"

억눌린 비명이 조용하게 퍼져 나갔다.

털썩!

그리고 네 명의 복면인이 동시에 바닥으로 쓰러졌다. 페르온은 그제야 숨을 몰아쉬며 바닥에 털썩 주저앉았다. 하지만 아직도 흥분이 가라앉지 않은 듯 온몸의 근육이 부르르 떨리고 있었다.

천천히 시선을 내려 자신의 손을 내려다보았다.

'이 감각은…….'

이제 조금은 알 수 있을 것 같았다. 그 초인적인 지각 능력이 어떤 때에 나오는지. 그것을 어떻게 발휘할 수 있는지.

"후우~"

그리고 한참이 지난 후에야 긴 한숨을 내쉬며 몸의 긴장을 풀었다.

이제 위험은 사라졌다. 오늘 밤 더 이상의 공격은 없을 것이다. 하지만 페르온은, 방금 느낀 그 흥분이 아직도 몸속에서 지잉 하고 울리는 그 느낌 때문에 오늘 밤 절대 잠을 잘 수 없을 것 같았다.

그러다 문득 주위를 둘러보았다.

"아, 시체라도 치워야겠네."

공자님이 아침에 일어나서 처음 보게 되는 것이 싸늘한 시체라면 절대 기분이 좋지 않을 것이다. 페르온은 아직도 후들거리는 무릎에 애써 힘을 주며 주변에 쓰러져 있는 시체들을 한 구씩 끌고 잡목림 안으로 들어갔다.

페르온이 첫 번째 시체를 끌고 잡목림으로 들어가자 리카이엔이 천천히 눈을 떴다.

"자식, 이제 조금은 자기 재능을 깨달은 모양이군."

하지만 페르온을 제대로 쓸 만하게 만들려면 아직 갈 길이 멀었다. 페르온이 한 명의 장수가 되기 위해서는 스스로 가지고 있는 단점을 극복할 수 있어야 했다.

'아무튼 이제 첫발을 뗀 거니까.'

리카이엔은 그렇게 생각하며 페르온과 지금 영지에 남아 있는 볼프를 떠올렸다.

볼프와 페르온은 그 스타일이 극과 극이다. 볼프가 힘으로 밀고 나가는 맹장(猛將)이라면 페르온은 미리 모든 상황을 생각하고 그에 대한 대비책을 마련하는 지장(智將)이다.

하지만 두 사람 모두 아직 완성된 장수가 아닌 탓에 각각의 스타일이 가지는 단점도 그대로 가지고 있었다.

일단 적이 오면 나가서 싸워야만 직성이 풀리는 맹장은 너무 앞뒤 재지 않고 튀어 나가는 성격 탓에 스스로를 궁지에 몰아넣을 위험이 많았다. 그것이 혼자만의 일이라면 상관이 없지만, 나중에 군대를 지휘하게 되면 군대 전체가 몰살당할 우려가 있었다.

반면 지장은 너무 생각이 많은 탓에 자신의 판단을 믿지 못하고 제대로 된 타이밍에 움직이지 못한다. 이 역시 결국은 스스로를 위험에 빠뜨릴 우려가 있다.

이번 여행에서 동행할 기사로 페르온을 선택한 것은 그런 단점을 고쳐 주기 위해서였다.

이전 리카이엔이 죽기 전에 조만간 일어날 거라 얘기했던 전쟁이 일어나려면 아직은 여유가 있었지만, 전생에 무장으로서의 사고방식이 강하게 남아 있는 리카이엔이었기에 당장 쓸 수 있는 전력을 먼저 가다듬어야 한다고 생각했던 것이다.

물론 볼프가 그런 리카이엔의 생각을 들었다면 단단히 삐쳤겠지만.

그때 페르온이 돌아오는 소리가 들렸다. 리카이엔은 다시 눈을 감으며 슬며시 미소를 지었다.

'자, 그럼 내일은 어떻게 할지 한 번 두고 볼까?'

'이 자식 이거 문제 있네? 생각보다 심하게 고지식한데?'

리카이엔은 마차 안에 앉아 팔짱을 낀 채 창밖으로 보이는 페르온을 보았다.

두 번째 공격은 첫 번째 공격이 있던 날에서 사흘 후에 시작되었다. 그것도 한낮에 대로 한가운데서. 이번에도 역시 먼저 발견한 사람은 페르온이었다. 마차를 몰고 가는 중에도 길가의 숲에 도사리고 있는 살기를 감지했던 것이다.

그런데 적들은 의외로 강수를 들고 나왔다. 무려 스무 명이나 되는 암살자들이 한꺼번에 몰려온 것이다. 더군다나 처음 왔던 암살자들보다 몸놀림이 훨씬 날렵했다. 암살보다는 전투에 능한 자들이 왔다는 뜻이다.

당연히 페르온은 롱소드를 들고 몸을 날렸다. 첫 번째 공격으로 세 명을 한 번에 쓰러뜨렸지만 거기서 끝이었다. 물량으로 밀어붙이는 적들을 모두 쓰러뜨리기에는 페르온의 실력에는 한계가 있었던 것이다.

페르온이 힐끗힐끗 리카이엔을 돌아보며 구원의 눈길을 보냈지만, 리카이엔은 움직이지 않았다. 그저 무심한 표정으로 페르온은 노려볼 뿐이다.

"허억, 허억!"

이미 온몸에 상처를 입은 페르온이 숨을 몰아쉬며 주변을 노려보았다. 하지만 몸에 힘이 없었다. 들고 있는 롱소드가 너무 무거워 금방이라도 놓쳐 버릴 것 같은 느낌이었다.

'어떡하지? 어떡하지?'

머릿속으로 끊임없이 그 생각만이 맴돌았다. 아무리 감각이 예민하고 훈련을 통해 힘을 길렀어도 역시 안 되는 건 안 되는 것.

'좀 도와주시면 좋겠는데……'

페르온이 리카이엔에게 힐끗 눈길을 주며 생각했다. 아까부터 그 생각이 간절했다. 입도 몇 번이나 달싹거려 보았다.

'도와주십시오!'

하지만 리카이엔은 분명히 말했었다. 혼자 하라고. 그렇기에 차마 도와 달라는 말이 입 밖으로 튀어나오지가 않았다.

그때였다.

쉬이이익!

날카로운 파공성과 함께 세 자루 칼이 페르온을 노리고 날아들었다.

"흡!"

깜짝 놀란 페르온이 황급히 바닥을 굴러 공격을 피했다. 동시에 반사적으로 검을 뻗었다.

푸우욱!

손끝을 타고 근육을 헤집는 느낌이 전해졌다.

"크헉, 크흑!"

숨이 점점 가빠져 왔다. 하지만 암살자들은 그런 페르온의 사정을 봐줄 생각은 추호도 없다는 듯 곧장 칼을 날렸다. 이제는 롱소드를 휘두를 힘조차 남아 있지 않았다. 그야말로 절체

절명의 위기.

그 다급한 순간, 페르온의 입에서 절규가 터져 나왔다.

"도와주십시오!"

그때였다.

쑤아아앙, 푸욱!

대기를 꿰뚫는 맹렬한 파공성이 귓전을 스치는가 싶더니 어느 순간 한 자루 철창이 페르온을 공격하던 복면인의 몸뚱이를 꼬치 끼듯 꿰어 버렸다.

그리고 마차의 문이 열렸다.

"그래, 그거야 그거. 명령이고 지랄이고 필요하다 싶으면 명령을 어겨서라도 할 일을 하란 말이다!"

마차 문을 열고 나서는 리카이엔의 얼굴은 아주 기분이 좋은 듯 웃고 있었다.

아프다고 알려진 리카이엔이었다. 그런 리카이엔이 멀쩡하게 걸어 나오자 복면인들이 흠칫 놀라며 바로 반응하지 못했다. 그사이 리카이엔은 페르온 앞에 도착했다. 그리고 페르온을 향해 물었다.

"알았냐?"

페르온이 얼떨떨한 표정으로 고개를 끄덕였다.

"아, 알겠습니다."

리카이엔이 땅에 박힌 창을 뽑아 들며 페르온에게 말했다.

"이 자리에서 하나라도 도망치면 넌 나한테 뒈진다!"

"흡!"

거친 리카이엔의 말에 페르온이 순간적으로 움찔했지만, 이내 고개를 끄덕였다.

싸움이 시작될 때부터 숲 속에 숨어 이쪽을 주시하고 있는 시선이 있었던 것이다.

"가라!"

말이 끝나기가 무섭게 리카이엔이 몸을 날렸다. 뒤이어 페르온 역시 복면인들 사이를 뚫고 숲을 향해 달렸다.

주춤했던 복면인들이 서로 신호를 주고받으며 다시 공격을 재개하려던 찰나.

리카이엔이 그 흐름을 끊고 들어갔다.

리카이엔이 낮으면서도 깊숙이 밀어 넣은 창을 그대로 횡으로 휘두르는 순간, 깜짝 놀란 복면인들이 황급히 뒤로 몸을 날렸다.

서걱!

섬뜩한 절단음이 새어 나왔다. 이미 날카로운 창날이 복면인들의 발목을 일자로 긋고 난 후였다.

"크아아악!"

네 명의 복면인이 순식간에 바닥을 나뒹굴며 비명을 질러댄다. 그 순간 리카이엔의 등판을 노리고 싸늘한 예기가 덮쳐들었다. 동시에 머리 위에서 리카이엔을 쪼갤 듯한 기세로 칼을 내려찍는 복면인.

휘리리리릭, 피이잉!

리카이엔이 철창으로 나선을 그리며 머리 위로 들어 올리더니, 순식간에 창대 한가운데를 잡고 맹렬하게 회전시킨다.

그 속도가 얼마나 빠른지 회전하는 창 아래 있는 리카이엔의 모습이 보이지 않을 정도.

파바바박!

머리 위를 노리던 복면인이 창의 회전에 부딪쳐 그대로 팅겨 나가는 순간, 리카이엔은 크게 한 바퀴를 돌았다. 그리고 그와 함께 큰 원을 그리는 창날.

"아아악!"

순식간에 여섯 명의 복면인이 움직이지 못하는 상태에 빠졌다. 그리고 처음 공격 때 페르온의 손에 죽은 세 명, 리카이엔이 던진 창에 죽은 복면인이 한 명. 모두 열 명의 복면인이 죽거나 중상을 입었다.

그리고 남은 복면인은 열 명.

갑작스레 등장한 리카이엔이 믿을 수 없을 정도로 강한 창술을 보이자 복면인들은 섣불리 공격하지 못하고 있었다. 그저 리카이엔을 둘러싼 채 기회를 엿볼 뿐이다.

"얼른 안 오면 거기서 죽는다~"

리카이엔이 복면인들을 비웃듯이 말꼬리를 한껏 올리며 말했다. 그 한마디에 암살자들이 흠칫하는 순간.

쉐에엑!

싸늘한 파공성과 함께 한 복면인이 갑자기 털썩 쓰러졌다.

그리고 쓰러진 복면인 뒤에 페르온이 서 있었다. 쓰러진 복면인 좌우에 있던 자들이 깜짝 놀라 페르온을 향해 칼을 휘둘렀다. 하지만 더 이상 그들은 페르온의 상대가 아니었다.

카카칵!

페르온의 거센 검격이 복면인들의 칼을 쳐 내는 순간, 다른 복면인들이 황급히 간격을 벌렸다. 동시에 페르온은 리카이엔을 향해 다가가 등을 맞대고 섰다.

"시킨 건 분명히 했겠지?"

"무, 물론입니다!"

리카이엔이 고개를 끄덕이며 철창을 크게 한 바퀴 휘두른다. 리카이엔 한 명도 벅찬 상태에서, 일대일로 싸운다면 이길 수 없는 페르온까지 합세하니 복면인들은 한층 더 움츠러들 수밖에 없었다.

"그럼 마무리다!"

말이 끝나기가 무섭게 리카이엔이 땅을 박찼다. 뒤이어 페르온 역시 정면을 향해 몸을 날렸다.

장가창법의 기본은 힘. 가장 단순하면서도 파괴력을 극대화시킨 창법.

쿠웅!

거센 진각을 시작으로 응축된 힘이 창끝에서 터져 나왔다.

부우웅!

철창이 호쾌한 궤적을 그렸다. 그리고 그 궤적 끝에 비산하는 붉은 핏방울들. 순식간에 세 명이 꼬꾸라졌다.

그 사이 안정을 되찾은 페르온도 침착하게 두 명의 복면인을 몰아붙이고 있었다.

쳉, 채쳉!

검과 칼이 맞부딪치며 요란한 쇳소리를 울리고 간간이 불꽃이 튀어 오른다.

"억!"

연방 뒤로 물러나던 두 복면인 중 하나가 움찔 중심을 잃는 순간, 이미 페르온의 검이 품 안으로 들어오고 있었다.

"끅!"

제대로 된 비명조차 지르지 못한 복면인의 몸뚱이가 무너지는 순간, 페르온의 검은 그 옆에 있는 복면인을 향해 가고 있었다.

그사이 남은 네 명의 복면인은 연방 신음을 흘리며 뒤로 밀리고 있었다.

꽈앙, 꽈앙!

쉴 새 없이 터져 나오는 고막을 찢을 듯이 울려 대는 굉음. 소리가 한 번 울릴 때마다 네 복면인의 발이 뒤로 주룩 밀려나간다. 얼마나 강한 힘으로 후려쳤는지 복면인들의 뒤꿈치 뒤에는 작은 흙무더기가 말려 올라와 있을 정도였다.

리카이엔이 창을 한 번 들어 올릴 때마다 복면인들은 그 무시무시한 힘에 오금이 저릴 정도였다. 말 그대로 복면인들은 죽을힘을 다해 리카이엔의 창을 받아 내고 있었다. 언제 무너질지 모르는 아슬아슬한 균형.

꽈아앙!

"쿨럭!"

한 복면인이 반복되는 충격을 버티지 못하고 끝내 한쪽 무릎을 꿇었다. 그로 인해 겨우 유지되고 있던 균형이 결국 무너지고 말았다.

그리고 마지막 일격!

쿠아아앙!

"아아아악!"

요란한 비명과 함께 네 복면인은 동시에 죽음을 맞이했다.

"후우~"

리카이엔이 창을 거두며 뒤를 돌아보니, 상대하던 두 복면인을 끝낸 페르온이 멍하니 이쪽을 보고 있었다. 리카이엔이 가진 그 엄청난 힘에 압도된 탓이다.

리카이엔이 강하다는 것은 이미 알고 있었지만, 창술도 아닌 오직 힘만으로 이렇게 싸움을 끝내는 것은 정신이 멍하게 만들 정도의 광경이었던 것이다.

잠시 호흡을 고른 리카이엔이 페르온에게 다가가 물었다.

"자, 혼자 하라는 내 말을 어기고 도와 달라고 말한 기분이 어때?"

"네, 네? 그, 그건……."

리카이엔이 씨익 웃으며 묻자 페르온이 순간 어깨를 움찔

떨며 당혹스러운 표정을 지었다.

"잘 들어라. 전투라는 건 아주 변덕스러운 놈이다. 언제 어떤 식으로 상황이 바뀔지 모른단 말이다. 그 속에서는 네 판단이 네 목숨은 물론 병사들의 목숨까지 좌우하는 거다. 그런 때에 '명령'이라는 것 때문에 네가 해야 할 걸 하지 않는다면 그 전투는 결국 네 죽음으로 끝난다."

리카이엔의 말을 들은 페르온이 그 말을 잠시 곱씹어 본 후 물었다.

"그렇다면 저한테 '혼자' 막으라고 말씀하셨던 건……."

"일종의 빗장이지. 뭐든지 처음 한 번이 어려운 법이니까."

쉽게 말해 억지로 명령을 어길 수밖에 없는 상황을 만들었다는 말이다. 그 말에 페르온이 불안한 표정으로 물었다.

"마, 만약 제가 끝까지 도와 달라고 하지 않았다면……."

"그럼 내가 어떻게 했을 것 같으냐?"

"그, 글쎄요……?"

"인마, 세상에 '만약'이라는 게 어디 있냐? 이미 일어난 후에 만약을 따져 봐야 일어난 일을 바꿀 수가 있을 것 같으냐? 그래도 그 만약에 안 했다면?"

리카이엔이 애매한 어투로 말을 끝내자 페르온이 불안한 표정을 지으며 다음 말을 기다렸다.

"그건 니가 생각해라. 지금까지 니가 본 내 모습에 답이 있겠지."

페르온은 결국 멍한 표정을 지을 수밖에 없었다. 혼자 알아서 판단하라니.

'끝까지 안 도와주셨을까? 아, 아니, 그래도 그렇게 매정한 분은 아니셨는데? 하지만 요즘 성격이 좀 변하셨으니……. 아니, 아니. 이렇게 설명을 해 주시는 걸 보면 죽도록 놔두시지는 않으셨을 것도 같고…….'

이랬을 것 같기도 하고 저랬을 것 같기도 하다. 또 저렇게 했을 것 같으면 이렇게 했을 수도 있다는 생각이 든다. 꼬리에 꼬리를 물고 이어지는 상반된 생각들. 생각 많은 페르온의 성격으로는 절대 결론을 낼 수 없는 이야기였다.

그때였다.

"음!"

갑자기 옅은 신음을 흘리며 한쪽으로 창을 겨눈다.

"누가 있다!"

그 말에 순간적으로 바짝 긴장한 페르온도 급속도로 감각이 예민해진다.

'이럴 수가! 언제부터…….'

페르온이 입을 쩍 벌리며 두 눈을 크게 떴다. 리카이엔이 창을 겨눈 방향에 있는 잡목림에서 아주 미세한 기척이 느껴졌던 것이다.

감각의 극대화라는 자신의 재능을 확실히 자각한 후부터 페르온은 어느 정도 자신감을 가지고 있었다. 그런 자신의 감각에도 걸려들지 않은 누군가가 있었다니.

'한 패가 있었나!'

놀라기는 리카이엔도 마찬가지였다. 마차 안에 있으면서부터 주변을 살폈다. 그의 감각이 페르온에 비해 예민하지 못한 것은 사실이지만, 그는 그 나름대로의 직감이라는 것이 있었다. 오랜 전투로 다져진 일종의 육감.

그런데도 지금까지 누가 있다는 것을 몰랐다.

콰드드득!

거세게 땅을 밟으며 몸을 날렸다.

쿠웅!

또 한 번 땅을 밟으며 힘을 끌어 올렸다. 뒤로 빼는 동작도 없이 일자로 찔러가는 무시무시한 창격.

그 순간 잡목림 안에서 무언가 번뜩였다.

'손?'

붉게 번뜩이고 있는 것의 형체는 분명 사람의 손이었다. 번뜩이는 그 손이 양쪽으로 활짝 펼쳐지는 순간.

"댄싱 플레임(Dancing Flame)!"

갑자기 울려 퍼진 미성의 외침.

직감적으로 뭔가 이상하다고 느낀 리카이엔이 급히 호흡을 멈췄다.

"흐읍!"

콰아아아앙!

엄청난 열기가 사방으로 폭사되며 방금 무지막지한 폭발이
일어났다.

"크윽!"

리카이엔이 신음을 흘리며 쥐고 있던 철창을 떨어뜨렸다.

순식간에 벌어진 일이었다.

주변을 경계하는 순간, 리카이엔은 주변의 허공 세 군데에
서 갑자기 강렬한 기운이 응축되는 것을 느꼈다.

그리고 눈앞에 피어오른 불꽃.

'마법!'

머릿속에 그 단어가 번뜩이는 순간, 리카이엔은 정면에서
떠오른 불꽃을 향해 창을 휘두르며 그 창의 힘에 그대로 몸을
맡기고 앞으로 쏘아져 나갔다.

하지만 갑작스러운 마법에 완전하게 대응하지 못해 오른손
전체가 폭발에 휘말린 것이다.

이전 리카이엔의 기억을 통해 마법이라는 것이 어떤 것인지
는 알고 있었다. 하지만 아는 것과 겪는 것은 하늘과 땅만큼의
차이가 있는 법.

"이런 씨부럴!"

리카이엔이 입으로 욕을 뱉으며 황급히 뒤로 물러섰다. 그
와 함께 뒤에 있던 페르온을 향해 외쳤다.

"잡아!"

명령과 함께 페르온의 몸이 반응했다. 땅을 박차고 정면을

향해 달리는 순간, 갑작스러운 외침이 터져 나왔다.

"자, 잠깐만요!"

페르온이 반사적으로 발을 멈추자, 잡목들이 흔들리더니 누군가가 경직된 동작으로 모습을 드러냈다. 반쯤 벗겨진 후드 아래로 짙은 금발의 머리와 에메랄드빛 눈동자가 보였다. 그리고 갸름한 턱 선과 오밀조밀 자리 잡은 코와 입. 페르온이 상황에 어울리지 않게 잠시 멍한 표정을 지을 정도로 아름다운 얼굴의 여자였다.

리카이엔은 오른팔이 타들어 가는 듯한 고통 속에서도 멀쩡한 정신으로 여자를 노려보았다.

"크윽, 너 뭐야? 놈들과 한패냐?"

리카이엔의 물음에 여자가 가늘고 긴 손가락으로 자신을 한번 가리키더니 죽어 있는 복면인들을 가리키며 뭔가 묻는 표정을 짓는다. 그러고는 세차게 고개를 흔들며 말했다.

"아, 아니에요. 저런 사람들 몰라요!"

"그럼 뭐야? 왜 거기 숨어 있었지? 그 마법은……."

"그, 그쪽이 먼저 창으로 날 공격했잖아요. 내가 마법을 쓴 건 어쩔 수 없는 정당방위였다고요!"

여자가 억울한 목소리로 말했다. 리카이엔이 조금 전의 상황을 되짚어 본 후 다시 여자를 노려보았다. 확실히 먼저 공격을 한 건 리카이엔이었다. 하지만 이런 곳에 숨어 있다는 게 말이 되지 않았다.

"너 도대체 뭐야? 왜 거기 숨어 있었던 거지?"

"프리엘라, 지나가던 마법사예요. 아니, 지나가던 게 아니고… 잠자던……."

여자가 기어들어 가는 목소리로 말하더니 힐끗 자신의 마법에 화상으로 엉망이 되어 있는 리카이엔의 오른팔을 보았다. 그러고는 조심스럽게 물었다.

"이, 일단 그 팔 치료해야 되지 않을까요?"

하지만 리카이엔은 그 말을 고스란히 무시했다. 정체도 모를 여자와 대치하고 있는데 한가하게 치료를 생각할 때가 아니었던 것이다.

"이 큰길가에서 잠을 잤다고?"

"그, 그것이… 어젯밤에 밤을 샜는데 점심을 먹고 났더니 갑자기 식곤증이 몰려와서……."

프리엘라는 정말 억울하고 난감했다.

스승님의 심부름으로 급하게 길을 가야 돼서 밤새 잠도 자지 않고 길을 재촉했다. 그리고 오늘, 미리 싸온 도시락으로 점심을 해결하고 나니 밤을 샌 여파와 고된 여정으로 인한 피로가 겹쳐 잠이 쏟아졌던 것이다.

하지만 큰길가에서 잠을 잤다가는 무슨 봉변을 당할지 모르기 때문에 꾹 참았다. 그런데 그만 이 잡목림을 보게 되었다. 안으로 들어가서 누우면 아무도 못 볼 것 같았다.

끈질긴 잠의 유혹에 지고 만 그녀는 결국 잡목림 안으로 들어가 누워 그대로 곯아떨어지고 말았다.

그러다가 깨어난 것은 갑작스러운 고함 소리와 요란한 쇳소리 때문이었다. 그리고 일어나서 본 것은 두 남자와 복면인들이었다.

뭘 어떻게 할 수 없는 상황에 처한 그녀에게는 그대로 숨죽이고 그 장면을 지켜보는 방법밖에 없었다.

혹시나 몰라 마법도 미리 준비하고 있었다. 그런데 싸움이 끝난 후에 은발의 잘생긴 남자가 갑자기 이쪽으로 창을 들고 뛰어오는 것이 아닌가.

마법을 날린 것은 살기 위해서 정말 어쩔 수 없는 일이었다. 그런데 복면인들과 한패가 아니냐고 의심까지 한다.

프리엘라의 입장에서는 미치고 펄쩍 뛸 정도로 억울한 상황. 그러나 한편으로는 리카이엔의 입장에서는 전혀 믿음이 가지 않는 이야기였다.

"지금 그 거짓말 믿으라고 하는 말이냐?"

당연히 말도 안 되는 이야기다. 그리고 그냥 지나가던 마법사가 자신과 페르온에게 들키지 않고 자고 있었다고?

"정말이에요!"

언뜻 보니 뭔가 부스스해 보이는 모양새가 잠을 잤다는 말이 맞는 것도 같다. 하지만 쉽사리 믿을 수 있는 이야기는 아니지 않은가?

그때였다.

"흡!"

리카이엔이 갑자기 눈을 부릅뜨더니 주변을 살폈다. 옆에
서 있던 페르온 역시 화들짝 놀라며 롱소드를 들어 올렸다.

"뭐, 뭐! 왜 그래요!"

갑작스러운 두 사람의 행동에 당황한 프리엘라가 다급하게
묻는 순간, 날렵한 소리가 프리엘라의 귓전을 스치고 지나갔다.

"헉!"

그리고 프리엘라의 입에서 당혹성이 터져 나왔다. 방금까지
이 두 남자와 싸우던 복면인들과 똑같은 모습의 다른 복면인
들이 모습을 나타낸 것이다.

리카이엔이 익숙하지 않은 왼손으로 롱소드를 뽑아 든 채
프리엘라를 향해 물었다.

"어이, 진짜 저놈들이랑 한패 아냐?"

"아, 아니라니까요!"

"그럼 너도 싸워야겠다."

"네, 네?"

"안 그러면 너도 죽일 기세야."

"네에? 저, 저는 당신이랑 아무 상관도 없잖아요!"

"쟤네가 너랑 내가 한패가 아닌 걸 믿어 줄까?"

"에엑!"

Chapter 11.

마법사 프리엘라

"허!"

페르온이 입을 쩍 벌리고 주위를 돌아보았다. 프리엘라와 실랑이를 벌이고 있을 때 갑자기 나타난 복면인들은 모두 열셋. 그리고 지금 바닥에는 그 열세 명이 시커멓게 불에 그슬린 채 바닥을 뒹굴고 있었다.

"마법사가 무섭다는 말은 들었지만 이 정도일 줄이야……."

페르온은 그제야 자신이 오늘 처음으로 마나를 다루는 마법사를 보았다는 것을 깨달았다. 리카이엔의 주위에 불꽃을 터뜨릴 때는 너무 놀라 거기까지는 생각을 못했던 것이다.

지금까지 페르온이 보았던 마법사들은, 겨우 도구를 이용해야만 마법을 쓸 수 있는 마법사들이었다.

도구가 없이도 마나를 다루고 마법을 쓸 수 있는 수준 높은 마법사를 고용하기 위해서는 꽤 비싼 돈이 들었고, 프로커스 백작령의 살림은 그 정도로 넉넉하지 못했던 것이다.

"뭐하냐?"

멍하니 주변을 살펴보고 있는데 갑자기 리카이엔이 말을 걸었다.

"네?"

"포션 가져와라."

"아!"

페르온은 그제야 리카이엔이 오른팔에 화상을 입었다는 것을 깨달았다. 그러고는 얼굴이 사색이 되어 마차를 향해 달려갔다.

리카이엔이 그런 페르온을 향해 버럭 호통을 쳤다.

"정신 안 차려!"

"죄, 죄송합니다!"

달려가는 와중에 급히 뒤로 돌아 말하는 페르온을 보며 리카이엔은 저도 모르게 입맛을 다셨다.

'저놈은 언제 쓸 만하게 클라나?'

하지만 한편으로는 페르온이 그렇게 넋을 놓고 있을 만하다는 생각도 했다. 그만큼 프리엘라의 마법은 대단했던 것이다. 그러다가 문득 자신의 오른팔을 내려다보며 피식 웃었다.

'하긴, 대단하기는 했지. 하지만……'

리카이엔은 쭈뼛거리며 서 있는 프리엘라를 보며 아까의 상황을 떠올렸다.

무방비 상태이기는 했지만 불꽃이 터져 나오기 전에 허공에 기운이 맺히는 것을 감지했었다. 그런데도 그것을 제대로 피하지 못했다는 것은, 결국 한 가지 이유였다.

'아직 덜 단련된 것뿐.'

에드몬드와의 싸움을 통해 꽤 실전 감각을 높인 리카이엔이었다. 오는 동안에도 틈만 나면 혈하공을 수련했고, 좀 더 감각적으로 움직일 수 있도록 이미지 훈련도 거르지 않았다.

하지만 아직은 부족했다. 이 몸을 완전히 제 것처럼 쓰기에는 좀 더 단련을 거듭해야 할 것 같았다.

그때 마차로 뛰어갔던 페르온이 푸르스름한 투명한 액체가 들어 있는 병을 들고 달려왔다.

치이이익!

오른팔에 포션을 뿌리자 새하얀 연기와 함께 상처 부위가 서서히 재생되기 시작했다. 리카이엔은 그것을 보며 씁쓸하게 웃었다.

'이렇게 쓰게 될 줄은 몰랐군.'

포션이라는 물건은 꽤나 고가의 물건이었다. 프로커스 백작성에도 이제 딱 세 병이 남아 있을 뿐이었다. 그런데 떠나던 날 프로커스 백작이 포션을 전부 가져가라고 쥐어 준 것이다.

물론 리카이엔은 한사코 거절했지만 아버지의 고집을 꺾을 수는 없었다. 그런데 그렇게 거절한 포션을 사용하게 되니 왠지 입맛이 썼다.

포션이라고 해서 상처가 순식간에 회복 되지는 않는다. 뿌린 후에 어느 정도 시간이 흘러야 했다.

리카이엔은 자신이 오른팔에 붕대를 감으며 여전히 쭈뼛거리고 있는 프리엘라를 향해 말했다.

"수고했다. 뭐, 저놈들이랑 한편은 아닌 것 같으니 서로 오해도 풀렸고…… 이놈들 잡는데 도움도 줬지만, 나도 불에 데이고 포션도 한 병 썼으니 서로 비긴 셈 치지 뭐."

"자, 잠깐만요."

"왜?"

"저쪽으로 가던 길이죠?"

프리엘라가 길이 난 서쪽 방향을 가리키며 말했다. 마차를 모는 말들이 서쪽을 향해 있었으니 방향을 짐작하는 것은 그리 어렵지 않았던 것이다.

"그런데 왜?"

"어디까지 가는 길이죠?"

"아르엔 산."

그 말에 프리엘라가 반색을 하며 말했다.

"진짜요? 그럼 혹시 저도 좀 태워 줄 수 있을까요?"

그리고 리카이엔은 조금의 고민도 없이 고개를 저었다.

"싫어."

가차 없는 리카이엔의 거절에 프리엘라가 당황한 표정으로 물었다.

"네? 왜, 왜요?"

"니가 저놈들이랑 한패인지 아닌지 어떻게 알아?"

"네? 그건 방금 싸움에서……."

"원래 암살자라는 놈들은 그렇게 해서라도 접근을 하려고 하는 족속들이거든."

리카이엔의 말에 프리엘라는 정말이지 억울해 죽을 것만 같았다. 하지만 아르엔 산으로 가는 마차를 만났다는 것은 절호의 기회였다. 그녀가 가진 돈은 정확하게 걸어서 아르엔 산까지 갈 수 있는 정도였다.

이 말은 아르엔 산까지 두 다리로 걸어서 갈 수밖에 없다는 뜻. 그런데 목적지가 같은 마차를 만났으니 어떻게 해서라도 얻어 타고 싶은 것이다.

어제도 시간에 맞추기 위해 밤새 걷지 않았던가. 만일 이대로 걷기만 한다면 가던 중에 쓰러질지도 몰랐다. 그리고 이 마차에는, 일행 중에는 분위기 있는 은발의 미남도 있으니 금상첨화가 아닌가.

프리엘라가 힘차게, 그리고 절실하게 고개를 내저었다.

"정말 아니라니까요! 생각을 해 봐요. 제가 그럴 생각이었으면 아까 당신들이 내가 있다는 걸 몰랐을 때 이미 마법을 썼죠!"

"그거야 모르는 거지."

냉담한 리카이엔의 반응에 프리엘라가 아예 눈물까지 글썽이며 말했다.

"제발 좀 태워 줘요! 네? 제가 가진 돈이 이것밖에 없지만 이거 전부 드릴 테니까 꼭 좀!"

리카이엔은 돌변한 프리엘라의 모습에 잠시 흠칫할 수밖에 없었다. 어딘가 맹해 보이는 여자라고 생각했는데 생각보다 의외로 끈질기고 눈물이라는 무기도 쓸 줄 아는 약삭빠른 면모까지 보이는 것이 아닌가.

사실 프리엘라의 말이 맞았다. 그녀가 암살자와 한패였다면 자신들이 기척을 느끼지 못했을 때, 그리고 암살자들에게 정신이 팔려 있을 때 기회를 노려 마법을 사용했을 것이다.

그러는 동안에도 프리엘라는 왜 자기를 데리고 가야 하는지에 대해 끊임없이 늘어놓고 있었다.

"제가 사실 마법사잖아요. 불도 금방 피우고, 필요하면 물도 끌어오고, 더울 때는 바람도 불게 할 수 있어요. 음, 그리고 또… 아, 맞다. 저 사람들 암살자들이라면서요? 그러면 또 올수도 있는 거 아니에요? 그때도 도움이 되지 않겠어요?"

한참 프리엘라의 말을 듣고 있던 리카이엔이 시큰둥한 표정으로 고개를 끄덕였다.

"좋다. 뭐, 사람 하나 더 태우는 게 힘든 건 아니니까. 대신 마차는 삼교대로 몰고, 불침번도 마찬가지로 삼교대다. 식사 준비에서부터 모든 일은 번갈아 가면서 한다. 알았냐?"

프리엘라는 더 생각할 것도 없다는 듯 크게 고개를 끄덕였다. 아르엔 산까지 편하게 마차를 타고 갈 수 있는데 불침번이 대수겠는가. 마차를 모는 것 역시 해 본 적은 없지만 그 까짓 것 앉아서 채찍만 휘둘러 주면 되는 것 아닌가?

그리고 그 모습을 보고 있던 페르온이 뭔가 감탄한 듯한 표정으로 고개를 끄덕였다.

'역시 공자님이시다!'

병이 나은 후 거칠고 막무가내로 변한 그 성격은 남자를 대하나 여자를 대하나 변함이 없었던 것이다.

하지만 거기에는 그럴 수밖에 없는 이유가 있었다.

전생에 대부분의 시간을 전장에서만 보낸 리카이엔이었다. 그리고 전장에 가기 전에는 오로지 수련에만 몰두했었다. 여자를 대해 본 경험은 군에 있을 때 가끔 들렀던 홍등가의 창기(娼妓)들밖에 없었다. 그리고 그 기녀들이야 손님의 비위를 맞춰 주는 것이 직업. 그러니 여자라고 다르게 대해야 한다는 개념 자체가 있을 리가 없는 것이다.

영지에서 헤일린이나 안나를 대할 때도 이 정도로 거칠지는 않았지만 조심성 없게 대한 것도 그런 이유였다.

감탄을 거듭하고 있는 페르온을 향해 리카이엔이 말했다.

"시체 치우자."

"아, 네!"

페르온이 깜짝 놀라 고개를 번쩍 드는데 갑자기 프리엘라가 나섰다.

"그런 건 제가 하도록 하죠!"

그 말에 페르온이 프리엘라를 보았다. 처음에 싸웠던 복면인이 스물, 그리고 방금 싸운 복면인이 열셋이다. 여자 혼자서 도합 서른세 구의 시체를 치우겠다니.

하지만 다음 순간 페르온은 자신이 한 가지 사실을 망각했다는 것을 깨달았다.

프리엘라가 두 손을 모으더니 낮은 목소리로 알아들을 수 없는 말을 중얼거리기 시작했다. 그러자 주변의 땅에서 기운들이 점차 뭉치기 시작했다.

'아, 마법!'

그렇게 얼마나 시간이 지났을까. 프리엘라의 이마에 송골송골 땀이 맺히는 순간.

"그리디 소일(Greedy Soil)!"

"헉!"

페르온이 헛바람을 들이키며 황급히 뒤로 물러섰다. 갑자기 땅이 흔들리기 시작했던 것이다.

그다음 펼쳐진 광경.

콰르르르르!

갑자기 흙더미가 무너지는 듯한 소리가 들리더니, 복면인들의 시체가 있는 곳의 땅바닥이 천천히 허물어지기 시작했다. 그리고 마침내 완전히 허물어진 순간, 이미 시체들도 허물어진 땅속으로 빨려 들어간 후였다.

그러더니 언제 그런 일이 있었냐는 듯, 무너졌던 땅이 다시 솟아오르며 원래의 모습을 되찾았다.

'대, 대단해!'

페르온은 다시 한 번 감탄할 수밖에 없었다. 하지만 정작 그 대단한 프리엘라는 이마의 땀을 닦으며 빙긋 웃더니 리카이엔을 향해 물었다.

"더 할 일은 없죠?"

'도대체 이 여자 뭐야?'

너무 다채로운 모습을 보여 주는 프리엘라 때문에 리카이엔이 어울리지 않는 고민에 잠기고 말았다.

'왠지 실수한 것 같은데……'

"아, 저 그럴 때는 고삐를 이쪽으로……."

"아아~ 그렇군요. 이, 이렇게요?"

"네, 네."

"이야~ 된다. 정말 돼요!"

"새, 생각보다 잘하시네요."

마부석에는 두 사람이 앉아 있었다. 고삐를 잡고 있는 프리엘라와 그 옆에 어색하고 수줍은 표정으로 앉아 있는 페르온이었다.

십여 분 전의 일이었다. 프리엘라가 자신만만하게 마부석에 앉아 고삐를 쥐자마자 말들의 폭주가 시작되었다. 마차에 매어 있는 네 마리 말들이 전부 제 마음대로 방향을 잡고 날뛰기 시작했던 것이다.

금방이라도 쓰러질 듯한 마차 안에서 리카이엔이 뛰어나와 말들을 내리누르지 않았다면, 아마 일 분도 지나지 않아 전복되었을 것이 분명했다.

그리고 프리엘라는 그제야 마차를 한 번도 몰아 본 적이 없다는 이야기를 했다. 하지만 리카이엔이 누군가? 모른다고 하지 말라고 할 리가 없다. 페르온을 내보내 프리엘라에게 마차를 모는 법을 가르치라고 시킨 것이다.

그 결과 두 사람이 긴 마부석에 앉았고, 페르온이 더듬거리며 마차 모는 법에 대해 가르쳐 주었다.

숙련되게 몰기 위해서는 꽤나 연습을 해야 하지만 단순히 길을 따라가는 것이라면 기본적인 방법만 배우는 것만으로도 충분하다. 조금 익숙해진 프리엘라가 페르온의 칭찬에 기분이 좋은 듯 활짝 웃으며 말했다.

"오호, 정말이요?"

"네, 네."

"아~ 다행이다."

프리엘라가 기쁜 표정으로 고삐를 살랑살랑 흔들며 말했다. 그러다가 갑자기 생각이 난 듯 잔뜩 기대하는 표정으로 물었다.

"저기 조금 더 빨리 달려 봐도 될까요?"

"네? 아, 이제 좀 익숙해지셨으니 괜찮을 것 같습니다."

"정말이죠? 이랴~"

말이 끝나기가 무섭게 프리엘라가 말채찍을 크게 휘두르기 시작했다.

이히이잉!

갑작스러운 채찍질에 깜짝 놀란 말들이 긴 울음소리와 함께 거세게 지면을 두드리기 시작했다.

"으윽!"

페르온이 깜짝 놀라 황급히 중심을 잡는 사이, 마차는 점점 더 속도를 내기 시작했다. 페르온이 다급한 목소리로 외쳤다.

"저, 저기 잠깐만요!"

"네?"

"저, 저기 속도를 조금만……."

"지금 잘못 몰고 있는 건가요?"

"아, 아니요 그런 건 아니지만……."

"그럼 빨리 가는 게 좋잖아요."

프리엘라의 말에 페르온이 난감한 표정으로 말했다.

"그, 그건 그렇습니다만……."

하지만 이미 마차는 빠른 속도로 길을 따라 달리고 있었다.

'으음!'

그리고 의외로 제대로 가고 있었다. 페르온은 잔뜩 긴장을 하면서도 일단은 잘 달리고 있으니 뭐라고 말을 하지 못했다.

그리고 긴장된 페르온의 얼굴이 펴진 것은 꽤나 시간이 흐른 후의 일이었다.

마차는 생각보다 잘 달렸다. 프리엘라가 처음 마차를 몰았을 때처럼 흔들리거나 전복될 것 같은 위험도 더 이상은 없었다. 다만 가끔씩 급하게 옆으로 기울어지는 정도.

페르온이 심각한 얼굴로 고민에 잠겼다.

'어쩌면 생각보다 대단한 재능을 가지고 있을지도……'

처음 마차를 모는데 이 정도로 폭주를 하는 것을 보니 그런 생각이 들었던 것이다.

그리고 어색한 침묵의 시간이 찾아왔다. 프리엘라는 마차를 모는 일에 몰입한 나머지 주변의 상황이 보이지 않았지만, 더 이상 할 일이 없는 페르온은 상당히 뻘쭘한 상태가 될 수밖에 없었던 것이다.

그 어색함을 지우기 위해 페르온이 한참을 고민한 끝에 말을 걸었다.

"마법이 참 대단하신 것 같습니다. 제가 본 마법사들은 도구가 있어야만 마법을 쓸 수 있던데……"

하지만 페르온의 말은 더 이어지지 못했다.

"음, 그런데… 저 좀 익숙해진 것 같은데……. 더 빨리 몰아도 될까요?"

생각도 못했던 말이 튀어나오자 페르온은 방금 하려던 말을 그대로 잊어버린 채 기겁한 얼굴로 외쳤다.

"네? 뭐, 뭐라고요?!"

하지만 프리엘라는 이미 힘차게 채찍을 휘두르고 있었다.

"이랴~"

초보 마부 프리엘라의 폭주가 시작되었다.

리온 자작이 의자의 팔걸이를 꽉하고 거세게 내려치며 잔뜩 인상을 구겼다.

"도대체 일을 어떻게 하는 거냐!"

버럭 소리를 지르더니 도저히 화를 참지 못하겠다는 듯 책상 위에 있던 잉크병을 집어 던졌다.

따악, 챙그랑!

날아간 잉크병이, 리온 자작의 책상 건너 맞은편에 서 있던 한 사내의 이마를 강타하고는 바닥으로 떨어져 깨졌다. 어찌나 세게 던졌는지 사내의 이마에서는 붉은 핏줄기가 주르륵 흘러내리고 있었다. 하지만 사내는 아픈 것도 느끼지 못하는지 무표정한 얼굴로 가만히 서 있었다.

쾅!

그 모습에 더욱 열불이 치솟은 리온 자작이 두 손으로 책상을 내려치며 벌떡 몸을 일으키더니 또다시 호통을 내질렀다.

"빨리 말하지 못 하겠느냐!"

사내는 그제야 길게 숨을 내쉬며 입을 열었다.

"정보가 잘못되었습니다."

"그건 또 무슨 말이냐?"

"리카이엔 프로커스는 병자가 아닙니다. 오히려 익스퍼트 수준의 실력자입니다. 거기에 이상하게 마법사도 함께 움직이고 있습니다."

"마법사?"

"그렇습니다. 적어도 컨덕터급 이상의 마법사가 같이 있던 흔적이 있었습니다. 다시 말해 리카이엔 프로커스는 생각 외로 강자인 동시에 의외로 컨덕터급의 마법사를 고용할 수 있을 정도의 힘을 가지고 있다는 말입니다."

"음! 자, 잠깐!"

리온 자작이 갑자기 손을 들어 사내의 입을 막았다. 갑자기 뭔가 떠오르는 것이 있었다.

'그러고 보니 그때 그 복면인…….'

희미한 촛불의 불빛 아래에서도 확인할 수 있었던 복면인의 두 눈. 그것은 흔치 않은 선홍색의 붉은 눈동자였다. 그리고 리카이엔 프로커스 역시 그와 똑같은 선홍색 눈동자를 가지고 있었다.

"설마 그놈이 리카이엔이었던 것인가?"

그러고 보면 이상했다. 프로커스 백작가를 보호하고 있다는 그 복면인의 흔적은, 그날 이후 어디에서도 발견할 수가 없었다. 유일한 연결점은 프로커스 백작이 내밀었던 문제의 3천 아르겐짜리 차용증뿐.

거기에 더해서 리카이엔이 암살자들의 공격을 받는다면 분명 무언가 반응이 있어야 했다. 하지만 지금까지 아무런 반응도 보이지 않았다.

당시 복면인이 리카이엔이라는 확신이 리온 자작의 머릿속에 자리 잡기 시작했다. 그렇다면 그날의 백지 인장도 분명 놈의 손에 있을 터.

"너는 당장 돌아가서 수단과 방법을 가리지 말고 놈을 처리하도록 해라."

"예, 이만 물러가겠습니다."

말이 끝나기가 무섭게 사내의 모습이 연기처럼 사라졌다. 그리고 마치 이때를 기다리기라도 했다는 듯 문밖에서 집사의 다급한 목소리가 들려왔다.

"자작님, 손님이 찾아왔습니다."

"손님?"

리온 자작이 고개를 갸웃거렸다. 오늘은 특별히 누군가를 만날 약속이 없었다.

"누가 찾아왔느냐?"

"주백작께서 찾아오셨습니다."

그 말에 리온 자작이 벌떡 일어나며 외쳤다.

"주백작께서?"

리온 자작령이 있는 로베이노스 주의 주백령을 다스리는 인물은 폴드만 공작. 주백령은 국왕 직할 영지를 다스리고 소속 귀족들을 감시하는 임무를 가지고 있기에 주로 왕족과 가까운 인물들이 맡는 것이 보통이었다.

"그렇습니다."

"목적은?"

"그것까지는 말씀을 하시지 않았습니다."

"으음!"

주백작이 개인적으로 주 소속의 영지를 찾는 일은 극히 드물다. 다시 말해 주백작이 직접 찾아왔다는 것은 무언가 중요한 이유가 있다는 뜻.

"지금 가겠으니 접객실로 안내해라!"

리온 자작이 급히 자리에서 일어서며 외쳤다.

"베노스 리온 자작입니다."

외침과 함께 접객실의 문이 열리며 리온 자작이 들어왔다. 그러자 접객실 소파에 앉아 있던 사내가 자리에서 일어났다.

"주백작께서 이곳까지 어쩐 일로 행차를 하셨습니까? 볼일이 있다면 저를 부르시면 될 일을……."

황급히 인사를 하며 고개를 들던 리온 자작이 갑자기 멈칫하더니, 두 눈을 크게 떴다.

"너, 너는……. 누구냐?"

폴드만 공작이 아닌 깊이 후드를 눌러쓴 사내가 있었던 것이다.

하지만 후드의 사내는 리온 자작의 말을 조용히 무시한 채, 주변에 있는 사람들을 향해 가볍게 손을 흔들었다. 그러자 방 안에 있던 집사와 수행 기사가 무엇에 홀리기라도 한 듯 인사를 꾸벅하더니 문을 열고 나가는 것이 아닌가.

"이, 이게 무슨!"

리온 자작은 제대로 말을 이을 수가 없었다. 도대체 이게 무슨 황당한 경우란 말인가?

그때였다.

후드를 쓴 사내의 모습이 갑자기 흐릿해지는가 싶더니, 순식간에 폴드만 공작의 모습으로 보였다.

"음!"

깜짝 놀라 눈을 부릅뜨는 순간, 폴드만 공작의 모습이 다시 흐릿해지더니 이내 후드를 쓴 사내의 모습이 되었다.

"이, 이게 어찌 된··· 설마 마법?"

리온 자작이 믿을 수 없다는 표정으로 사내를 노려보았다. 갑자기 모습이 바뀐다거나 가벼운 손짓에 집사와 기사가 홀린 듯 행동하는 모습은, 리온 자작에게는 마법으로 보일 수밖에 없었던 것이다.

'그, 그럴 리가 없는데!'

리온 자작이 의구심이 가득한 얼굴로 후드의 사내를 노려보았다.

리온 자작 정도로 돈이 많은 귀족이라면 당연히 마법사를

고용한다. 그리고 그런 귀족들은 당연히 마법을 이용한 공격
에 대해 대비를 한다.

리온 자작의 내성 역시 마찬가지였다. 이곳은 어지간한 마
법은 통용되지 않는 곳이다. 그런데 사내는 아무렇지도 않다
는 듯 마법을 사용하는 것이 아닌가.

그런 리온 자작을 향해 후드의 사내가 말했다.

"일단 앉으시지요."

리온 자작이 힘겹게 숨을 고르며 자리에 앉았다.

"도대체 누구냐?"

"저는 베르무크라고 합니다."

"베르무크?"

"예."

후드의 사내가 고개를 끄덕이더니 깊이 눌러쓴 후드를 뒤로
넘겼다. 그리고 드러난 사내의 얼굴을 본 리온 자작이 눈을 가
늘게 좁히며 물었다.

"너는 혹시……."

"그렇습니다. 바이론 민족입니다."

황갈색의 피부에 검은 머리와 검은 눈동자, 튀어나온 광대
뼈와 매부리코에 가까운 큰 코. 모두 바이론 민족이 가지고 있
는 특징이었다.

바이론 민족은, 과거 백여 년 전까지 대륙 남부에 있던 바이
론 왕국의 사람들을 일컫는 말이다. 특이하게도 단일 민족국

가를 이루며 살았던 바이론 왕국은 백여 년 전까지만 해도 남부에서 꽤나 부강한 나라였다.

하지만 현재 바이론 왕국이 있던 자리에는 황량한 사막만이 자리 잡고 있다. 누구도 이유는 알지 못하지만, 한때 대륙 남부에서 가장 강대국이었던 바이론 왕국이 하루아침에 사막으로 변해 버렸던 것이다.

당시 운 좋게 살아남은 바이론 왕국 사람들의 말에 따르면 한밤중에 갑자기 거대한 빛이 하늘 위로 떠오르더니 어느 순간 모든 것을 가루로 만들어 버렸다고 한다.

그제야 리온 자작의 머릿속에 무언가가 떠올랐다.

'바이론 민족은 마법과 비슷하면서도 마법이 아닌 뭔가 특이한 수법을 쓴다고 했던가?'

사내가 모습을 바꾸거나 집사를 내보낸 것은 아마 그 바이론 민족 특유의 술법인 모양이다.

리온 자작이 힘겹게 고개를 끄덕이며 물었다.

"바이론 난민이 무슨 일로 나를 보자고 한 것인가?"

바이론 왕국이 멸망한 후, 살아남은 바이론 사람들은 결국 대륙 곳곳으로 흩어지게 되었는데 그들을 두고 바이론 난민이라 부르는 것이다.

"제안할 것이 있어서 왔습니다."

리온 자작은 애써 근엄한 표정을 유지하며 고개를 끄덕였다.

"제안할 것이라? 말해 보라."

"지금부터 제가 드리는 이야기는, 프로커스 백작가를 삼키고, 백작 위를 얻을 수 있는 방법입니다. 한 번 들어 보시겠습니까?"

리온 자작이 두 눈을 크게 뜨며 외쳤다.

"뭣이!"

"정말 대단하군요."

페르온이 마차 창밖으로 빠르게 지나가는 풍경을 보며 아직도 믿을 수 없다는 얼굴로 말했다. 그 말에 마차 안 맞은편 자리에 앉아 있던 리카이엔이 심드렁한 표정으로 입을 열었다.

"이제 익숙해질 때도 되지 않았나?"

"네? 그, 그건 그렇습니다만……."

마차를 모는 것에 재미를 붙인 프리엘라는 좀처럼 마부석에서 내릴 생각을 하지 않았다. 그리고 그녀가 마부석에 앉아 있는 동안, 마차는 믿을 수 없을 정도로 빠르게 달렸다.

더더구나 신기한 것은, 그렇게 빠르게 달리고 있는데도 더 이상 마차가 전복될지도 모른다는 불안감이 생기지 않는다는 점이다.

"아, 맞다. 공자님, 저는 마법사들이라고 하면 도구를 쓰는 마법사들밖에 보지 못했는데……. 프리엘라 님은 그런 게 없이도 마구 마법을 쓰던데요?"

"음? 너 모르나?"

"네? 모, 모르다니요?"

"흐음……. 우리 검사들은 어떻게 등급을 나누냐?"

"에… 그, 그거야……."

페르온은 갑자기 상관없는 질문을 받자 잠시 말을 더듬거리며 대답했다.

"우, 우선은 견습입니다. 그다음부터 소드맨, 익스퍼트… 그리고 가장 최고의 등급이 마스터입니다."

"마찬가지다. 마법사들도 검사들처럼 노비스(Novice), 어프렌티스(Apprentice), 컨덕터(Conductor) 그리고 검사들의 마스터와 같은 마이스터(Meister)가 있다."

이제 막 시작했다는 의미에서 초심자(노비스), 본격적으로 배울 수 있는 준비가 되었다는 의미의 도제(어프렌티스), 마음먹은 대로 마나를 다룰 수 있게 되었다는 뜻의 지휘자(컨덕터), 이제는 자신만의 독보적인 수준에 도달해 새로운 마나의 조합을 만들어 낼 수 있다는 의미의 대가(마이스터)로 나뉘는 것이다.

리카이엔은 이전의 기억 속에서 마법에 대한 내용들을 확인한 적이 있기에 그 사실을 알고 있었던 것이다.

"그중에서 어프렌티스급 마법사부터는 도구가 없이도 마법을 쓸 수 있지. 물론, 대부분의 마법사들은 노비스급에서 더 이상 발전이 없지만."

"그, 그렇군요. 그럼 프리엘라 님은 그중 어떤 수준일까요?"

"아마 컨덕터급은 되겠지."

"헉, 그, 그럼 검사로 따지면 익스퍼트급이군요?"

깜짝 놀라 되묻는 페르온을 보며 리카이엔이 별 시답잖은 걸 물어본다는 투로 대답했다.

"뭐, 굳이 비교를 해서 따지자면 그 정도 되겠지."

"익스퍼트라… 대단하군요."

페르온이 감탄을 터뜨리는 모습을 보며 리카이엔은 저도 모르게 한심스러운 표정을 지었다. 그러다가 결국 참지 못하고 호통치듯 물었다.

"도대체 사람을 죽이는데 그깟 등급이 무슨 상관이라는 거냐?"

"네, 네?"

갑작스러운 반응에 놀란 페르온이 깜짝 놀라 두 눈을 동그랗게 뜨고 리카이엔을 보았다.

"견습이든 마스터든 결국 모가지가 잘리면 뒈진다."

"그, 그렇기는 합니다만… 그, 그래도 마스터의 목을 자르려면… 아무래도 그만큼의 실력이……."

페르온은 뭔가 자신이 잘못한 게 있나 싶은 생각에 기어들어 가는 목소리로 웅얼거렸다.

그리고 답답해진 리카이엔이 말을 이어 갔다.

"지금 네 수준이 어느 정도라고 생각하는 거냐?"

"저, 저요? 저, 저는 아직 소드맨… 아닐까요?"

"그래 넌 아직 소드맨 수준이다. 하지만 지금 니가 익스퍼트를 이기지 못할까?"

"네? 제, 제가 어떻게 익스퍼트를 이, 이긴단 말입니까?"

페르온이 말도 안 된다는 표정으로 되물었다. 그건 절대 불가능한 일이지 않은가?

"그럼 얼마 전에 니가 죽인 리온 자작의 호위 기사들 수준은?"

"네? 그, 그게 그러고 보니… 하지만 그건 어디까지나 운이 좋아서……. 그, 그리고 그들은 익스퍼트 초급이지 않습니까?"

여전히 기어들어 가는 목소리로 말하는 페르온을 향해 리카이엔이 한심하다는 표정을 숨기지 않은 채 말했다.

"그따위 생각을 계속 품고 있으면, 언젠가 나한테 뒈지게 맞는 수가 있다."

"네?!"

뜬금없는 엄포에 페르온이 깜짝 놀라 외쳤지만, 리카이엔은 이미 마차 창밖으로 시선을 돌리고 입을 닫은 후였다.

Chapter 12.

목숨 값

콰르르르르!

어두운 밤 깊은 산중에 어디선가 천둥소리가 울려 퍼졌다. 그리고 그 소리가 들리는 쪽을 향해 걸어가고 있는 두 사람. 바로 리카이엔과 페르온이었다.

지금 두 사람이 있는 산은 목적지였던 아르엔 산. 그리고 저 멀리서 들려오는 천둥소리는 다름 아닌 임페티스 폭포의 물이 떨어지는 소리였다.

"아, 꽤 먼 곳에서도 소리가 이렇게나 크게 들리는 걸 보니 임페티스 폭포가 정말 크긴 큰 모양입니다."

페르온의 말에 리카이엔이 고개를 끄덕였다.

"음, 오늘 그 폭포의 물살 밑으로 들어가야 되니 마음 단단히 먹어라."

"네? 포, 폭포 밑으로 들어간다니요?"

페르온이 두 눈을 동그랗게 뜨고 물었다. 임페티스 폭포가 목적지라는 건 알고 있었지만, 그 밑으로 들어가야 한다는 이야기는 들은 적이 없었던 것이다.

"그 밑에 보물이 있으니 들어가야지."

"네? 보물이요?"

하지만 리카이엔은 굳이 꼭 필요하지 않은 이야기를 자세하게 설명해 주는 친절한 성격은 아니었다.

"가 보면 알게 된다."

"네, 네. 음? 혹시 그것 때문에 밤에 가는 겁니까?"

페르온은 임페티스 폭포로 가야 하는데 굳이 밤에 움직이는 이유에 대해 궁금해하고 있었다. 그런데 듣고 보니 그런 이유가 있었던 모양이었다.

임페티스 폭포의 장관은 대륙 전체에 널리 알려질 정도로 대단한 것이다. 그러다 보니 귀족들이나 부유한 평민들이 그 광경을 구경하기 위해 하루에도 수십 명씩 올라오곤 했다.

폭포 아래로 들어가는 장면을 다른 이들에게 보여 줄 수는 없으니, 이렇게 밤에 움직이는 수밖에.

다시 얼마나 길을 걸었을까? 페르온이 문득 생각났다는 듯 물었다.

"프리엘라 님은 스승님이라는 분께 잘 갔겠지요?"

마차의 폭주라는 생각지 못한 재능을 발견한 프리엘라는, 아르엔 산에 도착한 후 이제는 마차를 몰 수 없다는 생각에 상당히 아쉬워하는 표정으로 두 사람과 헤어졌다.

페르온은 이곳까지 오는 동안 꽤 많은 이야기를 나누었기에 문득 그것이 궁금해졌던 것이다.

하지만 리카이엔은 별로 관심이 없다는 듯 시큰둥하게 반응했다.

"뭐, 그거야 지가 알아서 하는 거지."

"음, 그렇기는 하지요."

페르온이 고개를 끄덕이는 동안, 리카이엔이 점점 걸음을 빨리했다.

'이곳에 그 문제의 보물이 있단 말이지?'

리카이엔은 왠지 마음이 들뜨는 것을 느끼며 한층 더 발길을 재촉했다.

물욕이 있어서가 아니었다. 약속을 지킬 수 있다는 희망이 보였기 때문이다.

가문을 일으켜 세우겠다는 리카이엔과의 약속을 지키기 위한 그 밑거름이 바로 이 보물이기 때문이다.

'틀리지는 않았겠지?'

대도 클레우스가 알려 준 단서를 통해 이 폭포를 찾았다. 그러나 그것이 정답인지 아닌지는 확실하지 않았다. 하지만 리카이엔은 불길한 생각을 접었다. 왠지 모를 확신이 그의 마음을 들뜨게 하고 있었기 때문이다.

그렇게 얼마나 걸었을까?

콰아아아아아아아!

산길의 모퉁이를 도는 순간, 갑자기 정신을 멍하게 만들 정도의 굉음이 귓전에 메아리쳤다.

"이, 이것이 임페티스 폭포인가?!"

어지간하면 잘 놀라지 않는 리카이엔이 고개를 한껏 젖힌 채 폭포를 쳐다보았다. 아무리 고개를 들어도 그 끝이 보이지 않는 엄청난 높이에서 거대한 물살이 바닥을 때리고 있었다. 그리고 그 폭포 아래 용소의 한가운데, 뾰족하게 솟은 돌에 폭포의 물이 떨어지며 사방으로 갈라지고 있었다.

"저, 정말 대단하군요!"

페르온 역시 까마득한 폭포의 꼭대기를 보려고 한껏 고개를 젖히고 입을 반쯤 벌리고 있었다.

하지만 리카이엔은 폭포를 감상할 시간이 없었다. 어서 이 돌 밑에 있는 보물을 꺼내야 했다.

"자, 시작해 볼……."

그때였다. 갑자기 리카이엔이 흠칫 얼굴을 굳히며 황급히 방향을 틀고 창을 겨누어 들었다.

"누구냐!"

버럭 소리를 지르는 순간, 어둠 속에서 두 개의 그림자가 모습을 드러냈다. 그리고 앞서 있던 사람의 얼굴이 보이는 순간 리카이엔의 놀람은 더욱 커졌다.

"프, 프리엘라?"

"어? 리카이엔, 당신도 여기에 볼일이 있었나요?"

그때 프리엘라의 뒤에서 작고 땅딸막한 키의 누군가가 앞으로 나서며 말했다.

"오면서 같이 왔다는 자들이 이들이더냐?"

꽤나 굽은 등에 지팡이를 짚으며 걸어 나오는 한 명의 노파. 그녀를 본 페르온이 고개를 갸웃거리며 말했다.

"음? 바이론 난민?"

프리엘라와 함께 온 노파는 하얗게 머리가 센 것을 제외하면, 한눈에 바이론 난민이라는 것을 알아볼 수 있을 정도로 민족적인 특성을 가지고 있었다.

"스승님, 이쪽이 리카이엔… 응? 왜 그러세요?"

리카이엔을 가리키며 소개를 하려던 프리엘라가 리카이엔을 향해 알 수 없다는 표정으로 물었다. 리카이엔이 겨누고 있던 창을 거두지 않은 채 잔뜩 긴장한 표정을 짓고 있었던 것이다.

하지만 리카이엔은 그 나름대로의 이유가 있었다.

'이, 이건 무슨 위압감이!'

프리엘라의 스승이라는 노파가 등장하는 순간부터 리카이엔은 온몸을 찌부러뜨릴 듯한 압력에 온 힘을 다해 대항하고 있었다. 노파에게서 뿜어져 나오는 기운이 그만큼 무시무시했기 때문이다.

그리고 그 모습을 본 노파가 의외라는 표정으로 미소를 지으며 말했다.

"흘흘, 제법 감이 좋은 녀석이로구나."

하지만 프리엘라와 페르온은 지금 이 두 사람이 무슨 말을 하는지 이해할 수가 없었다.

개 피리 소리는 인간은 듣지 못해도 개들은 듣는다. 그것은 그 소리가 인간의 청력을 초월하는 소리이기에 인지하지 못하기 때문이다.

지금의 상황도 마찬가지였다. 노파에게서 뿜어져 나오는 무시무시한 기운을 프리엘라나 페르온의 감각으로는 인지할 수가 없었다. 오직 리카이엔만이 그 기운을 감지하고 압박감을 느껴 창을 내려놓지 못하는 것이다.

딱!

노파가 지팡이로 바닥을 한 번 때리자, 리카이엔은 그제야 뇌가 저릿저릿해질 정도의 압박감에서 벗어날 수 있었다.

"네가 이곳으로 오는 동안 괜찮은 인연을 만날 수 있을 것 같아 걸어오라고 했는데, 아주 실한 놈을 만났구나."

노파가 주름이 잔뜩 접힌 입술로 괴기스러운 미소를 그리며 프리엘라를 향해 말했다. 프리엘라가 고개를 갸웃거리더니 물었다.

"괜찮은 인연이라고요?"

"그래, 그럴 것 같더구나."

"아아, 스승님 또 붉은 모래로 점을 치셨군요?"

리카이엔은 두 사람의 대화를 들으며 머릿속으로는 페르온이 말한 바이론 민족에 대해 기억을 더듬었다. 이전 리카이엔이 가지고 있던 기억 속에 자세하지는 않지만 대략적인 내용이 담겨 있었다.

'흐음, 붉은 모래로 점을 쳤다고? 그것도 바이론 민족이 가지고 있다는 특이한 술법 같은 것인가? 붉은 모래라… 중원에서 점쟁이들이 사용하는 산통이나 쌀알과 같은 것인가? 그나저나 여기는 무슨 일로 온 거지?'

왠지 불길한 예감이 엄습해 왔다.

그때 노파와 이야기를 마친 프리엘라가 물었다.

"그런데 리카이엔, 당신은 여기 무슨 일로 왔나요?"

"그러는 너는 왜 왔냐?"

"네? 저는 스승님께서 이곳에 볼일이 있다고 하셨거든요."

리카이엔의 시선이 자연스레 노파를 향해 갔다. 노파가 여전히 주름 가득한 미소를 지은 채 입을 열었다.

"리카이엔이라고 했더냐?"

"그렇습니다. 그러는 노인장께서는 누구십니까?"

리카이엔이 공손하게 말을 하면서도 얼굴에는 상당히 티꺼운 표정을 지어 보였다.

"나는 테하스라고 한다. 프리엘라의 스승이며, 아까 저기 있던 놈이 했던 말대로 바이론 난민이지."

"야심한 밤에 이곳까지는 무슨 일로 오셨습니까?"

"내가 그것을 너에게 말을 해야 하는 것이더냐?"

"굳이 그럴 필요는 없습니다만… 왠지 저와 상관이 있는 일일 것 같아서 말입니다."

"흘흘, 너와 상관이 있는 일이라……."

그때 리카이엔이 불쑥 한마디를 던졌다.

"대도 클레우스?"

하지만 테하스는 그런 리카이엔의 말에도 별다른 표정 변화를 보이지 않았다. 오히려 웃으며 농담하듯 말했다.

"흘흘, 생긴 것도 쓸 만하고 몸도 제법 잘 다듬어진 놈인데 또 한편으로는 영악하기까지 하구나."

순간 리카이엔의 눈빛이 날카롭게 변했다. 클레우스라는 이름을 말하는 것을 듣고 영악하다는 평가를 했다. 리카이엔이 한 말의 의미를 알고 있다는 뜻이다. 그 말인즉슨 테하스가 이곳에 클레우스의 보물이 숨겨져 있다는 것을 알고 있다는 뜻이다.

리카이엔의 창이 정확하게 테하스를 노리고 겨누어졌다.

"크크, 다시 말해 당신과 나는 같은 것을 노리고 있다는 뜻이로군. 즉, 적이란 말이지?"

갑작스러운 리카이엔의 행동에 프리엘라와 페르온이 깜짝 놀라 두 사람을 번갈아 보았다. 하지만 리카이엔도 테하스도 이미 이리될 줄 알았다는 듯 별다른 변화 없이 이야기를 이어 나갔다.

"이제 보니 버르장머리까지 없는 놈이로구나!"

"할망구가 내 버르장머리 걱정해 줄 필요는 없는 것 같은데?"

"이놈~"

따악!

노파가 특유의 늙수그레한 저음으로 호통을 치며 지팡이로 바닥을 찍었다.

"흡!"

리카이엔이 갑자기 헛바람을 들이키며 지면을 박차고 몸을 뽑아 올렸다.

콰콰콰쾅!

동시에 방금까지 리카이엔이 있던 공간에서 작은 폭발이 일어났다.

"이 할망구가 미쳤나!"

리카이엔이 버럭 소리를 질러 대며 노파를 향해 철창을 고쳐 잡았다.

사실 운이 좋았다. 리카이엔은 자꾸 신경을 자극하는 불길한 예감에, 노파가 기운을 거두어들였음에도 불구하고 긴장의 끈을 놓지 않고 있었다. 그리고 그 덕분에 주변의 기운이 급격하게 휘몰아치는 것을 느끼고 몸을 피할 수 있었던 것이다.

리카이엔이 거세게 땅을 찍어 누르며 철창을 그러쥐었다.

지이이이잉!

철창 끝에 급속도로 강렬한 기운이 맺히며 기이한 소리가 울려 나왔다.

그 순간, 노파가 갑자기 파안대소를 터뜨리며 말했다.

"오호호호호! 그놈 정말 제대로 물건이구나! 마음에 들었다."

"흥! 누가 할망구 마음에 들고 싶댔소? 프리엘라가 사람을 죽이고도 눈 하나 깜짝 안 하는 게 왜 그런가 했더니 그 스승에 그 제자였던 게로군!"

리카이엔은 언제라도 창을 휘두를 수 있는 자세를 유지하며 노파를 노려보았다. 하지만 노파는 여전히 유쾌한 표정으로 말했다.

"흘흘, 필요한 일이라면 사람을 죽이는 것 정도는 망설여서는 안 되는 법. 그리고 해야 할 일이라면 머릿속에 생각을 말아야 하는 법이라 가르쳤다. 어떠냐? 내 가르침이 틀렸더냐?"

"크크, 그 말은 나도 동의를 하지. 하지만 지금 할망구와 나 사이에 그런 건 문제가 아니지 않소?"

"그거야 그렇지. 아무튼 너는 이 자리에서 보물을 포기하고 물러나는 것이 좋을 것 같구나."

"물러나야 할 사람은 내가 아니라 할망구 같은데?"

두 사람 사이의 공기가 점점 달구어졌다. 어느새 리카이엔의 이마에서는 송골송골 땀이 맺히고 있었다. 동시에 리카이엔이 들고 있던 창끝이 부르르 떨린다.

"그렇게 말귀를 못 알아먹는다면……."

"시끄러!"

리카이엔이 땅을 박찼다.

파르르 떨리던 창끝이 어느새 공간을 꿰뚫고 한 줄기 선이
되었다.

쑤아아앙, 까앙, 콰지지직!

"커헉!"

요란한 소리가 연달아 울리더니 어느 순간 리카이엔의 입에
서 당혹감이 가득한 짧은 신음이 터져 나온다. 하지만 거기서
끝이 아니었다.

테하스가 지팡이로 땅을 찍으며 알아들을 수 없는 말을 외
치는 순간, 리카이엔의 주위에서 쉴 새 없이 공간이 폭발하기
시작했다.

팟, 파바바밧!

리카이엔이 정신없이 발을 놀리며 주변에서 덮쳐 오는 폭발
을 피했다.

"빌어먹을!"

기회는 단 한 번뿐이었다.

마법사를 상대하기 위해서는 마법을 펼칠 시간을 주어서는
안 된다는 것은 기본적인 상식. 리카이엔은 말을 섞는 동안 힘
을 모았고, 테하스가 뭐라고 말을 하는 사이에 공격을 감행했
다.

하지만 창이 테하스의 목을 향해 날아가던 순간, 갑자기 테하스 앞에 보이지 않는 벽이 나타나 리카이엔을 튕겨 내 버렸다. 그리고 그때부터 쉴 새 없이 공격이 날아들었다.

'제길! 무슨 마법사가 저따위로 마법을!'

마법을 준비하는 시간이 극도로 짧았다. 기사가 공격을 위해 검을 들어 올리는 정도의 짧은 시간. 그 찰나의 시간에 마법이 완성되는 것이다.

"훅, 후욱!"

리카이엔은 정신없이 피하는 중에도 서둘러 호흡을 가다듬었다. 기회를 놓치기는 했지만 그렇다고 포기할 수는 없는 일. 어느새 호흡을 정돈한 리카이엔의 날카로운 두 눈이 테하스의 움직임을 훑었다.

"빌어먹을 할망구!"

자세히 관찰하니 더욱 놀라웠다. 테하스가 허공에 폭발을 일으키기 전에 하는 행동이라고는 지팡이로 가볍게 땅을 찍는 것뿐이었다. 그 작은 행동만으로 마법이 캐스팅되고 전개되는 것이다.

그러다 갑자기 리카이엔을 쫓아다니던 폭발이 멈췄다.

빠드드득!

리카이엔이 이를 악물고 테하스를 노려보았다. 도대체 어떻게 해야 이 마법을 뚫고 들어간단 말인가?

그때 테하스가 말을 걸었다.

"그만 포기해라. 그렇지 않다면 네 목숨을 거두어야 할지도 모른다."

"흥! 그러는 할망구나 포기하시지!"

"이노옴!"

테하스가 지팡이를 높이 들어 올렸다 땅을 찍으며 외쳤다.

"템페스타스 루푸스(Tempestas Lupus)!"

고오오오오!

외침이 끝나기가 무섭게 거센 바람이 몰아쳤다. 마치 폭풍우처럼 바람이 물방울을 싣고 날아들며 한 점으로 모여 들었다.

"끄으윽!"

리카이엔의 입술 사이를 신음이 비집고 나왔다. 단순히 바람이 몰려드는 것만으로도 온몸을 쥐어짜는 듯한 압박감이 몰려왔기 때문이다.

그러는 동안에도 바람은 점점 거세졌고, 바람이 모인 한 점은 점점 형체를 갖추기 시작했다.

리카이엔은 억지로 창을 들어 올렸다. 이곳에서 더 이상 밀려서는 안 될 것 같은 느낌. 거센 바람이 온몸을 밀어내고 입고 있는 옷이 찢어질 듯 펄럭인다.

그리고 그 순간.

쿠허어어엉!

마치 바람이 포효를 터뜨리기라도 하듯 굉음이 울려 퍼지는 순간, 늑대의 형상을 한 거대한 바람이 리카이엔을 덮쳤다. 그리고 동시에 리카이엔이 발을 굴렸다.

꽈아앙!

거센 진각을 밟으며 날아오는 바람을 향해 창을 밀어 넣었다.

그아아아앙!

정체불명의 굉음이 고막을 찢을 듯 울려 퍼졌다.

으드드득!

앙다문 이 사이로 붉은 피가 주르륵 흘러내리더니 온몸을 휘감는 바람에 흩날린다.

온몸이 금방이라도 터질 듯 부풀어 올랐다.

콰르르르!

버티고 있는 리카이엔의 몸이 그 자세 그대로 뒤로 밀려 나간다.

콰득!

그리고 리카이엔이 억지로 발을 뻗었다.

한 발, 또 한 발.

입술 사이로 흘러내리는 핏줄기가 점점 더 짙어졌다. 하지만 리카이엔은 앞으로 나가는 것을 주저하지 않았다.

"피하지 않으면 죽을 수도 있느니라!"

테하스의 경고가 바람을 뚫고 귓속으로 파고들었다. 그리고 리카이엔이 힘을 쥐어짜며 대답했다.

"이 망할 할망구, 지랄하지 마! 내가 이따위 산들바람에 뒈질 것 같으냐?!"

버럭 소리를 지르며 또 한 발 내딛는다.

'여기서 물러서면 리카이엔 그 자식을 볼 면목이 없지!'

여기서 물러선다는 것은 영지 발전의 밑거름이 될 자금을 포기한다는 말이다. 그리고 그 자금의 포기는 리카이엔과의 약속을 지킬 수 없다는 뜻이나 다름없었다.

"끄으으윽!"

원하지 않았는데도 입에서는 신음이 새어 나왔다. 하지만 리카이엔은 전진을 멈추지 않았다.

외부에서만이 아니라 몸속에서도 무서운 격류가 흐르고 있었다. 진각을 통해 뽑아 올린 단전의 기운들이 온몸의 경맥을 따라 휘몰아쳤다. 마치 내장을 갈가리 찢어발기는 듯한 고통이 전신을 신경을 자극하고 뇌를 마비시킬 것 같았다.

하지만 리카이엔은 눈을 들어 정면을 노려보았다. 절대 물러설 수는 없는 일이었다.

"흐아아아앗!"

목청껏 기합성을 내지르며 창을 뻗었다.

그 순간!

쿠오오오오!

리카이엔은 갑자기 어디선가 들려오는 거센 바람 소리를 들었다. 눈앞에 있는, 테하스의 마법으로 만든 바람이 아니었다.

그와는 다른 곳. 근원지는 알 수 없지만 어디선가 들려오는 바람 소리.

'환청? 설마 주화입마?'

리카이엔이 흠칫한 표정으로 더욱 정신을 가다듬었다. 중원에서 그가 익혔던 장가창법은 따로 공력을 움직이는 것이 아니기에 주화입마의 위험이 거의 없었다. 하지만 지금의 몸이 익히고 있는 것은 혈하공. 억지로 힘을 쥐어짜다가 주화입마에 빠져든 것인지도 몰랐다.

'끄윽!'

하지만 정신을 차리면 차릴수록 그 거센 바람 소리는 더욱더 또렷하게만 들려왔다.

그리고 그와 함께 피어오르는 무언가.

몸속 깊은 곳. 어딘지는 알 수 없지만 분명히 몸속에서 피어나는 무언가가 있었다.

몸속 공력의 근원인 단전이 아니었다. 아무리 더듬어도 그 근원지를 알 수가 없었다.

하지만 한 가지는 분명했다.

'힘!'

그 피어오르는 무언가는 힘이었다. 처음에는 봄날의 옅은 아지랑이처럼 희미하게 피어오르던 것이 점점 또렷해지더니 어느샌가 몸속에 휘몰아치는 공력의 격류와 합류하기 시작했다. 그리고 그렇게 합류한 힘이 경맥을 타고 어깨와 팔로 이어져 결국 창끝에서 피어올랐다.

온몸에서 충만한 무시무시한 힘.

'이것은!'

리카이엔이 그 알 수 없는 힘에 깜짝 놀라 온몸을 부르르 떨었다. 하지만 몸은 이미 움직이고 있었다.

콰콱!

또 한 번의 진각. 뻗은 왼발이 땅속 깊이 파고들었다. 그리고 리카이엔의 몸이 앞으로 튕기듯 날아갔다.

"크아아아악!"

비명인지 기합인지 알 수 없는 소리가 입에서 터져 나왔다. 그리고 몸속의 힘이 분출되는 한 점.

콰르르르릉!

천둥소리가 아르엔 산 전체를 뒤흔들며 사방으로 거대한 힘의 파편이 비산했다.

그러던 어느 순간, 산 전체가 정적에 잠겼다. 산속에 존재하는 모든 소리를 누군가가 먹어 치워 버리기라도 한 듯 갑자기 찾아온 완전한 침묵.

하지만 그 침묵의 순간은 그리 오래가지 않았다.

"끄으으윽!"

털썩!

테하스가 신음을 흘리며 갑자기 무릎을 꿇었다. 쥐고 있던 지팡이에 의지해 쓰러지는 것만은 억지로 막을 수 있었지만,

일어날 기력이 없어 보였다.

"스, 스승님!"

리카이엔과 테하스가 언쟁을 시작한 순간부터 어찌해야 할지 몰라 안절부절못하던 프리엘라가 황급히 달려와 스승을 부축했다.

"크허, 크헉!"

쿠웅!

리카이엔 역시 버티기가 힘든 듯 가쁜 숨을 몰아쉬며 땅에 박아 넣은 철창에 의지해 몸을 가누었다.

"공자님!"

프리엘라와 마찬가지로 감히 다가갈 수 없어 불안한 마음을 억지로 짓누르던 페르온이 리카이엔을 향해 달려갔다.

리카이엔이 창에 의지한 채 테하스를 향해 외쳤다.

"할망구! 이쯤에서 포기해!"

하지만 테하스 역시 가쁜 숨을 몰아쉬면서도 조금도 물러서지 않았다.

"헉, 허억! 그건 아니 될 말이나. 이 보물은, 헉헉, 대륙을 떠돌며 온갖 천대받으며 겨우 목숨을 연명하고 있는… 허억, 수많은 바이론 난민들을 위해 사용할 돈이다. 그러니 네가 물러나도록 하거라."

"크크크크! 나도 그럴 수가 없겠는데? 이 보물은 내 친구의 목숨 값이거든!"

"이놈, 물욕에 눈이 어두워 말도 안 되는 소리를 하는구나! 수십만의 목숨이 걸린 일에 겨우 한 사람 목숨을 갖다 대려는 것이냐?"

"그 수십만은 당신에게만 중요한 수십만일 뿐, 나한테는 아무런 가치도 없는 목숨이거든! 나에게 그 친구의 목숨은 수십만보다 더 무거운 목숨 값이란 말이다!"

한마디도 지지 않고 대꾸하는 리카이엔을 보며, 테하스는 속으로 다른 생각을 하고 있었다.

'그 힘, 그건 분명 영력……'

그 시간 리카이엔 역시 마지막 순간에 피어오른 그 힘에 대해 고민하고 있었다.

'도대체 그건 뭐지?'

어디서 솟아오른 것인지도 알 수 없는 정체불명의 힘.

하지만 두 사람의 생각은 더 이상 이어지지 못했다.

"크윽!"

"윽!"

어느새 기력이 다한 두 사람이 동시에 혼절해 버리고 말았던 것이다.

"스, 스승님!"

"공자님!"

놀란 프리엘라와 페르온의 비명 같은 외침만이 메아리칠 뿐이었다.

"여긴 어디냐?"

리카이엔이 눈을 뜬 곳은 처음 보는 동굴 안이었다. 산속에 있는 동굴인데도 조금도 눅눅한 느낌이 들지 않는 쾌적한 환경의 동굴.

금방이라도 울 것 같은 표정으로 리카이엔 주위를 서성이던 페르온이 반색을 하며 외쳤다.

"아! 공자님, 정신이 드셨군요?!"

리카이엔이 고개를 끄덕이며 다시 물었다.

"폭포 근처에 있는 동굴이냐?"

"예, 프리엘라 님의 스승님이 거처하시던 곳이랍니다."

리카이엔은 그제야 좀 더 안쪽으로 시선을 던졌다. 그리고 안쪽 어두운 곳에 프리엘라와 테하스가 앉아 있는 것을 발견했다.

리카이엔이 피식 웃으며 말했다.

"일어나셨소?"

"겨우 그 정도로 이렇게까지 혼절해 있다니, 생긴 것만큼 튼실한 놈은 아닌 게로구나."

"그럼 할망구가 아까 그걸 몸으로 막아 보시던가?"

"흘흘, 말 한마디도 지기 싫다고 달려드는 걸 보니 이제 살 만하다더냐?"

"크크, 그러는 할망구야말로 벌써 깨난 걸 보니 오래오래

사시겠수?"

그 말을 끝으로 리카이엔이 벌떡 몸을 일으켰다.

"페르온."

"예, 공자님."

"내가 얼마나 기절해 있었지?"

"두 시간 정도입니다."

동굴 입구 쪽으로 시선을 돌려 보니 산속이라 그런 건지 밖
은 아직 어두컴컴했다.

"가자."

"네, 네?"

페르온이 어리둥절한 표정을 짓는 사이, 리카이엔은 성큼성
큼 밖으로 걸음을 옮겼다.

"그놈 그거 성질 한번 고약하구나."

테하스가 밖으로 나가는 리카이엔의 뒷모습을 보며 말했다.
하지만 얼굴에는 미소를 짓고 있는 모양새가 그리 화가 나거
나 싫은 표정은 아니었다.

그런 스승을 향해 프리엘라가 걱정스러운 표정으로 물었다.

"스승님, 몸은 정말 괜찮으신 거죠?"

사실 테하스가 깨어난 것도 바로 조금 전이었다. 하지만 직
후에 리카이엔이 정신을 차리는 바람에 따로 이야기를 할 시
간이 없었던 것이다.

"이것아, 내가 이 정도로 몸에 이상이 생길 것 같더냐?"

"그래도 그렇게 혼절을 하시는 건 처음 봤으니 그러죠."

"그나저나 너도 앞으로 힘들겠구나."

"네? 그건 무슨 말씀이세요?"

"저렇게 성질이 제멋대로인 놈 옆에 붙어 있으려면 고생길이 훤하지."

하지만 프리엘라는 이번에도 스승의 말을 알아듣지 못했다.

"제가 왜 리카이엔 옆에 붙어 있어요?"

"음? 그럼 너는 내가 말했던 걸 제대로 듣지 않았던 게냐?"

"뭘요?"

"이곳에 오는 동안 괜찮은 인연을 만날 것 같아서 걸어오라고 했다지 않았느냐?"

"네에~ 그, 그럼 그 말이?!"

프리엘라가 깜짝 놀란 표정을 지었다.

"싫었던 게냐?"

"싫을 것도 없지만 그렇다고 특별히 마음이 있는 건 아니라고요!"

프리엘라가 정색을 하며 말했다. 확실히 리카이엔은 대단한 사람이었다. 그림 같은 외모에 백작가의 후계자라는 신분, 그리고 무지막지한 창술 실력까지. 특별히 싫어할 이유는 없었다. 하지만 오는 동안 꽤 많은 시간 같이 있었지만 특별히 마음이 가는 것도 아니었다.

그때 프리엘라의 눈에 짓궂은 표정을 짓고 있는 테하스의 얼굴이 들어왔다. 이대로 있다가는 스승이 또 무슨 장난을 칠지 알 수 없다고 생각한 그녀가 황급히 화제를 돌렸다.

"아, 그러고 보니 이곳에는 무슨 볼일이 있는 거예요? 아까보니 클레우스의 보물이 어쩌고 하던데, 정말 보물을 찾으러 오신 거예요?"

"그렇단다. 백여 년 전 대륙 전체를 누비고 다니던 대도가 있었지. 그의 보물이 바로 이곳에 있단다."

"그, 그건 어떻게 아셨는데요?"

"다 방법이 있지."

여기서 화제를 돌리면 안 된다고 생각한 프리엘라가 끈질기게 질문을 던졌다.

"무슨 방법인데요?"

"흐음, 과거 우리 바이론 왕국이 그 이상한 일을 당하기 얼마 전의 일이었단다. 바이론 왕가에 대대로 내려오던 보물이 있었는데 클리머스로 만든 작은 목걸이였지. 그런데 그 목걸이를 도둑맞았단다."

클리머스란 바이론 민족들이 사용하는 이상한 술법의 총칭이었다.

"아아, 그 목걸이를 도둑질한 게 대도 클레우스였군요?"

"그렇지. 나는 얼마 전 과거의 책을 뒤적이다 그 사실을 알아냈다. 그리고 그 목걸이의 위치를 알 수 있는 방법을 찾았지."

"그러니까 그 목걸이가 클레우스의 보물과 함께 있을 테니, 목걸이를 찾으면 보물도 찾을 수 있는 거군요?"

"그렇지. 너한테 가져오라고 했던 푸른 모래도 그걸 찾기 위해서 필요한 것이었지. 산 가까이에 왔는데 그만 푸른 모래가 바닥이 나 버렸거든."

"그렇군요. 그런데 그걸 찾으려면 또 리카이엔과……."

프리엘라가 걱정스러운 표정으로 말했다. 오는 동안 리카이엔과 며칠을 함께 보냈지만 그는 '적당히'라는 걸 모르는 성격이었다. 그런 리카이엔을 상대로 어떻게 보물을 찾자니 당연히 걱정이 될 수밖에.

그 말에 테하스가 지팡이에 의지해 몸을 일으키며 말했다.

"흘흘, 걱정하지 말거라. 이 나이쯤 살다 보면 저런 젊은이를 구슬리는 거야 어려운 일도 아니지. 자, 가자꾸나."

Chapter 13.

던전 개방

"흐음, 이걸 어떻게 잘라 내라는 말이지?"

클레우스는 은하수로 단련한 검을 잘라 내라고 말했었다. 그것 역시 은유적인 표현일 수도 있었지만, 리카이엔은 왠지 모르게 그 말만큼은 말 그대로 잘라 내야 하는 거라는 생각이 들었다.

리카이엔이 손에 든 철창을 불끈 쥐었다. 용소 한가운데, 거센 폭포의 물을 그대로 받아 내면서도 수천 년간 그 모양을 유지하고 있는 뾰족한 돌을 향해서.

천천히 호흡을 정리하며 혈하공의 공력을 끌어 올렸다. 싸우는 중이 아니니 시간의 여유를 갖고 혈하공의 공력을 움직이는 것은 어려운 일이 아니었다.

"후웁……."

나직하고 긴 호흡이 반복되었다. 그리고 그 호흡이 끝나는 순간.

"흡!"

리카이엔이 급히 호흡을 끊으며 발을 굴렀다.

쿠우웅!

묵직한 진각에 땅이 울렸다. 옆에 있던 페르온이 폭포의 물살이 일시적으로 끊어진 것이 아닌가 착각을 할 정도로 강렬한 진동.

동시에 리카이엔이 몸을 날렸다.

콰아아아아아!

폭포의 물살이 떨어지면서 내는 굉음 사이로 리카이엔의 창에서 터져 나오는 파공성이 울려 퍼졌다.

까아아앙!

"끄억!"

리카이엔의 입에서 비명이 터져 나왔다. 그리고 뾰족한 돌을 향해 몸을 날렸던 것과 똑같은 속도로 리카이엔의 몸이 뒤로 튕겨 나오고 있었다.

첨벙!

뾰족한 돌은 폭포 아래 용소에 있었고, 리카이엔은 허공을 나는 것처럼 뛰었다. 그리고 튕겨 나간 곳은 물속.

"푸우우우!"

리카이엔이 급히 몸을 일으키며 두 손을 얼굴을 쓸었다.

"고, 공자님! 괜찮으십니까?"

다급한 페르온의 목소리에 리카이엔이 뭍으로 나왔다.

"흐음, 역시 이건 안 되는군."

특별히 기대를 하고 돌을 찌른 것이 아니었다. 하지만 이렇게 어려운 문제를 풀 때는, 가장 먼저 떠오르는 생각을 우선적으로 시험해 봐야 했다. 시간이 지나 버리면 머릿속에 떠오른 많은 방법들을 일일이 확인해 보기 힘들기 때문이다.

'일단, 가서 살펴볼까?'

뾰족한 바위가 있는 곳은 폭포의 물이 떨어지는 것과 동일한 선상이다. 다시 말해 뾰족한 바위를 중심으로 엄청난 깊이의 용소가 만들어져 있다는 뜻이다.

그런 곳에 잘못 들어갔다가 폭포의 물이 만들어 낸 와류에 휘말리기라도 한다면, 그대로 저승행이다.

하지만 곰곰이 생각에 잠겨 있던 리카이엔이 이미 결심을 굳혔는지 다시 물속으로 걸어 들어갔다. 답을 알 수 없는 수수께끼는 몸소 부딪쳐 보는 수밖에.

그때였다.

"기다려라, 이놈!"

그 소리에 리카이엔이 반사적으로 인상을 찡그렸다. 그러고는 뒤로 퍅 돌아보며 외쳤다.

"할망구, 또 한바탕해 보자 그거요?"

"그놈의 성질 머리 고치지 않으면 나중에 크게 한 번 당할 일이 있을 거다, 이놈아."

"흥, 당해도 내가 당할 거니까 할망구가 걱정할 필요는 없어."

"쯧쯧… 내 말해 무엇하겠느냐?"

"아무튼 또 왜 온 거요?"

"내가 제안을 하나 하마."

테하스의 말에 리카이엔이 귀찮다는 듯 파리라도 쫓는 것처럼 휘휘 손사래를 치며 말했다.

"나는 반반 나눠가지는 건 별로야."

"크흘흘, 누가 그냥 반반 나누자더냐?"

"그럼 뭘 어쩌자고?"

"반씩 나누는 대신에 훗날 서로에게 그 정도 값어치의 일을 해 주는 거다."

그 말에 리카이엔이 더 들어 볼 것도 없다는 듯 고개를 돌렸다.

"결국은 반반이잖아? 싫다니까."

"흘흘, 너는 그 돌을 깨는 방법도 모르지 않느냐?"

순간, 리카이엔이 두 눈을 가늘게 좁히며 다시 뒤로 돌아 테하스를 노려보았다.

"그럼 할망구는 알고 있나?"

"방법은 몰라도 틈은 찾을 수 있지."

"틈?"

"그래, 틈 말이다. 그 돌에는 보물로 이어진 틈이 있다."

리카이엔이 의심스러운 표정으로 테하스를 노려보았다.

"정말인가?"

따악.

테하스가 지팡이로 바닥을 찍으며 외쳤다.

"어허, 어른이 말을 하면 귀를 씻고 들을 일이지 의심부터 하는 버릇은 어디서 배운 게냐, 이놈아?"

그럼에도 불구하고 리카이엔은 한참 동안 테하스를 노려보았다.

'진짜인가?'

그런 제안을 하면서까지 거짓말을 할 것 같지는 않았다.

'흐음, 저 할망구가 마이스터급이라고 했던가? 마이스터급의 마법사가 할 수 있는 일이라……'

역사상 단 한 번도 등장한 적이 없는 마에스트로급 마법사를 제외하면, 마이스터는 마법사들 중에서도 최고의 경지다. 그런 마법사에게 시킬 수 있는 일이라는 건 꽤나 가치가 있었다.

'그러고 보니 바이론 난민의 목숨을 구하는 일이라고 했던가?'

리카이엔은 테하스와 싸운 후에 나누었던 대화를 떠올렸다. 그리고 자연스럽게 떠오르는 의문.

'저 할망구가 바이론 난민들을 통솔할 수 있을 정도의 신분이라는 뜻인데……'

궁금한 게 있으면 답을 아는 사람에게 물어보아야 하는 법이다.

"혹시 당신… 바이론 왕국의 왕족과 무슨 관계라도……."

그 말에 테하스가 의외라는 표정으로 말했다.

"흘흘, 눈치 한 번 제법이구나. 그래, 나는 바이론 왕가의 혈통이다. 정확하게 말해서 당시 바이론 왕국에서 있었던 일을 두 눈으로 직접 보았지."

그 말에 페르온이 깜짝 놀라 외쳤다.

"헉! 그, 그럼 나이가!"

테하스가 주름이 가득한 입언저리를 괴상하게 일그러뜨리며 미소를 지었다.

"이 나이쯤 먹으면 자기 나이를 계산하는 것도 힘들지. 올해로 백스무 살쯤 되었겠구나."

그 말에 페르온이 거품이라도 물고 쓰러질 것 같은 표정으로 테하스를 보았다. 사람이 백 년이 넘게 산다는 것도 힘든 일인데 무려 백이십 년이라니.

하지만 리카이엔은 별로 놀라는 기색이 아니었다.

"그러니까 할망구가 그 바이론 왕가의 마지막 혈통쯤 된다는 말이오?"

"흘흘, 마지막 혈통은 아니지."

"어쨌든, 그럼 아까 말한 보물의 절반 값어치의 일이라는 건, 훗날 당신이 바이론 난민들을 데리고 있을 때라도 유효한 거요?"

"물론이다."

"크크크, 그 정도라면 나쁘지 않은 제안이군."

리카이엔이 그제야 얼굴에 흥미를 드러냈다. 바이론 왕가의
혈통이 난민들의 목숨을 구하겠다는 말은, 나라를 다시 세우
겠다는 말이나 다름없었다.

그 방법이 어떤 것인지는 모르지만, 저 정도 나이를 먹은 마
이스터급 마법사가 가능성도 없는 일을 벌일 리가 없다.

즉, 이번 제안을 받아들이는 것으로 훗날 바이론 왕국의 도
움을 받을 수도 있다는 뜻이다.

하지만 테하스 역시 백이십 년이라는 긴 시간을 허송세월한
사람이 아니었다.

"물론, 네 녀석도 그 정도 값어치가 있는 일을 해 주어야 한
다는 걸 명심해라."

"크흐흐, 그럽시다. 누가 더 손해를 볼지는 나중에 때가 되
면 알 수 있겠지."

"흘흘흘, 아무튼 끝까지 지는 걸 싫어하는 놈이로구나."

"됐수다. 그런 건 할망구가 걱정해 줄 일이 아니니, 어서 그
틈이라는 것이나 찾아봐."

"알았다."

테하스가 고개를 끄덕이며 프리엘라에게 손을 내밀었다. 그
리고 프리엘라가 그 손 위에 작은 병 하나를 내려놓았다. 푸른

모래가 담겨 있는 병이었다.

쏴아아아.

테하스가 병 속에 있는 푸른 모래를 바닥에 뿌리더니, 그 한 가운데에 콱 하고 지팡이를 꽂았다. 그러더니 두 팔을 활짝 벌리고 뭐라고 중얼거리기 시작했다.

리카이엔이 긴장을 늦추지 않은 채 테하스를 노려보았다. 저 모래를 이용해서 할 일이 어쩌면 바이론 민족의 술법으로 자신을 공격하는 것일 수도 있기 때문이다.

그때였다.

"하아아아앗!"

테하스의 입에서 나지막한 호통이 터져 나왔다. 동시에 푸른 모래에서 옅은 푸른색의 연기가 피어오르기 시작했다. 그러더니 마치 살아 있는 생물이라도 되는 것처럼 꼬리를 길게 늘어뜨리며 스멀스멀 허공에서 어디론가 흘러가기 시작했다.

"와아~"

페르온이 감탄을 터뜨리며 그 연기를 주시하는 사이, 연기는 쉬지 않고 움직이며 폭포 아래에 있는 뾰족한 돌에 도착했다.

그리고 연기가 갑자기 물속으로 스며들어 가기 시작했다.

"어, 어?"

연기는 물속에서 형태를 유지할 수 없다. 페르온은 갑자기 물에 들어가 버린 연기를 보며 고개를 갸웃거렸다.

그러다가 리카이엔 쪽으로 시선을 돌렸다. 리카이엔이, 뾰족한 바위에 부딪쳐 튀어 오르는 폭포의 물살을 온몸으로 맞아 가며 바위의 아래쪽을 뚫어져라 노려보고 있었다.

"왜 그러세요?"

페르온이 궁금한 표정으로 물어보려 했지만 리카이엔이 손을 들어 막는 바람에, 저도 모르게 말을 멈췄다. 그리고 리카이엔이 갑자기 빙긋 웃으며 말했다.

"여기였군!"

"헉! 정말 거기에 보물이 있는 겁니까?"

리카이엔이 손가락으로 가리킨 곳은 물속. 페르온이 고개를 갸웃거리며 천천히 그곳을 향해 다가갔다. 그러고는 깜짝 놀란 표정으로 외쳤다.

"허억, 여, 연기가……"

푸른 연기는 물속으로 들어갔음에도 불구하고, 여전히 그 연기의 형태를 유지하고 있었던 것이다.

그리고 그 푸른 연기가 스며들어 가는 곳, 그곳은 뾰족한 돌의 아랫부분이었다.

"흐음……"

리카이엔은 물이 허리 깊이까지 오는 곳에 선 채 연기가 스며들고 있는 돌의 아랫부분을 노려보았다. 연기가 저 틈으로 들어간다는 말은, 그 부분에 균열이 있다는 의미였다. 즉, '은하수로 단련한 검'을 잘라 내기 위해서는 저 틈으로 창을 찔러

넣어야 한다는 뜻이다.

리카이엔이 고개를 갸웃거리며 살짝 눈썹을 찌푸리더니 입맛을 다시며 말했다.

"결국 저 안으로 들어가야 한다는 말인가?"

뾰족한 바위의 아랫부분은 낙하하는 폭포의 물이 직접 떨어지는 곳. 다시 말해 용소 중에서도 가장 깊은 곳이라는 뜻이다. 그리고 폭포의 물이 들어가 서로 엉키며 형성된 무시무시한 와류가 흐르는 곳이기도 했다.

리카이엔이 테하스를 향해 물었다.

"할망구, 어떻소? 저 안에 들어가서 저 바위에 창을 꽂을 수 있을까?"

물속에서는 땅 위에 있는 것처럼 마음먹은 대로 힘을 발휘할 수가 없다. 밖에서 힘을 주어도 흠집도 나지 않는 바위를 물속에서 깨뜨린다는 건 어림도 없는 일이었다.

"불가능하다는 걸 알면서 나한테 물어보는 저의가 뭐냐, 이놈아?"

"크큭, 할망구가 제정신인가 싶어서 확인해 봤지."

"예끼, 이놈!"

"일단 마법으로 어떻게 한 번 해 보슈."

"뭐?"

테하스가 어처구니없다는 표정으로 리카이엔을 보았다. 마이스터급의 마법사라면 흐르는 강의 흐름을 바꾼다든가 땅이 솟아나게 한다든가 하는 것이 가능하다.

하지만 그것도 정도가 있는 법.

이 정도로 거대한 자연의 힘을 뚫는다는 것은 시도해 볼 엄두도 나지 않는 일이었다. 하지만 그렇다고 물러설 테하스가 아니었다.

"오냐, 이놈아! 어디 한 번 해 보자!"

말이 끝나기가 무섭게 테하스가 지팡이를 들고 마나를 모으기 시작했다.

새하얀 물거품이 광포한 모습으로 부글거리는 수면 위에 거대한 마나가 모이기 시작했다.

고오오오오오!

'이게 마나가 흐르는 소리인가? 역시 대단하긴 대단하군.'

일정 수준 이상의 마나가 흐르게 되면 그것은 실제 소리가 아님에도 불구하고 소리를 듣는 듯한 착각을 일으킨다고 한다.

리카이엔은 이전의 기억 속에서 그러한 사실을 알고 있었기에 새삼 테하스의 마법이 얼마나 대단한지를 실감하고 있었다.

콰아악!

테하스의 지팡이가 땅바닥을 찍어 눌렀다. 동시에 비어 있는 왼손을 수면 위로 뻗으며 외쳤다.

"아쿠아 블레이드(Aqua Blade)!"

순간 용소의 수면 위에 갑작스러운 변화가 일어났다.

촤르르륵!

날카롭게 물살을 헤치는 듯한 소음이 퍼지는가 싶더니, 용소 안에서 거대한 흐름이 일어났다. 똑같은 물속인데도 불구하고 그 흐름이 눈으로 보일 정도로 거대한 힘이 만들어졌다는 뜻이다.

콰콰콰콱!

그렇지 않아도 사나운 용소의 수면이 한층 더 폭급하게 날뛰기 시작했다. 그와 함께 물속에서 일어났던 흐름이 뾰족한 바위의 틈을 향해 쇄도했다.

파아아앙!

무시무시한 물기둥이 하늘 높이 솟아오르더니 한순간 흩어지며 지면을 향해 떨어져 내렸다.

쏴아아아아!

갑작스레 쏟아지는 물방울들로 인해 네 사람은 순식간에 온몸이 흠뻑 젖고 말았다.

하지만 젖는 것쯤은 아무렇지도 않다는 듯 리카이엔은 미동도 하지 않은 채 뾰족한 바위의 아랫부분을 노려보고 있었다. 그리고 인상을 찡그리며 말했다.

"제길, 안 되는군!"

그리고 테하스가 버럭 소리를 질렀다.

"이 망할 놈아! 아무리 마법이라고 해도 이 정도 압력으로 만들어진 와류를 뚫을 수 있을 것 같더냐!"

"그래도 안 해 보는 것보다는 낫잖아!"

"저, 저……."

그나마 지금까지 잘 참고 있던 테하스가 결국 울컥한 기분에 버럭 소리를 지르고 말았다.

"이 버르장머리라고는 눈곱만치도 없는 놈 같으니라고! 네이 자리에서 네놈을 죽여 주랴!"

하지만 리카이엔은 그런 테하스의 고함을 고스란히 무시한 채, 고개를 들어 떨어지는 폭포를 쳐다보았다.

"저, 저놈이……."

테하스가 뒷골이 당기는 느낌을 받으며 저도 모르게 리카이엔을 향해 지팡이를 휘둘렀다. 그때 갑자기 리카이엔이 뒤로 돌며 말했다.

"할망구, 그럼 저 폭포 물줄기는 어떻게 바꿀 수 없을까?"

"허……!"

테하스는 그만 할 말을 잃고 말았다. 어디서 이런 놈이 튀어나왔을까 하는 생각에 방금 전 화를 내던 것도 잊어버릴 정도였다.

"방금도 보지 않았느냐? 아무리 마법의 힘이 강해도 저 정도로 거대한 자연의 힘을 어찌할 수는 없다."

"그래도 저 절벽 중간에 지붕 하나 만들면 어떻게 물이 떨어지는 위치라도 바꿀 수 있지 않겠어?"

리카이엔의 말에 테하스가 흠칫 놀라며 폭포가 떨어져 내리는 절벽을 보았다.

확실히 그럴듯한 생각이었다. 물의 흐름을 바꾸는 것은 힘들어도, 절벽 중간에 물이 따라 흐를 수 있는 길을 만들어 주는 것은 어렵지 않다. 리카이엔의 생각을 읽은 테하스가 묘한 웃음을 지으며 말했다.

"흘흘, 와류를 없애겠다는 말이구나?"

"이제야 이해를 하는군."

절벽 한가운데 무언가가 솟아나게 만들면, 그것을 따라 물이 떨어지는 위치가 바뀐다. 그렇게 되면 지금의 용소에는 소용돌이치는 와류가 없어진다는 말이다.

"좋다, 한 번 해 보자꾸나."

리카이엔의 말이 떨어지기가 무섭게 테하스가 지팡이를 번쩍 들어 올렸다.

다시 한 번 마나가 모이는 소리가 들리더니 테하스가 폭포의 절벽, 높이 30m가량의 지점을 향해 지팡이를 뻗으며 외쳤다.

"루페스 월(Rupes Wall)!"

순간 한 점에서 소용돌이치던 마나가 테하스가 가리키는 절벽의 한 점을 향해 휘몰아쳤다.

쿠쿠쿠쿠쿵!

마나가 충돌하는 동시에 폭포의 절벽에 변화가 생겼다. 갑자기 두꺼운 석벽이 수직의 절벽에 수평으로 불끈불끈 솟아나기 시작한 것이다.

루페스 월은 원래는 땅바닥에 벽이 솟아나도록 하는 마법이었다. 그런 것을 테하스가 절벽에서 수평으로 솟아나도록 사용한 것이다.

촤아아악!

석벽이 커짐에 따라 폭포 물의 떨어지는 위치가 점차 바깥쪽으로 이동하기 시작했다.

그렇게 얼마나 시간이 지났을까. 절벽에서 돋아난 석벽은 순식간에 5m의 길이가 되었다.

동시에 테하스가 땀범벅이 된 얼굴로 외쳤다.

"서둘러라 이놈아!"

루페스 월이라는 마법은 고위 마법은 아니었다. 마이스터인 테하스가 마음먹고 펼친다면 단번에 수십 개는 뽑아 올릴 수 있을 정도로 낮은 마법이었다.

하지만 지금 만든 석벽은 200m 높이에서 떨어지는 폭포의 압력을 견뎌 내야 했다. 그리고 그것은 전적으로 테하스가 가진 힘으로 해야 하는 일.

테하스가 마법을 준비하는 사이, 한참 뒤로 물러서 있던 리카이엔이 창을 든 채 달리며 외쳤다.

"좀 참아!"

파바바바바박!

땅을 박차는 소리가 급박하게 귓전을 울리는 순간, 리카이엔이 두 발로 땅을 차며 몸을 날렸다.

첨벙!

거대한 물보라가 사방으로 튀어 오르는 순간, 리카이엔은 달려가던 힘을 그대로 끌어안은 채 뾰족한 바위를 향해 쇄도했다.

'흐으읍!'

그리고 생각할 것도 없이 그대로 창을 찔러 넣었다.

파아아앙, 철퍽!

물속으로 뛰어들었던 리카이엔이, 달려왔던 궤적을 그대로 되짚으며 땅으로 떨어졌다.

"으으윽!"

"고, 공자님 괜찮으십니까?"

리카이엔이 깜짝 놀라 달려오는 페르온을 향해 손을 흔들어 보인 후 힘겹게 몸을 일으켰다. 테하스가 그런 리카이엔을 향해 말했다.

"끌끌, 역시 안 되는구나……."

뾰족한 바위에는 아무런 변화가 없었다. 즉, 창으로 찔러도 소용이 없었다는 뜻이다.

"크윽, 그렇다고 아무것도 얻은 게 없다는 말은 아니지."

"음? 그게 무슨 말이냐?"

"수직이오."

"수직?"

"저 뾰족한 바위에 생긴 틈은 방향이 수직이라는 말이오."

"그게 어쨌다는 말이냐?"

테하스가 이해할 수 없다는 표정으로 묻자, 리카이엔이 손가락으로 하늘을 가리켰다.

"서, 설마 위에서 밑으로 뛰어내리겠다는 말이냐?"

"크크, 그 방법밖에 없지 않겠소?"

반문으로 대답을 한 리카이엔이 페르온과 프리엘라를 손짓으로 불렀다.

"너희 둘이 날 좀 도와라."

"어, 어떻게요?"

"페르온, 너는 나를 안아서 위로 던져. 그런 다음 프리엘라 니가 마법으로 나를 저 중간에 있는 천장까지 날려 주는 거야."

리카이엔이 가리킨 곳은 테하스가 루페스 월로 만들어 놓은 석벽. 프리엘라가 깜짝 놀라 물었다.

"저, 저기까지 마법으로 날려 달라고요? 자칫 실수하면 당신이 죽을 수도 있어요."

"내 몸뚱이가 그렇게 허약해 보이든?"

"하지만……."

그때 테하스가 프리엘라를 향해 소리쳤다.

"프리엘라, 잔말 말고 시키는 대로 해라. 나도 더 버티기는 힘들다!"

"네? 네!"

테하스의 호통에 프리엘라가 고개를 끄덕이며 마나를 끌어
모으기 시작했다. 어느 정도 마나가 모이자 프리엘라가 신호
를 보내고, 그것을 본 리카이엔이 페르온을 재촉했다.

"지금이다!"

고함이 터지기가 무섭게, 리카이엔을 안고 있던 페르온이
두 팔에 얹힌 무게를 있는 힘껏 던져 올렸다.

그다음은 프리엘라의 차례. 이미 한껏 마나를 모은 채 준비
하고 있던 프리엘라가 기다렸다는 듯 두 손을 번쩍 들어 올리
며 외쳤다.

"베르텍스 피스트(Vertex Fist)!"

마법은 준비하는 시간이 길 뿐, 일단 준비가 끝나면 그것이
전개되는 것은 순식간이다.

페르온에 의해 높이 던져 올려진 리카이엔의 몸뚱이가 서서
히 속도를 줄이며 다시 지상으로 낙하하려는 순간, 프리엘라
가 일으킨 마법이 리카이엔을 감쌌다.

씨잉, 씽!

거센 바람 소리가 고막을 찢을 듯이 휘몰아쳤다.

베르텍스 피스트도 원래는 소용돌이를 일으켜 적들을 후려
치고 날리는 마법. 하지만 프리엘라의 절묘한 마나 컨트롤은
리카이엔에게는 상처 하나 주지 않은 채, 그 몸뚱이만 둥실 떠
올리고 있었다.

"후우읍!"

리카이엔은 급히 호흡을 머금으며 머리 위를 쳐다보았다. 눈앞으로 빠르게 다가드는 것은 테하스가 만들어 낸 수평의 석벽이었다. 무려 30m의 높이에 드리워진 바위의 천장.

빙글, 리카이엔의 몸뚱이가 허공에서 방향을 바꿨다. 머리가 아래로, 발이 하늘을 향하는 자세. 그리고 리카이엔의 발이 절벽에서 수평으로 돋아난 바위의 천장에 닿았다.

마치 바위 천장에 거꾸로 매달린 듯한 모습이 된 리카이엔이 뛰어오르려는 듯 무릎을 굽혔다.

'지금!'

천천히 타이밍을 재고 있던 리카이엔이 속으로 시작의 신호를 외치며 발바닥에 닿아 있는 바위 천장을 밀어 찼다. 다시 말해 거꾸로 매달린 채 땅을 향해 튀어 올랐다.

쑤아아아아앙!

프리엘라의 마법으로 솟아오를 때와는 비교도 할 수 없을 정도로 세찬 바람 소리가 귓바퀴를 할퀴고 지나갔다.

리카이엔이 발로 찬 힘에 아래로 낙하하는 힘이 더해졌다.

"크으읍!"

무려 30m 높이에서의 낙하. 눈 아래에 펼쳐진 용소의 수면이 무서운 속도로 달려들었다.

리카이엔은 순간적으로 정신이 아찔해지는 것을 느끼면서도 철창을 쥔 두 손에 힘을 주었다.

수면과의 거리가 30m에서 순식간에 10m로 줄었다. 그리고 그 줄어든 거리만큼 리카이엔의 몸은 한층 더 속도를 올리고 있었다.

마치 한줄기 뇌전 같은 궤적.

9m, 8m, 7m… 3m, 2m.

"끄아아아아악!"

리카이엔의 입에서 기합이 터져 나왔다. 동시에 창끝이 수면에 박혔다.

푸우욱, 콰아아아악!

무시무시한 굉음이 아르엔 산 전체를 뒤흔들었다. 그 충격에 하늘 높이 물기둥이 솟아올랐다.

그리고 잠시 시간이 흘렀다.

"푸아아아악!"

갑자기 리카이엔이 수면 위로 불쑥 솟아올랐다.

동시에 리카이엔 뒤에 뾰족하게 솟아 있던 뾰족한 돌덩이에서 기묘한 소리가 울리기 시작했다.

쩍, 쩌저저저적!

테하스가 길게 목을 빼고 뾰족한 돌을 살폈다. 그리고 보았다. 돌덩이의 표면에 무수한 균열이 달리고 있는 것을.

"돼, 됐다!"

테하스의 입에서 외침이 터져 나오는 순간, 갑자기 또 다른 변화가 일어났다.

그그그그궁!

거대한 바윗덩이들의 마찰하는 소리가 크게 울렸다. 네 사람의 시선이 동시에 소리의 근원지를 향했다.

"아!"

그리고 누군가의 입에서 탄성이 터져 나왔다.

방금까지 폭포의 절벽이었던, 그러니까 폭포 물줄기의 뒤편 바위 벽에 커다란 구멍이 뚫려 있었던 것이다. 안이 보이지 않는, 시커멓게 뻥 뚫려 있는 구멍이 왠지 으스스한 분위기를 풍기고 있었다.

"저, 저것이 클레우스 던전의 입구인가?"

〈『철혈백작 리카이엔』 제2권에서 계속〉

철혈백작 리카이엔

1판 1쇄 찍음 2010년 2월 5일
1판 1쇄 펴냄 2010년 2월 9일

지은이 | 윤지겸
펴낸이 | 정 필
펴낸곳 | 도서출판 뿔미디어

기획 | 이주현, 한성재
편집책임 | 심재영
편집 | 장상수, 권지영, 장보라, 조주영, 주종숙
관리, 영업 | 김미영

출력 | 예컴
본문, 표지 인쇄 | 광문인쇄소
제본 | 성보제책사

출판등록 | 2002년 9월 11일 (제1081-1-132호)
주소 | 부천시 원미구 중3동 1058-2 중동프라자 402호 (우)420-849
전화 | 032)651-6513 / 팩스 032)651-6094
E-mail | BBULMEDIA@paran.com

값 8,000원

ISBN 978-89-6359-299-2 04810
ISBN 978-89-6359-298-5 04810 (세트)